KB055871

에리스의 성배

The Holy Grail of Eris

2

살바도르

의중을 알 수 없는 청년으로
쇼샤나의 오빠.
어디에서 한 아이를 납치해 왔다.

쇼샤나

오빠 살바도르의 지시대로
은신처에서 어떤 아이를
돌보고 있다.

루퍼스 메이

심약한 용모의
재무 감독관 보좌관.
눈동자에 검은 반점 두 개가
나란히 있다.

Illustrations © Yu-nagi

릴리 오를라뮌데

2년 전 자살한 스칼렛의 친구.
의문의 메시지와 열쇠를 남겼다.

카일 휴즈

랜돌프의 부관으로 일하는
왕립 헌병국 대원.
겉보기에만 경박한
일 중독자.

루치아
오브라이언

에비게일 오브라이언의 깜찍한 양녀.
스칼렛이 보인다.

Character

"음,

"별로 신경 쓴 적 없어."

각하는……
각하시니까요……."

콘스탄스와 랜돌프가
서로를 마주 보더니 약속이라도 한 듯
함께 어리둥절해한다.

"근데 말이야, 왜 **각하**라고 불러?
두 사람, 어쨌든 **약혼**한 사이잖아. "

"애비

"있잖아요, 애비의 손님께서
아주 예쁜 공주님과
같이 오셨지 뭐예요!"

Illustrations ©Yu-nagi

Contents

특별 단편
사신이 바뀐 이유

The Holy Grail of Eris

author Kujira Tokiwa
illust.Yu-nagi

에리스의 성배

The Holy Grail of Eris

author Kujira Tokiwa
illust.Yu – nagi

2

토키와 쿠지라
일러스트 유나기
번역 변성은

커버, 삽화, 본문 일러스트
유나기

쇼샤나가 한숨을 쉬었다. 오빠가 납치해 온 애완동물은 성가시게도 아둔하지 않았다. 이곳으로 끌려온 첫날만 겁에 질려 있었고 다음 날부터는 사려 깊은 눈빛으로 본인이 처한 상황을 부단히 파악하려 했다. 물론 정갈한 얼굴은 창백하고 손도 미세하게 떨고 있었지만, 반항 한 번을 안 할뿐더러 난폭하게 굴지도, 울지도 않았다.

'하, 성가셔'라며 쇼샤나가 또 한 번, 크게 한숨을 푹 내쉬었다.

"고마워."

누군지 모르겠으나, 소년을 교육한 사람은 상당히 우수했을 것이다.

잡곡을 채소 부스러기와 닭 뼈 육수에 넣어 끓이기만 한 변변찮은 식사를 내주니 소년이 푸른빛이 감도는 자색 눈동자를 굴려 일부러 눈을 맞추고 감사 인사를 전한다. 그 두 눈에는 비굴함도, 반항심도 보이지 않는다. 참으로 모범적인 대응이다.

인질이 목숨을 부지하는 데 필요한 중요 요소는 우선 침착함이다. 그다음은 관찰. 그리고 본인을 물건이 아니라, 한 사람의 인간으로 여기게 하는 것.

하지만 눈앞에 있는 소년은 아직 어리다. 아무리 똑똑할지라도 이런 상황에서조차 침착할 수 있는 건 자기를 교육한 사람을 절대적으로 신뢰하기 때문이리라.

소년이 말을 이어 나가려 입을 뗐다.

"내 이름은 율리……."

"넌 그냥 애완동물이야."

그러나 쇼샤나 또한 분별력이 생기기 시작할 무렵부터 훈련받아 왔다. 마음을 떼는 방법은 얼마든지 안다.

쇼샤나가 손으로 갖고 놀던 나이프를 한 바퀴 휙 돌리더니 소년의 목에 들이밀었다.

"그리고 영리한 애완동물은 입을 놀리지 않지. 알겠어?"

이 상황이 별로 좋지 않다는 건 전부터 알아차리고 있었다.

살바도르가 대체 어떤 의도로 납치한 아이를 쇼샤나에게 떠넘기고 갔는지는 모르겠지만, 보기 드물게 이번엔 오빠가 한 일치고, 그 선택은 실패였다.

아무리 오래 훈련받았어도 쇼샤나에게는 태양 문신이 없다. 엄밀히 말하면 쇼샤나는 살바도르의 소유물로, 조직의 일원이 아니다. 이제껏 공격하는 적에게 나이프를 겨누기는 해 봤어도 일면식이 전혀 없는 사람을 해친 적은 없었다. 게다가 상대는 자기보다도 어린 아이다.

"……넌 어떻게 아무렇지도 않아?"

며칠이 지나고 먼저 손을 든 건 쇼샤나였다. 소년은 양발에 족쇄를 찬 데다 사슬까지 연결해 두어서 행동의 자유를 뺏긴 상태다. 그런데도 저항하기는커녕 밥을 주면 매번 고맙다고 하질 않나 틈만 나면 쇼샤나에게 말을 건다. 솔직히 이해가 안 된다.

소년은 멀뚱히 눈을 끔벅거렸으나 금방 말의 뜻을 이해했는지 '아아'라며 고개를 끄덕였다.

"믿거든."

올곧은 눈빛이었다. 그 맑은 눈을 보고, 쇼샤나는 가장 중요한 걸 잊고 있었다는 것을 깨달았다. 납치당한 상황에서도 평정심을 유지하기 위해 가장 필요한 것. 그것은──.

"믿어. 누님이 꼭 구하러 오리라는 것을."

저 말은 언제 어느 때건 희망을 버리지 않는다는 뜻이다. 다시 말해서 이 소년의 마음속 깊은 곳에는 흔들림 없는 확신이 있는 것이다.

쇼샤나가 저도 모르게 말문이 막혀 있는데 불쑥 차가운 목소리가 들려왔다.

"혹시 알렉산드라 왕녀를 말하는 거야?"

휙 뒤돌아보니 초라한 행색을 한 남자 하나가 벽에 기대 흥미롭다는 듯 이쪽을 보고 있었다.

"이복 누이인데도 꽤 잘 따르는구나."

처음 보는 자다. 그러나 몹시도 낯익은 그 목소리에 쇼샤나는 팔뚝에 소름이 확 끼치는 걸 느꼈다.

문단속은 이중으로 했다. 함정도 몇 개 만들어 놓았다. 그런데도 소리 소문도 없이 전부 통과했다.

"……크리슈나."

백의 얼굴을 가졌다는 소문의 남자는, 오늘은 피골이 상접한 부랑자의 모습이었다. 그의 유일한 특징인 동공의 나란한 두 개의 검은 반점은 살갖이 맞닿을 정도로 가까운 위치에서 말끄러미 관찰하지 않는 한 볼 수 없다. 이런 모습으로 목소리까지 바꾸어 내면 그의 정체를 간파할 사람은 아마 없다고 봐도 무방할 것이다.

크리슈나가 소년을 힐끔 쳐다보더니 쌀쌀맞게 입술을 들어 올렸다.

"이야, 쇼샤나. 아주 살뜰히 보살피고 있네. 대화도 하고 손수 만든 밥까지 주면서. ──오호, 젖은 행주도 주는구나? 네 지도 담당은 대체 뭘 가르친 건지. ……참, 살바도르는 아이에게는 손찌검하지 않는 주의였던가. 걔도 이런 이상한 버릇만 없었어도 좀 더 위로 올라갈 수 있었을 텐데."

"뭐 하러, 왔어?"

쇼샤나가 굳은 목소리로 물었다. 이 남자는 대하기가 불편했다. 오빠도 까닭 없이 싫어했다.

'크리슈나의 방식은 쓸데없이 잔인하고 포학해'라면서.

"잠깐 놀러. 괜찮지?"

그렇게 말하고는 발소리도 내지 않고 사슬에 매인 소년에게 가까이 다가간다.

"잡혀 온 왕자님께 좋은 소식을 알려 드려야지."

그러고는 꼼짝 못 하는 소년의 귓가에 살짝 입을 가져가 꼭꼭 숨겨 뒀던 선물을 건네는 양 속삭였다.

"네 사랑하는 누이, 알렉산드라 전하께서는 지금 본국에서 유폐됐어.”

소년의 눈이 휘둥그레진다.

“‘비탄의 탑’에 말이지. 반년 후에는 기억에도 없는 죄목으로
화형당할 거야. 인기인도 참 힘들겠어.”

“거짓말!”

그건 쇼샤나가 처음 듣는 감정이 실린 목소리였다. 크리슈나
가 만족한 듯 입꼬리를 치켜올린다.

“뭣 하러 거짓말을 해. 제3 전하파가 왕녀의 목숨을 구하겠다
고 뭔가를 꾸미는 모양인데 아마 소용없을 거야. 그 탑은 한번
들어가면 나올 수 없으니까. 너도 왕족 나부랭이니까 알지?”

“거짓말……”

아까까지만 해도 강한 의지가 보였던 눈동자가 서서히 빛을
잃어 간다.

“너를 구하러 올 사람은 없어. 평생 사육되다가 죽을 거야.”

“……분명, 켄들이──.”

“설마 평민 출신 외교관에게 기대를 품고 있나? 안됐지만, 그
너구리는 네가 납치당한 사실을 감추기로 한 것 같던데. 정말이
지, 그 결정만큼은 우리로서도 너무 안타깝기 그지없어. 그 때
문에 또 계획을 변경해야 할 판국이거든. 우리 고용주도 일이
돌아가는 꼴에 크게 노하셨어.”

두 눈에 점점 절망이 번져 간다. 쇼샤나는 차마 볼 수가 없어
눈을 돌렸다.

“자, 이제 본론으로 들어가지. 제롬 제5 전하에게 독약을 먹인

게 너희지? 덕분에 우리 예정이 배배 꼬여 버렸지 뭐야. 솔직히 민폐가 따로 없어. 그러니 사지 멀쩡하고 싶으면 털어놓는 게 좋을 거야."

끝내 소년의 얼굴이 구깃구깃 일그러진다. 하지만 크리슈나는 추궁을 계속했다.

"대체 켄들 레빈의 속셈이 뭐지?"

쇼샤나

인간은 애완동물이 아니라고 소리쳐 말하고 싶은 반항기.
시험공부는 잘하지만, 실기는 그렇게까지 잘하지는 않는 우등생 타입.
극히 상식적인 사람이라 오빠가 납치해 온 아이를 부지런히 돌보다 크리슈나
에게 질책을 들었다.
아마 오빠가 돌아오면, 오빠에게 엄청나게 화풀이할 것이다.

율리시스

푸른빛이 감도는 자색 눈을 가진 미소년. 사려 깊은 성격.
그 나이치고는 의젓하려 노력했으나 어른스럽지 않은 어른이 심술궂게 굴어
서 마지막에 가서는 '흐에에에에에' 상태가 되었다.
아무래도 켄들 레빈과 무언가 비밀이 있는 모양.
짐작건대 누나 바보.

크리슈나

어른스럽지 못한 어른 1위.
변장이 특기로 여러 얼굴을 지닌 듯하다. 목소리도 바꾸려고 마음먹으면 바
꿀 수 있다.
뛰어난 기억력의 소유자라면 모를까, 일반인은 보통 첫눈에 그가 변장한 걸
알아보기 힘들다고 한다. 유일하게 홍채에 있는 나란한 두 개의 검은 반점만
은 숨길 수 없으나 가까운 거리에서 들여다보지 않으면 모른다.
어떤 대머리의 목적이 궁금해서 말은 그럴싸하게 했지만, 실은 그냥 약자를
괴롭히고 싶었을 뿐이다.
아이를 매우 싫어하는 것 같다.

케이트 로렌이 처음 귀족의 세례를 받은 건 여섯 살이 되고 처음 맞은 겨울이었다. 같은 또래 영애의 생일 파티 자리에서 말이다.

원래 로렌 가문은 조부 대부터 가세가 번창하여 역사가 짧은 벼락출세한 귀족이다. 게다가 케이트의 모친은 평민 출신이다. 그렇기에 당연히 귀족 간의 교류와 거리가 멀었다. 그래서 케이트는 또래 중에 친구라고 부를 만한 존재가 없었다.

그래서 그 초대장을 받았을 때, 로렌가에서 야단법석을 좀 떤 것이다.

솔직히 말해서 케이트는 들떠 있었다. 엄마가 세 여신(모이라이)의 축복이라도 받은 듯이 기뻐하면서 특별한 날에만 만들어 주는, 맛이 일품인 쿠키를 들려 보냈다. 케이트는 기쁜 마음에 볼이 늘어졌다. 이 쿠키를 먹어 보면 다들 부러워하며 집에 놀러 오려고 할 것이다. 그러면 어쩌지. 엄마께 말씀드리면 또 만들어 주실까? 너무 많이 만들려면 힘드니까 다 같이 만들어도 좋겠다. 그래, 그게 낫겠다. 정말 즐거울 거야.

어리석게도 케이트는 그런 미래를 꿈꾸며 쿠키를 담은 꾸러미를 매우 소중하게 품에 품었다.

처음으로 방문한 남작가 저택은 케이트의 집과 비교도 안 될 만큼 호화로운 데다 크고 넓었다. 눈부신 샹들리에와 곳곳에 자리를 잡은 금빛 장식품. 그리고 숨이 콱콱 막히는 향수 냄새.

"냄새."

케이트가 긴장 반, 기대 반으로 축하 인사를 건네자, 오늘의 주인공인 귀여운 여자애가 그렇게 말하며 얼굴을 찌푸렸다.

"무슨 냄새지? 너무 고약해."

새하얀 드레스를 입고 플래티나 블론드 머리칼을 어른처럼 땋은 파멜라 프란시스는 마치 동화 속 공주님 같았다. 연약하고 상냥해 보이는 그런 예쁜 아이가 드러낸, 명백한 모멸에 케이트는 위축되었다. 곁에 있던 추종자들이 파멜라의 말에 즉각 한마디씩 거든다.

"정말, 고약하네."

"웬일이야."

"'서민' 냄새 아니야?"

킥킥대며 짓궂은 말로 케이트를 멸시한다. 케이트는 주먹을 꼭 쥐면서 자리에 엄마가 안 계셔서 다행이라고 마음속 깊이 생각했다. 프란시스가에선 로렌 부인도 꼭 오시라며 권했으나 부엌 하녀였던 엄마는 사교계 예절을 모르는 데다 실례되는 언행으로 찬물을 끼얹기 싫으시다며 정중히 거절했다.

대신 숙모님께서 같이 가 주겠다고 하셨다.

이 자리에 있는 누구보다도 화려한 옷을 입어 눈길을 끄는 사랑스러운 모습. 또래의 추종자를 거느린 파멜라 프란시스의 존재는 절대적이라. 케이트는 앞으로 무슨 일이 벌어질지 불안해져 다리가 얼어붙었다. 파멜라의 눈이 무어라고 형용할 수 없는 불쾌한 빛을 띠며 즐거운 듯 일그러져 간다.

"있잖아, 너도 그렇게 생각하지? 재한테 나는 냄새, 정말 고약하지 않아?"

그 오만한 시선이 별안간 향한 곳에는 어느 귀족 소녀가 있었다.

아마 그때 파멜라의 행동에 깊은 뜻은 없었으리라. 그냥 변덕. 우연히 근처를 지나가는 여자애에게 말을 건 것이다. 그저 그뿐이다.

당연히 그 애도 자신에게 찬동하리라고 확신했기에.

"응?"

그러나 예상과 달리 멈춰 서서 이쪽을 본 건 개암나무색 머리칼에 연둣빛 눈동자를 가진, 어디에나 있을 법하게 생긴 여자애였다. 한마디 더 얹자면, 입고 있는 드레스도 수수했다.

"음?"

그 애가 고개를 갸웃거리며 터벅터벅 케이트에게 다가왔다. 돌발 행동에 주변이 한순간 벙쪘다. 케이트도 놀라 몸이 경직됐지만, 그 여자애는 개의치 않고 코를 킁킁거렸다. 그러고는 뒤로 홱 돌았다.

"하나도 안 고약한데!"

그 말을 듣자마자 파멜라 프란시스가 머쓱해했다. 추종자들도 흠칫하여 표정이 굳어서는 일제히 비난의 시선을 보낸다. 하지만 역시나 그 애는 여전히 전혀 신경 쓰지 않았다. 그보다는 다른 게 신경이 쓰였는지 골똘히 생각하며 고개를 갸웃거린다.

"고약하다기보다 이 냄새는——."

'음' 하며 잠깐 고민하더니, 이내 소리 높여 말했다.

"알았다! 쿠키 냄새야!"

그렇게 말하며 웃었다. 케이트는 놀라서 그 애 얼굴을 쳐다봤다. 마치 당장에라도 터질 듯했던 풍선에서 푸시시 바람이 빠지는 것 같았다. 파멜라 프란시스는 서서히 눈썹을 치켜올리며, 매우 화난 표정으로 여자애를 노려봤으나 한마디도 하지 않고 뒤돌아서 갔다. 잰걸음으로 멀어지는 뒤꽁무니를 추종자들이 다급하게 따라나선다.

여자애가 이상하다는 듯 의아해한다.

"어? 다들 가 버렸네."

"그, 그러게……."

뭘까, 애는.

그때, 꾸르르르, 하며 작은 동물의 울음소리가 들렸다. 무슨 소린가 하고 눈을 깜박이는데 여자애가 누가 봐도 '아뿔싸'라는 표정으로 양손을 배에 갖다 대고 있다.

케이트가 아주 잠깐 주저했다가 귀여운 꾸러미를 꺼냈다.

"……먹을래?"

"그래도 돼?!"

연둣빛 눈동자가 반짝반짝 빛났다. 주변을 두리번거리더니 그대로 꾸러미를 끌러 잽싸게 입에 집어넣는다. 그러고는 바로 놀란 듯이 두 손으로 뺨을 감쌌다.

"맛있다!"

얼굴에 행복한 미소가 번진다.

케이트는 깨닫고 보니 말을 건네고 있었다.

"저기, 나는, 케이트야……! 케이트 로렌……!"

지금도 쿠키를 하나 더 입에 넣으려던 여자애가 놀라 눈이 휘둥그레졌다. 그러고는 바로 기뻐하면서 자기를 가리키며 '나는 코니!'라고 말하고는 웃었다.

케이트는 천천히 눈을 떴다. 썰렁한 바깥 공기가 뺨을 어루만진다. 실내에 먼지가 쌓인 걸 보아하니 어딘가의 오두막집인가.

아무래도 차가운 바닥에 엎드린 채로 기절해 있었나 보다. 다행히 어둑어둑한 실내에는 아무도 없었다. 일어나 보려다 손이 뒤로 묶인 것을 알았다. 어쩐지 몸이 아프더라니. 엉기적엉기적 벽까지 기어가서 벽에 등을 기대어 균형을 잡으며 몸을 일으킨다.

실내는 살풍경했다. 의자 하나에 식탁 하나. 밖에서 겨우 들이치는 햇빛이 아직 밝다. 슬그머니 주변을 살피니 생활 소음이 안 들린다. 이곳은 분명 교외일 것이다. 그리고 창문에서 보이는 경치로 미루어 보아 숲속인 듯하다.

주변을 살피는 와중에 문이 열렸다. 케이트의 몸이 흠칫하며 굳는다. 들어온 이는 중년 남자로 체격이 좋았다. 그리고 매우 불쾌한 눈빛을 띠고 있었다.

"정신이 들었군."

케이트는 가만히 기억을 더듬었다. 분명 그레일가에서 집으로 가는 길이었다. 그러다 뒤에서 누군가가 습격한 것이 떠올랐다. 약품 냄새 같은 게 났고 그대로 의식을 잃었다.

남자가 의자에 털썩 앉더니 누런 이를 드러낸다.

"케이트 로렌 맞지?"

케이트는 대답하지 않았다. 아무 말 하지 않고, 남자가 어떻게 나오는지 기다렸다.

"릴리 오를라뮌데의 열쇠를 알고 있나?"

"……뭐?"

"열쇠가 있는 곳을 알려 주면 돌려보내 주지. 콘스탄스 그레일이 갖고 있지?"

남자의 말에 숨을 꿀꺽 삼켰다.

그래, 이자가 노리는 건 코니구나.

그러면 얘기는 간단했다. 케이트가 눈을 살짝 가늘게 뜨며 도발적으로 입꼬리를 치켜올린다.

"그게 뭔지도 모르고, 안다고 해도 안 알려 줘."

남자가 표정을 싹 바꾸더니 손을 휘둘렀다. 피할 겨를도 없이 뺨에 충격이 가해졌고 시야가 흔들렸다. 가차 없는 폭력에 균형을 잃고 바닥에 쓰러졌다. 입 안에는 비릿한 맛이 퍼졌다.

남자는 그대로 케이트에게 다가와 마른 브라운색 머리를 추켜잡았다. 케이트의 목에서 윽 하는 고통스러운 소리가 새어 나온다.

"그렇다면 협조 좀 해 줘야겠어. 콘스탄스 그레일을 속이고 열쇠를 뺏어 와."

케이트의 할아버지는 원래 국경 경비대 부사관에 지나지 않았다. 그런데 우연의 우연이 겹치면서 공을 세웠고, 공로를 치하해 작위를 하사받았다고 한다. 그러나 어중간한 성공으로 같은 하위 귀족에게도, 평민에게도 소외되었다. 노골적인 비아냥과 모욕 따위는 귀여울 정도다. 개중에는 벼락 귀족의 존재를 받아들이지 않고 강제로 배제하려는 자들도 있었다. 그 때문에 로렌 가문의 자녀들은 철들기 시작할 무렵부터 최소한의 호신술과 지식을 익혀야 했다. 납치당했을 때의 대응도 그중 하나였다.

그래서 배운 대로 하려면 반항적인 태도를 보여서는 안 된다는 건 안다.

그런데 이 남자는 케이트의 눈을 가리지 않았다. 가리기는커녕 얼굴을 그대로 내보이면서도 당당했다. 게다가 이자가 노리는 건 케이트가 아니라 코니다. 다시 말해, 인질로 삼은 자신은 이자에게 별 가치가 없다. 여기까지 파악하고 케이트는 남자를 똑바로 노려보았다.

"절대 안 해."

남자가 이번에는 흥분하지 않고 대신, 품에서 나이프를 꺼냈다. 그러고는 잡아 올린 케이트의 머리를 싹둑 잘라 버린다. 그애가 예쁘다고 해 준 마론 브라운색 머리칼들이 홀홀 날렸다. 순식간에 어깨 정도 오는 길이가 된 자기 머리를 곁눈질로 보며 케이트는 천천히 눈을 감고 각오를 다졌다. 이 상황에서 도출할 수 있는 답은 하나뿐이다. 그것은 바로.

처음부터 살려서 돌려보낼 마음이 없었다는 것이다.

※

　케이트가 납치되고 하룻밤이 지났다.

　딸이 사라졌는데도 로렌가는 여느 때와 다를 바 없었다. 헌병에게 수색 신고서를 냈다는 얘기조차 들리지 않는다. 코니는 문득 그런 생각이 들었다. 어쩌면 그레일이 정문에 던져 놓고 간 것처럼 비슷한 우편을 받았을 수도 있다. 딸이 살아 돌아오길 바란다면 잠자코 가만히 있으라는 내용으로.

　케이트의 부친, 로렌 남작은 최근에 영지에서 시작한 사업의 사전 준비 때문에 올해는 왕도에서 지내지 않았다. 케이트의 형제들 또한, 국경 경비대에 적을 둔지라 역시 왕도에서 멀리 있었다.

　그러므로 저택에는 지금 남작 부인밖에 없다.

　"……각하."

　방 침대에서 무릎을 끌어안으며 코니가 불쑥 중얼거렸다.

　"……각하라면, 분명."

　머리부터 발끝까지 검정 일색인 무서운 사람이 뇌리를 스쳤다.

　초대장에는 아무에게도 말하지 말라고 적혀 있었다. 하지만 그것이 최선책이리라고는 생각하지 않는다.

　'――다음부터는.'

　【풍양관(폴크방)】에서 집으로 돌아가던 길. 마차 안에서 이르던 낮은 목소리.

　'――무슨 행동을 하고자 할 때는 미리 연락해 주면 좋겠어.'

그 사람이 진지한 얼굴로 그렇게 말해 주었다. 그러니까.

「웬일이래, 바보처럼 무턱대고 저쪽 요구를 들어주려고 할 줄 알았는데.」

옆에서 따분해하던 희대의 악녀가 깔보듯 코웃음 쳤다.

얼마 전의 콘스탄스였다면 그리했으리라. 성실함에는, 다시 성실함이 돌아오리라 믿으며. 그리고 일이 잘못되면, 전부 성실을 변명으로 삼으며.

그러나 성실에 의지한 채 기다리기만 해서는, 사태는 바뀌지 않는다.

코니가 자신에게 생각해 내라는 말을 되뇐다.

생각해 보자. 무엇이 최선인지.

그것이 설령, 성실에 반하는 일이라고 하더라도.

행동하지 않으면 길을 개척할 수 없다는 걸 지금의 코니는 매우 잘 안다.

그리하여 곧바로 랜돌프를 만나러 갈 준비를 끝낸 코니는 사람 눈을 피해서 저택 뒷문을 열었다.

"잠깐 나 좀 봐."

문을 열고 나선 그때, 누군가가 사각지대에서 기다렸다는 듯 불쑥 튀어나왔다. 깜짝 놀라 뒤돌아보니, 그곳에는 빨간색의 심한 곱슬머리에 회색빛이 감도는 암녹색 눈의——.

"아멜리아 홉스……!"

코니가 무의식중에 낮게 신음했다. 틀림없다. 자신을 가십거리로 만든 메이플라워사의 기자다.

아멜리아가 길목을 막아서더니 짜증 났던 지난번처럼 무례한 태도로 질문했다.

"오랜만이야, 콘스탄스 그레일. 실은 그쪽한테 묻고 싶은 게 있어."

"제, 제가 지금 좀 급한 일이 있어서요."

코니가 굳은 얼굴로 거절하자, 아멜리아가 한쪽 눈썹을 치켜 올렸다.

"흐응. 평민 따위와는 말도 섞기 싫다 이거야?"

뭐야, 이 데자뷔. 코니가 손가락으로 미간을 누르며 아니라고 부정했다. 물론 상대방은 들으려 하지도 않았지만.

"도대체 자작가 영애께서 어디서 얼마나 즐겁게 노시려고 몰래 빠져나가는 걸까? 그런 식으로 나오면 소리 지른다?"

그건 안 된다. 이 상황에서 이목을 끄는 건 피하고 싶다. 동요하는 게 티가 났는지 아멜리아가 만족스러워하며 웃고는 그대로 말을 이어 나간다.

"당신, 세실리아 왕태자비와 엘바이트궁에서 만났지?"

코니는 대답하지 않았다. 하지만 코니의 반응은 아멜리아에게 알 바가 아니었나 보다. 멋대로 얘기를 이어 간다.

"제법이더라. 처음 만나고 얼마 뒤에 다화회에도 초대받고 말이야. 그쪽이 마음에 들었나 봐. 있잖아, 나랑 거래하지 않겠어? 돈은 줄게. 아아, 아니면 또 주목받게끔 기사를 써 줄까?"

"진심으로 사양하죠."

"후후, 허세 부리지 않아도 돼. 내 요구는 당신이 왕태자비를 살펴 줬으면 하는 거야. 왕태자비에게 안 좋은 소문이 있거든."

일단 저택으로 돌아갔다가 다시 나올까. 아니다, 아멜리아라면 분명 매복해서 기다리겠지. 조만간 손님으로 불러 달라고까지 할 것 같다.

이렇게 된 이상, 힘을 써서라도 돌파하자는 생각을 하는데 불온한 단어가 들려, 코니가 무심결에 고개를 들었다.

"세실리아 왕태자비가 말이지, 창부의 핏줄이라지 뭐야."

그럴 리가 없다. 세실리아의 옛날 성은 류제다. 류제 자작가의 장녀이다. 모친은 동맹국 멜비나의 귀족이라고 했다.

"몇 달 전에 있었던 일이야. 궁전에서 근무하는 남자가 시청사를 찾았는데 우연히 류제 가문의 호적부에 의도적으로 고친 흔적이 있는 걸 발견했어."

눈이 휘둥그레져 놀란 코니를 보고 기분이 좋아졌는지, 아멜리아가 계속 떠들기 시작했다.

"그 남자는 매우 신경질적인 성격이어서 한번 품은 의문을 그대로 묻어 둘 수가 없었지. 그래서 혼자서 조사를 시작해 마침내 세실리아 류제가 자작가의 정통 혈통이 아니라, 창부 사이에서 난 자식인 걸 알아냈어. 본처의 자식은 예전에 유행병으로 죽었다더라고. 병약했던 건 분명 본처의 자식이었겠지. 다시 말해서 류제 자작은 자녀들의 호적을 바꿔 기재한 거야."

그 말에 코니는 숨을 삼켰다.

"남자는 이 사실을 고발하려 했어. 이는 왕가와 국민에 대한 배신행위라고 말이야. 그래서 메이플라워사를 찾아왔어. 어때? 엄청난 특종이지? ……근데 말이지, 돌연 연락이 끊기더니만 어느샌가 약물 중독자가 돼선 시설에서 요양 중인 거 있지. 그 사람 부인은 불륜했다가 자살까지 하고. 아아, 가엾은 케빈 제닝스!"

쿵 하고 심장이 불길한 소리를 내었다. **제닝스**? 그러면 자살했다는 부인이 혹시——.

한 여성의 모습이 코니의 뇌리를 스친다. 에밀리아가 주최한 야회에서 불륜을 고백하고 마고 튜더에게 볼에 상처를 입은 부인, 테레사 제닝스인 걸까.

"왕태자비의 모친으로 추정되는 창부는 유감스럽게도 출산과 동시에 사망했다고 해. 아기는 어느 지구의 고아원에 맡겨진 것 같고. 근데 그 고아원도 14년 전에 불이 나서 불타 없어졌어. 호적을 바꾼 게 아마 그쯤일 거야. 시설 기록도 함께 불에 타 버린 바람에, 겨우 당시 상황을 아는 사람을 찾아내서 해당 고아원에 장미색 눈동자를 가진 아이가 있었다는 건 알아냈어."

——장미색 눈동자는 류제 가문의 핏줄을 이어받은 자에게 많이 나타난다고 한다. 세실리아 왕태자비도 그러했다.

"그 여자, 고아원에서 함께 지낸 소년과 장래를 약속했던 모양이야. 듣기로는 이름이 '사시'라나 '시시'라나. 그 왜, 왕태자비가 자주 몰래 마을로 내려온다는 건 유명한 얘기잖아. 빈민굴 아이들을 보살피거나 무상 치료원을 도는 것도 미담 중 하나인데, 사실은 남들 눈을 피해 옛 연인과 밀회해 온 거였다면 로맨틱하지 않아?"

회색빛이 감도는 암녹색 두 눈이 이글이글 열기를 띠고 있다. 오싹해진 코니의 등줄기에 식은땀이 흘렀다.

할 말을 잃어 가만히 있는데 그걸 수락의 의미로 받아들였는지 아멜리아 홉스는 '그럼, 정보를 확실히 모아 둬'라는 말을 남기고는 부산스레 자리를 떴다.

"……알고 있었어?"

코니가 주뼛대며 스칼렛에게 물었다. 스칼렛은 복잡해 보이는 표정으로 고개를 저었다.

「처음 들어.」

만약 이 얘기가 사실이면 특종은 특종이다. 하지만 상대는 그 아멜리아 홉스다. 지난번 코니의 기사로 미루어 보건대, 사실 여부는 확실치 않다.

눈살을 찌푸리며 다시 발걸음을 재촉하려는데 자박자박 경쾌한 소리를 내며 한 소년이 다가왔다.

"누나 이름이 콘스탄스예요?"

놀라면서도 고개를 끄덕이니 손에 들고 있던 쪽지를 건넨다.

"저쪽 모퉁이에서 갖다주라고 부탁받았어요."

소년은 그렇게 말하고는 다시 뛰어갔다. 뭔가 해서 시선을 내려뜨리니 거기엔 펜으로 휘갈겨 쓴 듯이 삐뚤삐뚤한 글자가 적혀 있었다.

──저택으로 돌아가. 다음은 없어.

코니는 숨을 삼켰다. 그러고는 뒤돌아서 떨리는 목소리로 작게 중얼거린다.

"······감시하고 있어."

결론부터 말하면, 랜돌프 얼스터를 만나러 갈 수 없었다. 누군가가 감시하고 있다. 그 사실은 상상 이상으로 코니의 행동을 제한했다. 마땅한 타개책도 떠오르지 않는다.

아무것도 못 하고 속절없이 시간이 꽤 흘렀다. 결국, 약속한 시각이 다가와 코니는 살짝 저택을 빠져나왔다.

문을 나서자마자 사람 그림자가 있는 것을 알아차렸다. 아멜리아가 또 왔나 싶어 경계하는데 체격이 전혀 다르다. 바로 다음 순간에 코니는 저도 모르게 눈이 휘둥그레졌다.

"각, 하······?"

"어디 외출하나? 그레일 양."

감청색 눈동자에 어김없이 온몸을 두른 검정 제복 차림. 여전히 날렵한 이목구비, 행동거지에도 엄청난 위압감이 절로 든다.

"안색이 안 좋은데, 무슨 일 있는 건가?"

하지만 어째서인지 이제는 무섭지는 않다.

랜돌프 얼스터는 그렇게 묻더니 이상하다는 듯 갸웃했다. 코니는 마치 산소가 부족한 금붕어처럼 입만 뻐끔거리고만 있다.

"여, 여기는, 어쩐 일로······."

"지난번 있었던 【새벽닭】 일로 스칼렛에게 확인할 게 있어서. 쓰러진 여성 말고도 그때 그 야회에 자칼의 낙원을 사용한 자가 없었나 해서 말이야."

정말 죄송스럽게도 질문의 내용을 반도 이해하지 못했다. 왜냐하면 무섭기만 했던 낮고 차가운 목소리에——.

매우 안도했기 때문이다.

코니는 저도 모르게 매달리듯이 '케이트가……!'라며 입을 열었으나 곧바로 얼어붙고 말았다.

지나다니는 사람들이 시야에 들어온다. 한 명이 아니다. 여성, 노인, 아이. 물론 어디에나 있을 평범한 사람들로 미심쩍은 기색은 전혀 없다. 그러나 주위에 사람이 있다는 것에 목소리가 나오지 않는다. 분명, 지금도, 누군가 지켜보고 있다. 그럴 가능성이 있다는 걸 알아차린 것이다. 우리의 대화가 들릴지도 모른다.

'——다음에는 손가락을 보내겠다.'

무자비하게 잘린 마론 브라운색 머리 다발이 머릿속을 스친다.

갑자기 입을 다문 코니를 보고 랜돌프가 눈살을 구겼다.

'이러면 안 돼.'

코니는 초조했다. 이러면 분명 들키고 만다.

그때, 스칼렛이 야단스럽게 한숨을 푹 쉬었다.

「노먼 홀든. 그때 분명 그자도 있었어. 가까이 가지는 않아서 냄새를 맡아 보지는 못했지만, 그자도 제인(자칼의 낙원)을 애용했지. 랜돌프도 알 거야.」

뜻밖의 도움의 손길에 코니가 가슴을 쓸어내리고 스칼렛의 말을 전했다.

"노먼이라고?"

랜돌프가 생각지도 못한 얘기라는 듯이 청색 눈을 번뜩였다.

"확실한가?"

"네, 네."

그러자 잠시 생각에 잠긴다.

"……그렇군. 한번 조사해 보지."

그렇게 말하고는 휙 발길을 돌린다. 무의식중에 '아' 하고 바보 같은 목소리가 새어 나왔다. 하지만 랜돌프에게는 들리지 않았다.

넓은 보폭으로 멀어져 가는 검은 등 뒤로 코니가 무심결에 손을 뻗었다.

그러나 곧바로 단념한다. 그대로 주먹을 꽉 쥔다. 랜돌프 얼스터의 모습은 금세 사라지고 없다. 코니는 마음을 다잡으려 크게 심호흡한다. 그러고는 '좋았어'라며 고개를 들고 길을 나선다.

그 앞에는 스칼렛 카스티엘이 여느 때와 같은 오만한 미소로 코니를 보고 있다.

그 모습에 마음이 조금 진정된다. 그래서 고개를 작게 끄덕이며 이렇게 말했다.

"──가자."

※

뺨이 아프다. 점차 열감이 느껴진다. 긴장을 풀면 눈물이 날 것 같아서 케이트는 그대로 바닥에 쓰러진 채 입술을 깨물고 있었다.

듣자 하니 케이트를 납치한 남자에게는 아무래도 부하가 있는 모양이다. 오두막 주변, 그리고 그레일가 저택을 감시하는 듯하다. 정기적으로 보고하는지 이상 없다는 말을 주고받는 걸 몇 번 들었다.

이곳에 끌려온 지 얼마나 지났을까. 시간 감각이 모호해지면서 체력도 서서히 떨어지고 있다.

갑자기 밖에서 뭔가 옥신각신하는 소란스러운 소리가 들려 왔다. 무슨 일이지. 케이트는 살짝 시선을 움직였다. 남자가 경계하며 품에서 총을 꺼낸다.

잠시 후, 아무 일도 없었던 것처럼 조용해졌다가, 이내 문이 끼익 소리를 내며 열렸다.

총을 겨누던 남자가 방아쇠에 손가락을 건다.

긴박한 공기를 아랑곳하지도 않고 들어온 건, 갈색 피부에 호리호리한 젊은 청년이었다.

"호세 아저씨, 이런 데서 대체 뭘 하는 거야?"

분위기와 전혀 안 어울리는 가벼운 어조의 목소리. 그런데 남자──듣자니 호세──는 누가 봐도 동요해서는 목소리가 날카로워졌다.

"살바도르?! 네가 어떻게, 여기를⋯⋯."

청년은 질문에 대답하지 않고 선선히 실내로 들어온다. 그러고는 쓰러져 있는 케이트를 쳐다보더니 '하아' 하고 요란하게 한숨을 쉬었다.

"못 살아, 이 아이를 납치해 온 거야? 보니까 뺨도 부어올랐네. 때렸어? 우와, 깬다. 그나저나 또 멋대로 굴면 어떡해. 당신네들 일은 낙원을 파는 거잖아. 부탁이니까 일이나 좀 제대로 해 주라. 크리슈나 녀석에게 잔소리 듣는 건 나니까 말이야."

"……장미십자 쪽은 이제 틀렸어. 애비게일 오브라이언이 움직였어. 그 여자에게 찍히면서까지 낙원에 손댈 만큼 목숨을 내놓은 녀석은 많지 않아."

"그쪽은 딱히 오브라이언만 입김이 센 건 아니거든? 찾아보면 방법이 있을 거 아니야. 나도 머리가 좋은 편은 아니지만, 당신들은 머리 좀 써라."

지긋지긋하다는 말투에 호세라는 이름의 남자가 격앙되었다.

"권터가……! 내 파트너가, 오브라이언의 사냥개에게 살해당했어……!"

끔찍한 이야기였다. 호세는 울분을 풀 길이 없다는 듯 씩씩거렸다. 실내에 다시 긴장이 흘렀다.

"──그래서?"

하지만 청년은 고개를 기울이며 헤실헤실 웃었다. 그 웃음에는 도발도, 놀라움도, 애도도 없다. 진심으로 '그게 뭐?'라고 생각하는 게 훤히 보이는 태도에 케이트는 등골이 오싹했다.

"너도 알잖아! 그 녀석의 임무는 릴리 오를라뮌데의 열쇠에 관해 알아보는 거였어! 그 일로 콘스탄스 그레일에게 접근하려다가 죽은 거라고……! 권터, 그 바보는 아무 정보도 안 남기고 죽었지만, 콘스탄스 그레일은 뭔가 알고 있는 게 분명해……!"

"아. 그래서, 이런 짓을 했다는 거야?"

"귄터도 죽었고 낙원 매상도 상부의 요구에 미치지 못해. 적어도 열쇠라도 손에 넣지 않으면 나도 위험해진다고!"

필사적인 표정으로 다가선 상대방을 청년은 매우 차가운 눈빛으로 보았다.

"뭐, 성과만 있다면 무슨 짓을 하든 상관없는데 말이야. 방식이 좀 그렇잖아."

타박하고는 있으나 여전히 어조는 경박했다.

"밖에 있는 녀석도 그렇고, 적당히 깡패들을 사서 부리고 있지? 그런 게 말이야, 정말 잡스러워. 알아?"

짚이는 게 있는지, 호세의 말문이 막혔다.

"난 충고했어. 아무튼 당신이 싸지른 똥은 깨끗하게 치워, 아저씨."

마지막으로 청년은 아무래도 좋다는 듯 어깨를 으쓱했다. 그러고는 문득 기억이 났는지 케이트를 한 번 내려다본다. 케이트의 몸이 흠칫하며 굳었다.

"댁도 딱하다. 괜한 불똥이 튀었네."

휙, 얼굴을 돌렸는데도 아랑곳 않고 청년이 웅크리고 앉아 케이트와 눈을 맞추었다. 빛의 양에 따라 노을처럼 보이기도 하는 적동색 눈동자가 즐겁다는 듯 흔들린다.

"──콘스탄스 그레일이 원망스러워?"

"……아니."

못 들은 척 무시할 수 없는 질문에 케이트는 고개를 획 들어 올렸다.

"아니, 전혀. 그 애와 만난 건 내 인생에서 가장 큰 행운이고, 그 애의 친구인 건 내 인생에서 가장 자랑스러운 일이야. 원망 따위 절대 안 해."

그렇게 말하고는 노려보니, 살바도르라 불린 청년은 순간적으로 눈이 커져 흥미롭다는 듯이 웃었다.

※

쾌청한 날이었다.

완만한 구릉지 한 면을 덮은 연보랏빛 꽃이삭들이 흔들리고 있다. 바람을 타고 그 특유의 독특한 달착지근한 냄새가 실려 온다. 베르나디아 호숫가는 라벤더 군생지로 유명했다. 특히 요즘같이 꽃이 피는 시기에는 환상적인 경관이 펼쳐지지만, 일반인은 출입이 금지되어 있다. 이유는 예쁜 라벤더 사이에 투구꽃 무리라는 독초가 섞여 있기 때문이다. 꽃과 줄기, 잎, 뿌리——심지어는 꽃가루에까지 독성이 있다고 하며, 과거에 수많은 사람이 죽어 규제에 들어가기에 이르렀다. 그런 사정도 있어서 지금은 찾는 사람이 거의 없다.

요구한 대로, 코니는 혼자 왔다. 평소에는 잔소리가 심한 스칼렛도 오늘만큼은 조용했다.

잠시 기다리니 기척도 없이 무장한 힘세 보이는 남자들이 나타났고, 그중 한 명이 코니의 목에 칼을 들이댔다. 치밀어 오르는 비명을 필사적으로 삼켰다. 그 상태로 나무가 늘어선 길 끝에 있는 오두막 앞까지 끌려왔다. 무장한 남자가 오두막 앞에서 무어라고 보고한다. 그러자 한 남자가 손이 뒤로 묶인 소녀를, 총을 겨눈 채로 데리고 나왔다.

"케이트!"

무사한 케이트를 보고 안도한 것도 잠시였다. 오른쪽 뺨이 매우 부어 있다. 맞은 걸까. 그 가엾은 모습에 코니는 심장이 부스러지는 것 같다.

그때. 고개를 떨구고 있던 케이트가 고개를 획 들고 화난 목소리로 소리쳤다.

"——왜 왔어! 이 바보!"

"왜, 왜냐니."

"나는! 너 대신 살아 봤자 하나도 안 좋단 말이야……!"

그렇게 말하고 친구는 평소처럼 입술을 삐쭉 내밀었다.

"하여간, 독하지 못한 건 여전하다니까——."

코니는 멍하니 서 있었다. 자신을 원망할 줄 알았기 때문이었다. 케이트가 납치당한 건 내 탓이다. 너 때문에 이렇게 됐다며 따져도 이상하지 않았다. 하지만 케이트 로렌은 똑같았다. 가슴이 뜨거워지면서 코 안이 찡하다. 울지 말라고 마음속으로 되뇌며 입술을 깨물었다. 울지 마, 울지 마. 지금은 우는 것보다 더 중요한 일이 있다.

코니가 총을 든 남자 쪽으로 돌아섰다.

"……약속대로, 혼자 왔어요. 그러니 케이트를 풀어 주세요."

케이트만큼은 구해야 해.

뒷일은 이따가 생각하자.

"그러지."

남자가 이를 드러내며 웃었다. 부하로 보이는 사람에게 데리고 가라며 턱짓하고 총구를 케이트 등에 대고 눌렀다. 케이트가 비틀거린다. 그런 그녀의 팔을 남자의 부하가 난폭하게 잡았다.

"——콘스탄스 그레일!"

그 순간, 케이트가 소리쳤다. 놀란 코니가 쳐다보자 갑자기 눈초리를 늘어뜨리며 다정하게 미소 짓는다.

"너의 길을, 나아가."

마론 브라운색 눈동자는 매우 평온했다.

"어⋯⋯?"

마치 작별 인사 같았다. 의아해하고 있는데 남자가 비열하게 웃으며 말했다.

"확실히 처리해."

그렇게 말하고는 부하 한 명에게 권총을 건넨다. 코니의 눈이 휘둥그레졌다.

"뭘, 해요⋯⋯.?"

"뭐긴, 입막음이지. ——죽은 자는 말이 없다잖나."

명령을 받은 부하가 케이트를 끌고 숲속으로 데려간다. 남자가 한 말의 의미를 깨달은 코니가 새파랗게 질려 외쳤다.

"어째서죠? 약속이⋯⋯! 약속이 다르잖아요!"

"미안하군, 아가씨. 하지만 말이지."

남자가 딱하다는 표정으로 바라본다.

"속는 사람이 잘못이야."

코니가 눈을 크게 뜨고 숨을 삼킨다. 그러고는 떨리는 목소리로 애걸복걸했다.

"아, 안 돼요, 하지 마세요! 전부 다 말할게요! 뭐든, 뭐든지 할게요……!"

케이트의 모습이 그 잠깐 사이에 작아지고 머잖아 시야에서 사라졌다. 심장이 쿵쿵 빨리 뛰었다. 덮쳐 오는 불길한 예감에 고개를 내저으며 남자에게 매달린다.

"부탁이에요, 죽이지, 죽이지 말라고 해요……! 네? 제발요……!"

"──저 아가씨가 더 이성적이군. 아마 처음부터 각오했을 거다. 자기가 죽을 걸 알면서도 미운 소리 한 번을 안 하다니. 여간내기가 아니야."

"──윽."

기억 속에서 마론 브라운색 눈의 소녀가 살포시 웃었다.

싫어. 이럴 수는 없어. 안 돼. 제발. 발길을 돌려 뛰어가려는 코니의 어깨를 누군가 잡았다. 뿌리치려 하지만, 힘으로 지면에 내리누른다. 그래도 필사적으로 저항하니 뺨따귀를 여러 대 올려붙였다. 순간 머리가 멍해졌지만, 입술을 깨물고 붙잡힌 어깨를 빼려 안간힘을 쓰는데──.

──탕, 하는 메마른 총성이 구름 한 점 없는 파란 하늘에 울려 퍼졌다.

코니가 말로 형용할 수 없는 비명을 내질렀다. 몸속의 피가 끓어오르는 것 같았다. 지르고, 지르고 또 질러도 도저히 손쓸 방도가 없다는 것을 깨닫고는 실이 뚝 끊기듯 그 자리에 무너져 내렸다.

남자가 히죽히죽 웃으며 다가온다. 더는 저항할 기력도 없었다. 차가운 것이 뺨을 타고 흘러 지면에 떨어진다. 아무 생각도 할 수 없어 자포자기하듯 그대로 눈을 감았다.

바로 그때였다.

"꼼짝 마라."

위압적인 강한 어조와 함께 수많은 발소리가 몰려든다. 그리고 몇 발의 총성도 들린다. 살벌한 금속음이 대기를 진동시킨다.

──이 목소리는, 설마.

코니가 믿기지 않는 듯 고개를 들고 천천히 뒤를 돌아보았다.

기다리고 있는 것은, 역시나 하늘을 오린 듯한 검푸른 빛이 담긴 두 눈동자.

"……각하."

남자를 향해 단총의 총구를 겨눈 랜돌프 얼스터 뒤로 군복을 입은 남자들이 군더더기 없는 격발 태세로 대기하고 있다. 그들이 든 건 총신이 긴 소총이다.

남자가 혀를 차며 숲 안쪽으로 지원을 요청하는 시선을 보냈다. 그를 본 랜돌프가 무미건조한 사무적인 어투로 남자에게 말한다.

"안됐지만, 이미 전원 제압했다."

그러자 그 순간 남자가 귀를 막고 싶을 만큼 심한 욕설을 퍼부었다. 그러고는 증오로 가득 찬 눈빛으로 코니를 매섭게 노려본다.

"이게, 나를 속여?!"

그때, 누군가 웃음을 터트렸다. 구슬이 굴러가는 듯한 사랑스러운 목소리다.

내내 침묵을 지키던 목소리의 주인공이 공중에 둥실 떠오르더니 남자의 얼굴을 들여다본다.

「어쩌지, 미안하게 됐어. 하지만——.」

누구나 탄성을 자아낼 정교한 미모의 소녀가 기죽은 기색 하나 없이 사과한다. 자수정색 눈동자가 즐거운 듯 뱅그르르 돌았다.

하늘은 높고 푸르며, 태양은 아찔할 정도로 햇볕을 내리쬐고 있다.

「——속는 사람이, 잘못이지.」

스칼렛 카스티엘은 그렇게 말하고는 머리 위로 펼쳐진 드넓은 여름 하늘처럼 환하게 웃었다.

"노먼 홀든 후작은 13년 전에 사망했어. 그러니 그 야회에 참석할 수가 없지."

왕립 헌병국 휴게실. 뺨에 얼음주머니를 대고 있던 코니가 눈을 껌벅였다.

——노먼 홀든?

"……아아!"

Illustrations©Yu-nagi

기억해 내고 무심결에 감탄사가 터져 나왔다. 기억하기로는 랜돌프와 헤어지기 전에 스칼렛이 존 도 백작의 야회에서 봤다고 알려 준 이름이다. 스칼렛을 보니, '후후'하며 득의양양하게 가슴을 펴고 있었다.

「노면 홀든은 말이지, 운명의 세 여신에게 심취했던 심술궂은 노인네야. 취미는 설교. 파산한 귀족에게 끈질기게 청빈하게 살라는 둥 설교하다가 욱한 상대방에게 칼에 찔려 죽었어. 마지막 유언은── '신이여, 나를 구하시오'. 죽음의 문턱에서도 그런 말만 골라 해서 당시에 꽤 화제가 됐었지.」

'나를 구하시오.'

정리하면, 그 자리에서 굳이 고인이 된 노면 홀든의 이름을 꺼낸 이유는 도움을 요청하는 메시지였던 건가. 코니는 전혀 눈치채지 못했지만, 결과적으로는 스칼렛이 발휘한 기지로 랜돌프 얼스터가 지원을 요청할 수 있었던 거겠지.

정말 다행이라며 코니가 가슴을 쓸어내렸다.

납치범은 랜돌프가 통솔하는 헌병대에 체포되었다. 케이트도 무사했다. 다만, 타박상이 있고 몸이 쇠약하여 지금은 의무실에서 치료받고 있다.

범인은 그대로 총국으로 이송될 예정이었으나 생각지 못하게 간섭이 들어왔다.

호숫가를 빠져나왔는데 어찌 된 일인지 왕립 기사단이 대기하고 있던 것이었다. 기사단의 임무는 왕족의 신변 호위인데, 케이트를 납치한 범인이 엘바이트궁에 신분을 속이고 드나든 상인과 연결고리가 있다고 주장하며 신병 인도를 요청한 것이다. 랜돌프의 표정은 험악했지만, 기사단의 완고한 태도에 이대로 버텨 봤자 끝이 나지 않으리라고 판단한 모양이다. 머리가 지끈거리는 듯 한숨을 쉬더니 심문 시에는 본인도 자리하는 조건으로 수락하였다.

덧붙여 말하자면, 코니와 케이트도 치료를 다 받으면 조사를 받아야 한다. 이에 관해서는 다소 언쟁이 있었으나 완강한 랜돌프로 인해 결국 그가 조서를 작성하는 것으로 얘기가 되었다.

"스칼렛 카스티엘이 죽은 사람이 야회에 왔었다고 단언한다는 건, 무언가 의미가 있겠구나 싶었어. 당시를 살았던 사람에게는 노먼 후작의 유언이 매우 유명했으니까. 그리고 전에도 말했지. ──너는 거짓말이 서툴다고."

그렇게 말하며 청색 눈동자가 코니를 담았다. 나무라는 말투는 아니고 쳐다보는 눈빛 또한 따뜻하다. 그리고 그 눈에 슬며시 번지는 건── 안도, 일까.

"……죄송해요."

눈빛에 담긴 속뜻을 깨닫고 나니 미안하다는 말이 입에서 선뜻 흘러나왔다. 랜돌프가 어리둥절해한다.

"무엇을 사과하는 거지?"

"그, 걱정을, 끼친 것, 같아서요……."

그랬더니 랜돌프가 매우 뜻밖의 말을 들었다는 듯 눈이 살짝 커졌다. 드물게 감정이 다 드러나는 그 표정에 코니가 당황해서 방금 한 발언을 주워 담는다.

"아, 아닌가……?! 하긴 걱정 같은 걸 하실 리가 없는데……! 왜냐하면 각하는 각하의 일을 하셨을 뿐이니까요……! 이, 이런, 제가 저도 모르게……! 저, 저도 모르게 터무니없는 착각을 했네요……!"

창피하다. 너무 창피하다. 얼굴이 터질 것 같다. 어쩔 줄을 몰라 몸을 움츠리고 있는데 랜돌프가 나직이 한마디 한다.

"……그렇군."

약간 놀란 듯한, 그렇지만 무언가 납득한 듯한 목소리였다.

"……걱정한 거였어, 나는."

"네……?"

코니의 몸이 무의식중에 굳었다. 랜돌프가 한 말의 의미가 이해되자 천천히 목 위부터 열이 오르기 시작한다.

이번엔 다른 의미로 얼굴이 터질 것 같았다.

케이트 로렌의 치료가 끝났다는 보고를 받고 의무실로 가니, 뺨에 큰 거즈를 붙인 케이트가 침대에 걸터앉아 있었다.

"코니?"

놀란 눈으로 쳐다보는 그 얼굴에는, 조금이나마 혈색이 돌아와 있었다. 아아, 다행이다. 마음이 놓여서 그런지 몸에서 힘이 다 빠져나갈 것 같다. 울먹거리며 달려가니 케이트가 먼저 팔을 뻗어 꽉, 아주 꽉 안아 준다. 보드랍고 따뜻하다. ──살아 있어.

"……나, 살았구나."

케이트의 몸이 조금씩 떨리고 있었다. 이번 일로 겪은 공포가 얼마나 클지, 코니는 상상도 안 된다. 위험하게 하기 싫어서 거리를 둔 건데, 결국 말려들게 하고 말았다. 심지어 최악의 형태로.

당장에라도 사과하고 싶었다. 그러나 누구보다도 강하고 마음씨 고운 친구는 분명 사과하지 말라고 하겠지. 그렇다면 사과하는 것으로 편안해지는 건 코니뿐이다.

그러니——.

마론 브라운색 눈과 눈을 맞춘다.

"케이트에게 들려주고 싶은 얘기가, 있어."

그렇게 콘스탄스 그레일은 소궁전에서의 희대의 악녀(스칼렛)와의 첫 만남부터 오늘까지 있었던 일을 전부 이야기했다.

"——그랬구나. 성가신 일에 휘말렸네. 뭐, 너답다고 생각하면 납득은 가지만 말이야."

아무렇지도 않게 대답하는 케이트를 보고, 코니는 놀라 눈을 몇 번이나 깜박였다.

"믿어, 주는 거야?"

사실이긴 하지만, 아무리 봐도 황당무계한 이야기가 아닌가. 거짓말쟁이라고 욕하고 제정신이 아니라며 겁먹는 것도 각오했다.

하지만 케이트의 태도는 평상시와 다르지 않았다. 다르기는커녕 오히려 어안이 벙벙한 코니를 곁눈질하고는 장난기 어린 표정으로 입을 연다.

"나는 말이지, 콘스탄스 그레일이란 사람을 아~주 잘 알아. 그 애가 진실을 얘기하겠다고 했으면 그건 무슨 일이 있어도,

누가 뭐라고 하든지—— 무조건 진실이야."

케이트 로렌은 코니를 가만히 쳐다보고 할 말을 잃게 만드는 아주 밝은 미소를 지으며 딱 잘라 말하였다.

※

호세는 왕성 구석에 있는 심문실에 포박되어 있었다.

실내는 작은 창문 하나 없이 살풍경했다. 다행히 아직 심문이 시작되기 전이라 안에는 아무도 없다. 하지만 분명 문밖에는 경비병이 서 있을 테고, 애초에 손발에 수갑도 차고 의자에 묶인 이런 상태로는 자력으로 탈출하기는 어려웠다.

철커덕하며 자물쇠를 따는 소리가 들렸다. 시녀복 차림의 여자가 들어왔다. 호세가 슬쩍 보더니 안색 하나 변하지 않고 속삭였다.

"——키리키, 키리쿠쿠."

그러자 발소리도 내지 않고 안으로 들어온 여자도 고개를 살짝 들어 무표정을 유지한 채 담담하게 대답했다.

"누워서 다스리자."

대답을 들은 호세가 그제야 '후우' 숨을 뱉는다. 이런 상황에서 혼자 도망치기에는 불가능하다. 그러나 외부에서 도와주면 얘기가 달라진다.

호세가 목소리를 낮추며 문 쪽을 눈짓했다.

"……경비병은 어떻게 했나?"

"물렸어."

역시 대륙 굴지의 조직력을 자랑하는 【새벽닭】이다. 자기 같은 말단에게도 그 은혜를 나눠 주나 보다. 그 사실에 호세의 얼굴에 미소가 번진다.

여자가 나지막이 물었다.

"그래서, 어디까지 얘기했지?"

왕궁에도 조직의 수하가 침투해 있다고는 들었다. 소문으로는 꽤 높은 자리를 차지했다고 했다. 분명히 이 시녀도 그중 한 명이리라.

반듯하지만 인형처럼 차갑게 생겼다. 호세가 오만상을 찌푸리며 고개를 내저었다.

"안심해, 아직 아무것도 말 안 했으니까. 근데 나를 잡아 가둔 게 얼스터의 현 당주 맞지? 그놈들의 심문 방식은 잘 알아. 솔직히 견뎌 낼 자신이 없어. 빨리 나를 구해 줘."

얼스터는 단순한 공작 가문의 종속 작위가 아니다. 아델바이드에 있어 얼스터란 칭호는 가장 큰 심연이기도 하다. 그 남자는 리슐리외 가문의 대를 잇지 않는 게 아니라, 잇지 못하는 것이다.

호세의 필사적인 호소에도 시녀복 차림의 여자는 담담히 대답만 할 뿐이었다.

"알겠어, 힘을 빼."

드디어 살았다는 안도감에 긴장이 풀린 바로 그때, 갑자기 천으로 입을 막히고 말았다.

"――?!"

은은하게 콧속을 간질이는 달큼한 향기.

향기의 정체를 알아차리자 순식간에 핏기가 가신다. 죽기 싫다. 고개를 저으며 죽기 살기로 저항해 보지만, 묶인 몸으로는 덜그럭덜그럭 의자 소리를 내는 것밖에 할 수가 없었다. 누가 눈치 좀 채 줘. 제발. 그 순간, 여자의 손힘이 세졌다. 그러고는 '쉿', 어린아이를 달래는 듯한 소리가 귓전에 내려앉는다. 싫다고, 호세는 생각했다. 그러나 서서히 시야에서 빛이 사라진다. 싫어. 싫어. 손이 떨린다. 땀이 멎지 않는다. 가슴이 답답하다.

숨이, 안 쉬어진다.

입을 막고 있던 천이 쓱 떨어져 나갔지만, 이미 늦었다. 호세의 몸은 육지로 낚여 올라온 물고기처럼 푸들푸들 경련하고 있다. 그런데도 기력을 쥐어짜 여자의 얼굴을 노려본다.

"너, 너."

――호세가 죽기 직전에 본 건, 자신을 내려다보는 장미색의 차디찬 두 눈동자였다.

한패였던 남자를 한 치의 망설임도 없이 처리한 여자는 심문실에서 나와 아무 일도 없었다는 듯이 복도 끝으로 걸어갔다. 이 시간대에는 경비병도, 순찰병도 없다. 그러기로 되어 있었다. 걸어가는데 뒤에서 누군가 말을 걸었다.

"이봐, 거기서 뭘 하는 거지?!"

예상보다도 빨리 돌아온 위병 때문에 혀를 찰 뻔했지만, 소란스러워지는 것도 성가시기에 순순히 발길을 멈춘다. 그 대신 품에 지니고 있던 단도에 슬그머니 손가락을 걸었다.

"여기는 지금, 출입이 제한되어 있다. 무슨 일로 왔나?"

그대로 천천히 뒤를 돌아보니, 위병이 경악해 눈이 휘둥그레져서 헉하고 숨을 삼켰다.

"너는, 아니, 당신은——."

낯익은 연지색 제복을 보아하니 제2 왕자의 기사단 사람이다. 그렇다는 건 당연히 그녀의 얼굴도 잘 알 것이다.

"세실리아 왕태자비 전하……?!"

"어머, 들켰네?"

여자—— 세실리아는 장미색 눈을 빛내며 싱긋 웃었다.

"개인적으로 볼일이 있어서 아는 병사에게 들여보내 달라고 한 건데 경비가 삼엄하네. 무슨 일 있어?"

"흉악범을 잡아들였습니다. 동료가 구출하러 올 수도 있으니 비전하는 별궁으로 돌아가 주십시오."

엄중한 태도에 세실리아가 시무룩한 척 고개를 툭 떨궜다.

"그랬구나. 오랜만에 마을로 외출할까 했는데……. 하는 수 없지. 엔리케한테는 비밀로 해 줘."

그렇게 말하며 장난기 어린 윙크를 했다. 왕태자비가 기분 전환을 위해 시녀복을 입고 마을에 외출하는 건 이미 공공연한 비밀이다. 위병은 알겠다는 뜻으로 고개를 끄덕였다.

"네, 호위를 한 명 대동——."

그때, 멀리서 누군가의 비명이 들렸다. 눈 깜박할 사이에, 불을 지핀 듯 점차 소란스러워진다.

"뭐야, 경비병은 어디 갔어?!"

"그보다 어서 의료반을 불러와!"

"틀렸어, 이미 죽었어! 젠장, 음독이야!"

엘바이트궁으로 돌아가는 길에 나무 그늘에서 호리호리한 청년이 튀어나왔다.

"야호!"

세실리아는 장미색 눈으로 청년을 힐끗 보고는 그대로 등지고 척척 걷는다.

"뭐야, 왜 무시해?! 잠깐만, 세스!"

그렇게 말하며 쫓아오는 상대의 피부는 하얬다. 세실리아가 특별히 마음에 들어 한 상인은 갈색 피부에 얼굴을 감추듯 머리에 천을 둘둘 감고 있었다. 이들이 동일 인물이라는 걸 아는 사람은 적을 것이다.

계속 걸어 경비의 사각지대로 들어서자 몸을 빙글 돌린다. 헤실거리는 청년을 얼어붙을 듯한 차가운 눈빛으로 쳐다본다.

"기분이 안 좋네. 아, 생리해?"

"나가 뒈져, 삼류 상인아."

"무서워라! 왜, 아직도 낙태약 일로 삐쳤어?"

세실리아가 한숨을 쉰다.

"──그건 냄새가 그렇게 강하지 않아서 들킬 걱정 없다던 게 어디 사는 누구였더라?"

"응, 나였지. 근데 보통은 진짜로 잘 모르는데. 도대체 어떤 야생아가 눈치챈 거야?"

"콘스탄스 그레일."

"또 개야?"

살바도르가 적동색 눈을 냉소적으로 일그러뜨리며 나지막이 '거슬리네'라고 속삭였다.

그러고는 이내 다시 별일 아니라는 듯 밝게 말한다.

"그냥 좋은 기회니까 이참에 왕자님 씨를 품지 그래? 위에서도 가지라고 재촉한다며. 여태 용케 무시했어."

"……배가 부르면 움직이기 불편해지잖아."

선선히 돌아온 대답의 내용에 허를 찔려, 뜻하지 않게 반응하는 게 늦어졌다. 잠시 틈을 두고, 살바도르가 가볍게 어깨를 으쓱하며 답한다.

"뭐, 마음대로 해. 나도 애를 이용하는 건 싫으니까."

대화를 이어가지 않고 화제를 바꾼다.

"──그래서, 자칼의 낙원은?"

"의뢰인은 좀 더 풀렸으면 하는데 어렵겠지. 장미십자 거리는 애비게일 오브라이언이 눈을 번뜩이며 감시하고 있으니. 너무 달라, 10년 전과는."

세실리아도 같은 생각이었다.

정말로, 모든 것이, 다르다. 계획이 전부 틀어졌다. 그때부터.

──그 어리석은 스칼렛 카스티엘이 처형당한 10년 전 그날부터.

"아, 참. 죽이기 전에 호세 아저씨한테 그 얘기 들었어? 실은 들은 지는 좀 됐는데 말이지. 그 왜, 내가 낙태약 일로 궁전에 출입 금지당했잖아. 출입 금지를 지시한 게 세스였지만."

"시녀와 호위병이 옆에 있는데도 아랑곳하지 않고 약에 대해 떠드는데 어떡해."

"……있잖아, 걔 진짜 귀족 맞아? 야생 원숭이 아니고?"

하긴, 귀족답지 않게 배짱이 없는 여자였다. 딱히 위협적인 인물은 아니라 여겼는데 어째선지 바보처럼 올곧은 연둣빛 눈만이 머리에서 떠나질 않는다.

"……글쎄. 아, 그리고 그 무능한 인간은 입을 열기 전에 죽었어."

"그럴 줄 알았어. 넌 성격이 급하니까. 그럼, 이제 본부에서 내려온 지령을 전달할게."

살바도르가 여느 때처럼 헤실거리며 두 눈을 살짝 가느다랗게 뜨고 속삭였다.

"'──에리스의 성배를 재개한다.'"

콘스탄스·그레일

잘 속기로 정평이 난 열여섯 살.
이제는 반대로 속여 보고도 싶은데 애석
하게도 실력이 안 따라 준다. ←new!

 스칼렛·카스티엘

잘 속이기로 정평이 난 영원한 열여섯
살.
대놓고 속는 사람이 잘못이라고 공언했
지만, 그 말이 거대한 부메랑이 되어 돌
아오리란 사실은 아직 눈치도 못 챘다.

 랜돌프·얼스터

스칼렛용 거짓말 탐지기로서 훌륭히 제
역할을 해낸 스물여섯 살. 10년 전에는
감이 좋은 탓에 도우미에게 천적 취급을
당했다.
약혼자(임시)가 너무 위태로워서 불안하
다.

케이트 로렌

납치당해, 손찌검당해, 머리카락 잘려,
보통은 좌절하겠지만, 마지막까지 꺾이
지 않은 주인공보다도 더 주인공 같은 심
지가 굳은 아이. 그레일가 장녀와는 아마
평생 친구일 듯.

 세실리아

시골 양아치인 줄 알았더니 어느 거대 범
죄 조직 산하의 수하 중 한 명이었다.
그렇지만 윗어른들의 명령을 무시하고
멋대로 낙태약을 복용하기도 하고, 어떤
상황인지 확인하지도 않고 동료를 처리
해 버리는 만큼 하는 짓은 역시 양아치.

 살바도르

누가 봐도 명백히 가명인 '버드'라는 이
름으로 엘바이트궁에 드나들다가 올록
볼록 요철 콤비 때문에 출입 금지를 당했
다.
호세의 폭주를 잠자코 지켜보거나 세실
리아에게 낙태약을 입수해 갖다주는 등
딱히 조직에 충성심이 있어 보이지는 않
는 느낌.
아지트로 돌아갔더니 동생에게 이유도
모르고 엄청나게 화풀이를 당했다.

[여기까지의 주요 등장인물]

제2장 불씨

스칼렛이 한 면이 노란 꽃밭 사이를 천진난만하게 뛰어다니고 있다. 어제의 폭풍 따윈 마치 없었던 일처럼 맑게 갠 파란 하늘에서는 따스한 햇살이 쏟아진다. 스칼렛의 키만큼 긴 프리지어 융단이 보드라운 바람에 잔물결처럼 흔들리고 있었다.

뒤에서 기다리라고 말리는 목소리가 들린다. 하지만 스칼렛은 귓등으로도 안 듣고 한껏 들떠 소리를 지르며 뛰어간다.

"아."

그러다 갑자기 진창에 발이 빠져 균형을 잃었다. 그대로 머리부터 처박힌 곳이 운 나쁘게도 물웅덩이였다.

"스칼렛!"

초조한 비명과 함께 다급한 발소리가 뛰어온다. 하지만 스칼렛은 지금, 그게 문제가 아니었다. 최악이다. 새로 지은 지 얼마 되지도 않은 드레스는 엉망진창이 됐고 사람들이 칭찬해 준 사랑스러운 얼굴도 진흙투성이다. 하지만 보기 흉하게 우는 건 자존심이 용납이 안 돼서 뾰로통한 표정으로 고개만 들어 올렸다.

시야에 뛰어 들어온 건 엷은 금발에 붉은 기가 도는 자색 눈동자. 나이 차이가 나는 오라버니가 걱정스러운 표정으로 얼굴을 들여다본다. 그때, 진흙 화장을 한 스칼렛을 보자마자 오라버니의 입가가 달싹 떨렸다. 곧바로 일부러 눈썹을 찌푸려 애써 침착한 척했지만, 눈썹이 조금씩 떨리다가—— 이내 더는 못 참겠는지 무릎을 굽히고 배꼽이 빠져라 웃는다. 스칼렛이 시무룩해졌다.

"너무해."

"미, 미안. 하지만 이 오빠는 기다리라고 했어. 주의를 했는데도 말을 안 들은 나쁜 아이는 너야, 레티."

눈꼬리에 맺힌 눈물을 손가락으로 훔치며 막시밀리안이 아주 자상한 표정으로 그렇게 말했다. 그러고는 손을 내민다. 스칼렛은 잠시 주저했다가 주뻣거리며 내민 손을 잡았다.

레티. 오라버니는 가끔 스칼렛을 그렇게 불렀다.

애정을 듬뿍 담아서.

——눈을 뜨니 걱정하는 연둣빛 눈동자가 보였다. 무의식중에 끔벅인다. 그러자 콘스탄스 그레일이 점점 더 나를 걱정하며 눈살을 찌푸렸다.

"스칼렛, 괜찮아? 아니, 모습은 보이는데 눈을 너무 안 떠서 말이야——."

아마, 꿈을, 꾼 듯하다. 그곳은 카스티엘령(領)이었다. 다섯 살 무렵에 있었던 일이다.

——레티.

몹시도 그리운 목소리였다. 가슴속에 피어오른 쓸쓸함을 뿌리치듯 도리질하고는 시큰둥하게 어깨를 으쓱했다.

「아무렇지도 않아.」

그렇게 말하고는 차갑게 흘겨보면 대부분은 혹여 그녀의 비위를 거스를까 봐 그 이상 물고 늘어지지 않았다.

그런데 아무래도 바보 같은 표정을 짓고 있는 눈앞의 소녀는 다른가 보다.

"정말? 정말 괜찮아? 그냥 오늘 말고 다른 날 가자고 할까?"

그렇게 말하며 강아지처럼 낑낑대며 치근덕댄다. 그 모습에 왠지 힘이 확 빠졌다. 스칼렛이 작게 탄식하며 하는 수 없이 입을 열었다.

「뭘 걱정하는지는 모르겠지만, 괜찮아. 전에도 한 번 갔었잖아. 그 왜, 가면을 가지러 말이야.」

랜돌프가 콘스탄스에게 외출하자고 한 건 며칠 전 일이었다. 오랜 친구가 약혼자에게 인사를 하고 싶다고 했다나 뭐라나.

얼마 전에도 비슷한 일이 있었던 것 같은데, 스칼렛도 마음은 이해한다. 그 표정 근육이 전멸한 종잡기 어려운 남자가 열 살은 어린 소녀와 약혼했다. 그것만으로도 굉장히 흥미로운데 약혼녀가 요즘 화제인 콘스탄스 그레일인 것이다. 누구든 속사정이 궁금하리라.

그리고 어려우면 거절해도 된다고 말한 그 친구의 이름이——막시밀리안 카스티엘.

카스티엘가의 장자이자 스칼렛의 이복 오빠인 막시밀리안인 것이다.

스칼렛이 살짝 시선을 내려뜨렸다. 아마, 그래서 그런 꿈을 꾼 거겠지.

「괜찮아.」

마음을 가다듬듯 홍 하고 콧김을 분다. 그러고는 걱정 많은 파트너를 내려다보며 허리에 손을 얹고는 입술을 샐쭉거렸다.

「나를, 누구라고 생각하는 거야!」

※

파리스에 잠입을 명령한 스파이가 귀환했다는 소식을 들은 랜돌프 얼스터는 왕립 기사단 본부에서 헌병 총국으로 돌아와 있었다.

케이트 로렌을 납치했던 범인이 음독사한 것은 지난주 일이다. 체포하자마자 일어난 일이었는데 임의 현장 검증도 제대로 이루어지지 않고 자결로 종결되었다. 남자의 시신에는 태양 문신이 있었다고 한다. 【새벽닭】이다. 자살 가능성이 없는 건 아니지만, 그럴 심산이었다면 포박됐을 때 자결했을 것이다. 입막음을 위해 살해됐다고 보는 게 확률이 높다.

그렇게 추측한 랜돌프는 당시 경호 체제 등의 자료를 기사단 측에 요구했으나 오늘까지도 이렇다 할 답변이 없다. 듣기로는 세실리아 왕태자비를 목격했다는 소문도 있는 모양인데 말이다.

"뭐 좀 알아냈어?"

수사실로 돌아온 랜돌프가 들어오자마자 그렇게 물으니 먼저 보고를 받던 카일이, 팅 하고 무언가를 튕겨서 랜돌프에게 넘긴다. 한 손으로 받아서 확인하니 은화 두 닢이었다. 앞면은 승리의 여신의 옆얼굴, 뒷면은 방패와 검이 새겨져 있다. 아델바이드가 아닌 파리스의 화폐다.

"그거, 어떻게 생각해?"

카일이 손으로 턱을 괸 채 빈정대듯 말한다.

언뜻 보기엔 특이점이 있어 보이지 않는다. 애초에 제조 연도가 다르면 겉모양도 다소 다르기 마련이다. 랜돌프가 눈을 가늘게 뜨고 품에서 꺼낸 나이프 손잡이로 은화를 각각 찧었다.

들리는 소리가, 살짝, 다르다.

"……은 함유율이 낮아진 거야?"

한쪽은 은도금이긴 하지만, 안에 청동이 섞였을 것이다. 화폐를 새로 만들면서 화폐량을 늘렸으리라.

"정답. 지금 모리에게 순도를 조사해 달라고 시켰는데 최소한 기존 함유량의 3분의 1 이하일 것 같대. 그쪽 경제 상태가 악화 중이라는 얘기는 꽤 오래전부터 들렸지만, 이건 좀 심한걸."

"통화 가치는?"

"물론 그대로 밀어붙일 셈이겠지. 시민들은 가만있지 않겠지만. 보고에 따르면 이미 물가가 상승하기 시작했다나 봐. 참고로 환전상과의 비정규 거래는 이미 금지했다는군. 그렇다면 국외 무역은 이미 전멸했겠지. 국내도 통화 팽창으로 시민의 생활난이 진행 중이야."

말하면서 두꺼운 자료를 건넨다. 랜돌프가 말없이 받아 들고 그 자리에서 읽어 내려간다.

"그건 산업 관련 보고서야. 근데 걸리는 얘기가 있어. 파리스 국내 주조소들 말이야, 얼마 전까지 쉴 새 없이 돌리더니, 지금은 잠잠해져서 통화 제조량이 정체 중이라네."

그 말에 자료를 넘기던 손이 멈추었다.

"……지금 파리스는, 국채를 발행하고 있어?"

"어? 아, 맞아, 그런 보고도 있었어. 뭐, 불경기라 그럴 수도 있지만……."

"아니, 이건——."

자료에 의하면 대부분의 생필품 생산량이 줄어든 한편, 급격하게 늘기 시작한 수치가 있다. 국채로 얻은 비용을 그쪽으로 할당하는 거겠지. 화약. 철. 대형 짐마차. 강가의 공장.

랜돌프의 감청색 눈이 살짝 일그러진다.

"——전쟁을, 준비하는 거야."

※

각하의 상태가 이상한 것 같다.

카스티엘가 저택으로 가는 마차 안에서 마주 보고 앉아, 코니는 힐끔힐끔 약혼자의 안색을 살폈다. 표정이 없는 건 여전하지만, 어쩐지 분위기가 딱딱하다. 무언가를 골똘히 생각하는 듯하다.

스칼렛도 평소와 비교하면 말수가 적었다. 웃으며 괜찮다고는 했지만, 지난번 카스티엘가에 숨어들었을 때 막시밀리안과 마주친 건 예기치 못한 일이었다. 이번과는 상황이 아예 다르다.

"그러고 보니."

랜돌프가 입을 열었다.

"존 도 백작 야회에서 네가 구한 여자, 키아라 그래프턴 말이야. 조사해 보니 교외의 부두를 몇 개 소유하고 있다는 걸 알았어. 자칼의 낙원 밀수와 관련됐을 가능성이 있어."

"……10년 전에 유행했다는 환각제요?"

스칼렛이 말하기로는 그 여자는 '제인'이란 환각제를 사용했다고 했다. 부작용도 적어서 안전하다고 했는데——.

"정확히는 10년 전보다 몇 세대는 더 지난 물건이야. 환각제로서의 강도는 그 당시와는 비교가 안 될 정도지. 내가 조사한 바로는, 10년 전의 자칼의 낙원보다 더 강력한 생리 활성물질만 분리해 정제한 것이라는군. 의존도도 높고 신체적, 정신적으로도 영향받기 쉬워. ——애초에 그건 순도가 높으면 신경독도 되는 물건이었어. 그게 10년 전에 금지된 이유 중 하나지."

무서워라. 그리고 동시에 설핏 스치는 생각 하나.

"그건, 얼마 전에 본 태양 문신이 있던 사람들과 뭔가 관계가 있나요?"

그러자 랜돌프의 눈이 견제라도 하듯 가늘어진다. 하지만 코니는 신경 쓰지 않고 묻는다.

"저를 습격한 사람도 케이트를 납치한 납치범도, 다들 그 조직 사람들인 거죠? 대체 뭐 하는 사람들이에요? 목적이, 뭐죠?"

단숨에 질문을 쏟아 내자 감청색 눈으로 지그시 쳐다본다. 랜돌프는 난감하다는 듯 눈알을 굴렸으나 코니가 물러설 마음이 없다는 게 느껴졌는지 단념한 듯 작게 한숨을 내쉬었다.

"——조직명【새벽닭】. 파리스 제국 시절부터 존재한 거대 범죄 조직으로 내가 헌병국에 들어오기 전부터 헌병 총국 대대로 천적이지. 말단은 잡혀도 상층부는 도무지 손이 닿지를 않아. 살인, 납치, 인신매매에 무기 매매, 환각제 밀수까지. 나라에 속해 있지 않고 보수만 맞으면 뭐든지 해. 일설에 의하면 구 파리스의 멸망 뒤에도 그들의 암약이 있었다고들 하지."

상상을 훨씬 뛰어넘는 무시무시한 대답에 코니의 얼굴에서 핏기가 가신다.

"그리고 조직원은 몸 어딘가에 태양 문신이 있는 것이 특징이야. 또한 임무에 따라서 조직원들 사이에 은어가 있다더군."

"은어요?"

"조직 구성원이라는 걸 증명하는 암호 같은 거지. 대체로 의미가 없는 단어가 많아."

코니는 고개를 갸웃하다가 헉하고 숨을 삼킨다.

"……키리키 키리쿠쿠."

"응?"

——릴리 님이 가르쳐 줬어.

모리스 고아원에서 알게 된 빨간 머리 소년이 분명 그렇게 말했다.

"악당을 꿰뚫어 보는, 주문이랬지……."

"주문?"

"어쩌면, 그게 암호였을지도……."

코니가 어떻게 된 일인지 설명하자 랜돌프의 눈이 가늘어졌다.

"──녀석들의 은어는 특정 임무마다 다르게 정해져."

낮은 목소리가 마차에 내려앉는다.

"그렇다면── 지금 【새벽닭】은 우리나라에서 **무언가** 일을 벌이고 있다는 거로군."

카스티엘 저택에 도착하니 눈이 부실 정도로 화려한 응접실로 안내받았다. 그런데 막시밀리안의 모습이 보이지 않는다. 듣자하니 갑자기 손님이 찾아와서 응대하느라 조금 늦는다고 한다. 로이라는 고령의 사용인이 진심으로 죄송하다는 듯 조아리고는 그의 주인이 랜돌프에게 남긴 전언이 있다고 고했다.

"서재에 얼스터 백작님께서 요청하셨던 미셸리누스 왕 시대의 영지 소유 목록을 준비해 뒀습니다."

그걸 들은 랜돌프가 코니를 흘긋 쳐다본다. 코니가 고개를 끄덕이자 각하가 금방 돌아오겠다며 자리에서 일어나 로이를 따라 저택 서재로 향했다.

혼자 남겨진 약혼자──물론 위장이지만──를 차마 볼 수 없었는지 응접실 구석에 대기하던 나이 지긋한 집사가 말을 걸어주었다.

마침 정원에 샐비어가 활짝 피었는데 구경하시겠느냐고.

파란 하늘 아래로 진홍색 길이 펼쳐져 있다. 물방울 모양의 진홍색 꽃잎이 줄기를 따라 여러 겹 겹쳐져 흔들린다.

「전에는 하얀 수국을 심었는데. 바꿔 심었나 봐.」

"그렇구나."

이왕 이렇게 된 거 눈치 안 보고 스칼렛과 얘기나 하려고 시중은 거절했다. 사람 좋아 보이는 노집사는 정원 입구 근처에서 기다리고 있을 것이다.

「클로드는 아버지의 집사야. 자상해 보여도 간교한 녀석이니 조심하는 편이 좋아.」

"그, 그렇구나⋯⋯."

두서없는 대화를 나누며 정원을 산책하는데 옆길에서 아이 하나가 불쑥 튀어나왔다. 황금색 드레스를 입은 그 아이는 코니 앞을 아장아장 뛰어가나 싶더니 작은 돌부리에 발이 걸려 철퍼덕 땅과 뽀뽀하고 말았다. 코니와 스칼렛이 무심결에 얼굴을 마주 보았다.

"⋯⋯아는 아이야?"

「아니, 몰라.」

손님이 와 있다고 했으니 그 손님의 아이인가. 아무튼 가까이 다가가 말을 건다.

"괜찮니?"

웅크리고 앉아 손을 내미니 작은 손바닥으로 꽉 붙잡는다. 홱 들어 올린 얼굴은 당장에라도 울음을 터트릴 듯 굳어 있는데 그

57

모습이 아주아주 귀엽다. 여자아이는 코니를 잡고 마치 갓 태어
난 새끼 사슴처럼 부들부들 떨면서 일어났다. 그러고는 의연하
게 가슴을 편다.

"……아, 안 울어! 쉽게 울면 숙녀가 아니니까! 난 벌써 여덟
살이야……!"

하지만 그렇게 말하면서도 엷은 적자색 눈의 눈꼬리에는 글썽
글썽 눈물이 맺힌다. 코니가 뺨을 긁적였다. 누구랑 닮은 것 같
기도 하고, 하나도 안 닮은 것 같기도 하고.

그때 등 뒤에서 말을 건다.

"기다리게 해서 미안하네, 미스 그레……."

뒤를 돌아보니 막시밀리안 카스티엘이 있었다. 그런데 무슨
이유에선지 도중에 말을 하다 말고 놀라 눈이 휘둥그레진다. 그
러고는 다시 입을 벌려 말한다.

"──레티?"

그 순간, 스칼렛이 숨을 삼켰다.

레티? 코니는 어리둥절하며 고개를 갸웃거리다가 이내 헉하
며 알아차렸다. 레티. 어디서 들었다 했더니 릴리 오를라뮌데
저택에 숨어들 때 스칼렛이 코니에게 지어 준 이름이 아닌가.
분명 그때, 스칼렛이 이렇게 말했다. '너에게 나의 행운을 줄게'
라고. 이제 와서 생각하면, 본인의 애칭이지 않았을까 싶다.

막시밀리안이 이쪽을 보며 레티라고 불렀다. 설마 스칼렛이
보이나?

정말 보이는 건가 해서 동요하고 있는데 방금까지 울상 짓고

있던 소녀가 휙 뛰어갔다.

"아버지!"

그렇게 소녀는 거의 뛰어들 듯이 막시밀리안의 품에 안겼다.

"넘어졌는데 안 울었어! 레티는 씩씩해! 봐봐, 울먹거리지도 않고……, 이건 눈물이 아니야! 깜짝 놀라서 땀이 난 거야!"

"그래 그래, 우리 레티는 씩씩하구나. 그래서, 손님께 인사는 드렸니?"

아직 어린 소녀는 깜박했다는 듯 손을 입에 갖다 대었다. 그러고는 겸연쩍어하며 이쪽으로 돌더니, '레티시아 카스티엘입니다'라고 세련된 동작으로 고개를 숙였다.

"……레티, 시아?"

코니가 이름을 되뇌었다. 레티시아──. 레티는 애칭이 맞았다.

──스칼렛과 같은.

순간 우연인가 싶었지만, 이내 고개를 가로젓는다. 우연이 아니다. 이 작은 공주님이 태어났을 무렵에는 아직 스칼렛 카스티엘의 추문이 사람들 기억 속에 남아 있었을 것이다. 10년이 지난 지금이야 바이올렛이나 콜레트처럼 '레티'라는 애칭으로 불리는 이름 자체가 흔하지만, 당시에는 기피했을 게 분명하다.

왜냐하면 스칼렛이란 이름은 지금도 여전히 금기시하니까.

하지만 막시밀리안은 당연한 일이라는 듯이 딸을, 레티라고 부르고 있었다. 소녀 또한 그 이름을 싫어하는 기색이 전혀 보이지 않았다.

"……멋진, 이름이에요."

그러니, 이름을 그렇게 지은 건, 필시 이 사람의 결단이었을 것이다. 거기까지 생각이 미쳐서 말하니, 막시밀리안이 슬픔을 억누르듯 살짝 얼굴을 찌푸렸다. 하지만 금세 표정을 가다듬고 태연하게 '그래'라며 고개를 끄덕인다.

"……나도, 그렇게 생각해."

그렇게 말하며 옛적을 그리워하는 눈빛을 보이는 막시밀리안을 보고, 코니는 마차에서 내리기 직전에 들은 말이 떠올랐다.

마차에서 내릴 때 코니의 손을 잡아 준 랜돌프 얼스터가 문득 기억난 듯 말해 주었다.

막시밀리안 카스티엘은 마지막 순간까지도 스칼렛의 처형을 막기 위해 고군분투했다고 들었다고.

카스티엘 저택의 서재는 응접실만큼 넓고 벽면에는 전부 책이 채워져 있었다. 유리 진열장에는 귀중한 장서가 진열되어 있으며 천장에는 역대 당주들의 초상화가 걸려 있다. 실내에는 편히 있을 수 있도록 등받이가 있는 소파에 팔걸이의자, 고양이 다리 모양의 다리가 달린 테이블 등을 놓아서 책을 읽거나 문서를 작성할 목적이라기보다는 단란하게 쉴 수 있게끔 꾸며져 있다.

막시밀리안의 **정보대로**, 랜돌프가 찾는 인물이 거기에 있었다.

"——이런 데서 뵙는군요, 카스티엘 공작님."

그렇게 말을 거니, 소파에 앉아 책을 읽던 쉰 정도 되어 보이는 남자가 천천히 올려다보았다. 왕가와의 깊은 인연을 상징하는 진한 적자색 눈동자에 랜돌프가 비친다.

Illustrations ©Yu-nagi

아돌푸스 카스티엘. 막시밀리안의 부친이자, 현 카스티엘가 당주이다.

"──하여간에, 너도 꽤 번거로운 짓을 하는구나."

예술품 같은 반듯한 이목구비가 즐겁다는 듯 웃는다.

"나를 만나겠다고 내 아들까지 이용하다니. 감시하라고 보낸 로이마저 끌어들인 수완은 인정하네만."

"무슨 말씀을 하시는 건지 모르겠습니다."

태연하게 시치미를 떼며 모른 척하니 아돌푸스가 호들갑스럽게 탄식한다.

"귀여운 구석이 어디 갔나 몰라. 어릴 때는 천사 같았는데 말이야. 말해 두지만, 네 부친은 좀 더 애교가 있었어. 이렇게 막, 마구 머리를 헝클어트리고 싶었지."

고인을 예로 들어도 난감하다. 랜돌프가 살짝 눈썹을 치켜올리고는 화제를 바꾼다.

"궁금한 게 있습니다, 카스티엘 공작님."

"뭔가."

"에리스의 성배에 관해, 알고 싶습니다."

그렇게 말하면서 상대를 가만히 관찰한다.

"글쎄, 무슨 얘기인지 모르겠군."

하지만 적자색 눈동자는 한순간도 흔들리지 않았다.

"미안하지만, 짚이는 게 없네. 용건은 그뿐인가?"

"……네, 오늘은요."

예상은 했지만, 역시 안 되는 건가. 한숨을 삼키며 발길을 돌리려는데 그러기 직전에 말을 건넨다.

"노파심에 한 가지만 충고하지."

딸을 처형으로 잃은 비운의 남자가 의중을 알 수 없는 온화한 말투로 이렇게 말했다.

"패는 확실히 모으고 승부를 봐. 그게 오래 사는 비결이야."

※

일이 이 지경이 됐는데도 켄들 레빈은 사라진 율리시스 제7 왕자의 존재를 감추려고만 한다.

몇 번이나 이쪽에서 사정을 물어보려 해도 끝까지 모르쇠로 일관하는 중이다. 그렇다고 그들이 나서서 사태를 해결하려고 움직이고 있다는 정보조차도 안 들어온다.

왕자가 납치된 지 어느새 2주가 지나려 하고 있다. 이번 특사는 후진(後進)을 양성하기 위한 연수를 겸하는 것이라 한 달 정도 체류할 예정이었다고 한다. 랜돌프가 이제는 슬슬 움직이겠거니 싶어 입궁하니, 마침 켄들이 부하를 이끌고 이동하려다가 딱 마주쳤다. 기분 탓인지 켄들이 수척해 보인다. 랜돌프가 레빈 외교관을 부르며 먼저 말을 걸었다.

휑한 머리의 주인이 우뚝 멈춰 서더니 마지못해 돌아본다.

랜돌프가 이미 몇 번이나 말한 것을 이번에도 또 얘기했다.

"난처한 일이 있으시다면 헌병 총국이 도움을 드릴 수 있을 것 같습니다만."

진의를 알 수 없는 엷은 색조의 눈이 뭔가를 간파하려는 듯 가늘어진다. ──하지만.

"대체, 무슨 말씀이신가."

그렇게 말하고는 켄들은 아무 일도 없었다는 듯 걸어가기 시작했다.

발붙일 섬도 없다더니 상대도 안 해 준다.

총국으로 돌아가니 부하에게 지시를 내리던 카일 휴즈가 말을 건넸다.

"수고. 그래서, 켄들 레빈은 만났어?"

"틀렸어, 우리를 전혀 신용하지 않아."

그렇게 말하며 랜돌프가 고개를 젓자, 카일은 불량하게 혀를 쯧 차며 '그 대머리가……!' 하고 중얼거렸다.

그러고는 '참, 그렇지'라며 뭔가 기억났는지 랜돌프 쪽으로 돌아선다.

"엘바이트궁에 드나들던 버드라는 상인을 추적 중인데 예상대로 좀 애먹고 있어. 그래서 겸사겸사 슬슬 세실리아비(妃)에게 직접 얘기를 들으러 가고 싶은데──."

"힘들 거야."

"아, 역시 그럴까? 그래도 네가 전하와 학교 동창이잖아. 어떻게 안 될까?"

"어렵게 자리를 마련한다 해도 그 여자는 핑계를 대며 면회를 거절할 게 뻔해."

그렇게 답하자 카일이 어깨를 축 늘어뜨렸다.

신분과 성격을 고려하면 세실리아 본인과 면회하기는 힘들다. 하지만 방법이 없는 건 아니다.

"류제 자작이 마음에 걸리는군. 자작 부인도 그렇고."

"가만있자, 부인이 멜비나의 귀족이랬나? ……음, 멜비나라. 그러고 보니 그쪽도 생각보다 문제가 좀 있던데."

그다지 크지도, 잘 살지도 않는 소국 멜비나 남부에는 화약 원료인 질산칼륨 광맥이 풍부하다. 질산칼륨은 멜비나의 귀중한 재원이지만, 이제까지 아델바이드가 국책으로서 그걸 수입한 적은 없었다. 필요가 없었기 때문이다. 독립한 지 수백 년밖에 안 된 이 어린 나라는 건국기를 제외하고는 전쟁을 한 적이 없다.

그런 한편, 제국 시대부터 피의 역사를 새겨 온 파리스는 멜비나의 단골 거래처였으며 양국은 밀월 관계에 있었다. 파리스가 어떤 나라와 전쟁을 고려하고 있다면, 멜비나에도 확실하게 움직임이 있으리라. 예전에 카일 휴즈가 반미치광이가 되면서까지 잡은 멜비나의 무기 상인도 걸린다. 건국 이래로 죽음의 상인이 움직이면 전쟁이 일어난다고들 했다. 전쟁은 현실과 매우 동떨어진 일이라고 생각해서, 그때는 그 가능성을 고려하지 않았다. 하지만 생각이 얕았던 건지도 모른다. 우리가 지금 평화에 너무 익숙해져 있다 보니 무언가를 놓친 게 아닐까.

그 무기 상인은 이미 수감 중이니 다시 한번 신문할 필요가 있다. 우선 멜비나에 간첩을 심어 동향을 살펴야 한다. 이런 생각을 하고 있는데 카일이 의미심장한 눈빛으로 이쪽을 바라봤다.

"비전하 말인데, 어떻게 생각해?"

랜돌프가 목소리를 살짝 낮추며 답했다.

"우연으로 치기에는 타이밍이 너무 절묘해."

"……그렇지."

카일이 눈살을 찌푸렸다. 일이 성가시게 됐다고 얼굴에 쓰여 있다. 상황이 복잡해지긴 했다. 상대는 왕태자비다. 결정적인 증거가 없는 한 불경죄가 될 수도 있고 쉽사리 자초지종을 물을 수도 없다.

심지어 더 성가신 건 세실리아가 언제 배반했는지 알 수 없다는 것이다. 이렇게 사태가 커진 이상, 본인이나 류제 자작의 개인적인 음모라고 보기는 힘들다. 그렇다고 해서 만약 10년 전, 아니, 준비 기간을 포함해 그보다도 전부터 계획된 일이라면 그건 그거대로 우려된다. 그리고 그런 짓이 가능한 상대는 하나뿐이다.

──【새벽닭】. 세실리아가 새벽닭이라면, 분명 그 상인도 조직의 일원이리라.

"그래서, 파리스의 조폐 건은 바르트 대령님께 전달해 드렸지?"

"그래, 대령님께서 베리스퍼드 총사령관님께 어떻게 생각하시는지 말씀드려 본댔으니 조만간 어떻게든 대항 조치가 떨어질 거야."

"그럼, 《불사신 듀란》이 나설 차례군."

나이가 쉰이 된 왕립 헌병 총사령관 듀란 베리스퍼드는 죽지 않는 것으로 유명했다.

베리스퍼드 가문은 선조 대대로 변경백 작위를 지냈으며 영지가 파리스와의 국경선을 따라 있다. 게다가 그 입지에서 북방 야만족의 강습을 수차례 받으며 늘 최전선에 서던 베리스퍼드가의 남성 수명은 겨울날 성냥불처럼 짧았다고 한다.

그러나 막내아들 듀란 베리스퍼드는 전례 없는 대운을 타고났다. 아무 문제 없이 성인이 되자, 그 길로 영지에서 나와 왕립 헌병으로 들어온 것이다. 유소년기부터 몇 번, 가까스로 사지에서 벗어난 남자는 왕도에서도 역시 죽지 않고, 어떠한 절체절명의 상황에 놓일지라도 그때마다 육신 온전하게 귀환해 성과를 올려, 마침내 총사령관 자리를 손에 넣었다. 유일한 위기라고는 10년 전에 천적인 졸름스 백작의 계책으로 투옥되어 사형을 선고받았던 때인데 형이 집행되기 직전에 무죄라는 증거가 나와서 또다시 목숨을 부지할 수 있게 되었다.

그런 이유로 사령관의 별명이 불사신이 된 것이다. 수완은 물론이고 강자에게 굴복하지 않고 약자를 돕는 훌륭한 인격자이기도 하다.

카일이 갑자기 생각났다는 듯 입을 열었다.

"──그러고 보니 네 약혼자한테 '그건' 말했어?"

"로렌 영애에게 부탁해 뒀어."

납치됐던 케이트 로렌의 증언으로 호세라는 이름의 조직원이 「릴리 오를라뮌데의 열쇠」의 행방을 쫓고 있는 것으로 판명되었다. 그리고 콘스탄스 그레일이 그것을 소지하고 있다는 것도.

짚이는 거라면 있다. 분명 그녀와 처음 만났을 때—— 즉, 콘스탄스 그레일이 오를라뮌데 저택에 숨어들었을 때 훔친 것이리라. 그 후, 존 도 백작의 야회에서 다시 만나 사정을 확인했을 때는 발견한 것이 「에리스의 성배」라고 적힌 메모밖에 없다고 했었다. 그러나 실제로는 열쇠도 있었던 거다. 열쇠의 존재를 감춘 이유는 스칼렛의 묘책이었나.

의중을 알 수가 없는 건 오히려 【새벽닭】 쪽이다. 무슨 이유로 「릴리 오를라뮌데의 열쇠」를 찾는 걸까. 그리고 콘스탄스 그레일이 빼돌렸다는 걸 어떻게 알았을까.

어쩌면 그들은 전부터 열쇠의 존재를 알고 있었는지도 모른다. 콘스탄스 그레일이 열쇠를 손에 넣기 훨씬 전부터 말이다.

다만, 존재한다는 건 알아도 어디에 있는지는 알아내지 못한 거겠지. 그래서 계속 은닉 장소를 찾고 있던 것이다. 평소 생가와 고아원처럼 릴리 오를라뮌데와 연고가 있는 장소를 감시했다면, 감시망에 콘스탄스 그레일이 걸렸다고 해도 이상하지 않다.

"……그 열쇠라는 게, 녀석들한테 그렇게 중요한 거야?"

"릴리가 죽은 지 1년도 넘었어. 그런데도 여태 찾아다녔다는 건 중요하다고 봐야 맞겠지. 하지만 반드시 손에 넣고 싶은 건 아닐 거야."

만약 그랬다면, 콘스탄스 그레일을 벌써 죽였을 테니까. 게다가 호세라는 자도 그렇고 열쇠를 수색하고 다니다가 올더스에게 사살당한 그의 파트너라는 남자도 조직 내에서는 말단이다.

"어쩌면 녀석들도 열쇠의 정체를 모를지도 몰라. 그래서 섣불리 손쓸 수가 없는 거고."

"뭔 소리래."

그런 대화를 나누는데 갑자기 카일이 '아'라며 무언가 발견하고 소리를 내었다. 그러고는 히쭉거리면서 랜돌프 쪽을 돌아본다.

"코니가 왔어."

카일의 말을 듣고 랜돌프 마음속에서 일순간 끓어오른 건, 이유는 모르겠지만, 반발심이었다. 원래 여자를 친숙하게 대하는 녀석이라는 건 안다. 근데 한 번도 제대로 얘기도 해 본 적 없는 사람에게까지 저렇게 친근하게 부르는 건 너무 허물없지 않나 싶은데──.

"왜 그래?"

"아니야……."

어쩐지 못마땅한 기분이 들었지만, 태를 내지는 않고 약혼자를 맞으러 간다.

며칠 만에 보는 개암나무색 머리칼에 또렷한 연둣빛 눈동자의 소녀는 누가 봐도 안절부절못해 보였다.

"저, 저기, 케이트한테 듣고 왔어요……! 그, 릴리 님의 열쇠에 관한 일로요……!"

"그래."

용건은 이미 전달했다. 내가 먼저 말하면 위축될까 봐 친구인 로렌 영애에게 운을 떼 달라고 부탁한 것이다.

그런데 어째선지 콘스탄스 그레일은 지금 당장에라도 쓰러질 듯이 결사적인 표정으로 크게 소리쳤다.

"제, 제가, 열쇠를 갖고 있어요——!"

이상한 침묵이 흐른다.

너무 자명한 대답이어서 랜돌프 얼스터는 '그렇겠지'라고 생각하며 무표정을 유지한 채 마음속으로 수긍했다.

※

"릴리 님의, 열쇠……?"

코니가 포크를 든 채 눈을 끔벅거렸다. 여긴 로렌 저택의 남쪽에 있는 햇볕이 잘 드는 테라스로, 코니가 케이트를 병문안하러 오면서 둘이 먹다 하나가 죽어도 모를 살구 타르트를 가져왔다.

설탕으로 보글보글 졸인 태양색 과육은 향기가 짙은 홍차와 잘 어울렸다. 타르트를 둘이서 홀라당 먹어 치우고, 케이트가 갑자기 진지한 표정으로 이렇게 말했다.

"응, 그 남자가 그랬어. 릴리 오를라민데의 열쇠를 찾고 있다고. 잘은 모르지만, 네가 가지고 있다고 생각한 것 같아. ……무슨 소리인지 알아?"

알다마다, 심지어——.

로렌 저택에서 돌아와 자기 방으로 올라온 코니는 머리를 싸쥐었다.

"깜박했다……! 까맣게, 잊고 있었어……!"

변명하자면, 최근 한 달 동안 여러모로 일이 너무 많았다.

「그런 것 같더라.」

스칼렛은 자기는 기억하고 있었다는 듯한 어투로 어깨를 으쓱했다. 코니가 홱 고개를 들었다.

"왜, 왜 말을 안 해 줬어……!"

「나는 아직 그 남자에게 마음을 허락하지 않았으니까. 너랑은 다르게.」

그렇게 쌀쌀맞게 말하고는 새초롬하게 외면한다.

자기도 케이트가 납치됐을 때는 각하를 믿고 도움을 구하는 메시지를 전했으면서──.

코니는 산소가 부족한 금붕어처럼 입을 뻐끔거리다 방에 쩌렁 쩌렁 울리게 외쳤다.

"스칼렛, 이 고집불통 같으니──!"

※

왕립 헌병 총국 대책실 한구석에서 콘스탄스 그레일이 고개를 굽실거리고 있다.

"죄송해요……! 정말 죄송해요……! 그러니까, 저기, 각하를 안 믿은 게 아니고요! 아아, 근데 처음에는 너무 무섭고 사신 같으셔서 솔직히 별로 믿지는 않았지만, 지금은 아니에요, 그게, 어떻게 된 거냐면요──."

「말하면 할수록 네 무덤을 파고 있어, 바보 코니.」

냉철한 지적에 식은땀이 뺨을 타고 흐른다. 경직돼 있는데 상대방이 생각 외로 부드러운 목소리로 말을 건넸다.

"——이유를 맞혀 볼까?"

무심결에 고개를 들자 표정은 없지만, 왠지 놀리는 듯한 감청색 눈과 마주친다.

"까맣게 잊었겠지."

"으으으."

그러하다. 고개를 푹 떨구니 코니 쪽으로 큰 손을 내민다.

"열쇠는 가져왔지? 우리 쪽에서도 조사해 볼게."

"각하……!"

코니는 온정에 매달리듯 그 투박한 손을 꽉 잡았다. 그러자 각하가 놀라 입이 떡 벌어진다. 스칼렛이 못 말린다는 듯 허리에 손을 얹고 코니를 꾸짖기 시작한다.

「이 바보야! 열쇠 달라고, 열쇠!」

그 말에 헉해서 손을 놓고 허둥지둥 손가방 안에서 장식 하나 없이 심플하고 돌기가 달린 열쇠를 꺼냈다. 그러면서 미소로 얼버무리며 건네니 랜돌프가 난감한 듯 고개를 갸웃했다.

"근데 말이야."

이 상황을 지켜본 카일이 어이가 없다는 듯 말한다.

"왜 각하라고 불러? 두 사람, 어쨌든 약혼한 사이잖아."

그 말에 콘스탄스와 랜돌프가 서로를 마주 보더니 약속이라도 한 듯 함께 어리둥절해한다. 그러고는 거의 동시에 입을 연다.

"음, 각하는…… 각하시니까요……."

"별로 신경 쓴 적 없어."

지나치게 솔직한 대답에 카일이 양손으로 얼굴을 감쌌다.

"코니, 그건 대답이라고 할 수 없어. 그리고 너도 신경 좀 써라……! 엄청나게 부자연스러워 보인다는 걸 깨달으란 말이야……!"

미청년의 열띤 반발에 코니가 살짝 물러서면서도 그런 것 같기도 하다며 납득한다. 그러면——.

"얼스터 백작님……?"

"그게 그거 아니야?"

"어, 음, 그러면, 얼스터 경은, 어떨까요……?"

"더 멀어졌잖아! 누가 보면 남인 줄 알겠다! 그리고 코니도 곧 얼스터의 성을 갖게 될 텐데, 그렇게 부르는 건 이상하지."

코니가 멈칫했다. 이제 남은 건 이름밖에 없는데. 하지만 그러면.

하지만 그러면—— 진짜 약혼한 사이 같잖아.

"…………래."

"래?"

"래, 래, 랜……."

입 밖으로 낼 때마다 얼굴에 열이 오르고 점점 말을 더듬게 된다.

거동이 수상한 코니를 보고 랜돌프가 이상하다는 듯 고개를 갸웃한다.

"래래랜?"

"넌 입 좀 다물어."

카일의 단호한 말에 랜돌프가 상황 파악이 전혀 안 되는 표정으로 눈을 끔뻑였다.

두 사람의 대화에 조금 마음의 여유가 생긴 코니가 비장하게 입을 연다.

"래, 랜돌프 공……!"

한순간 정적이 흐르고, 이름을 불린 본인은 평소와 다를 바 없이 답한다.

"왜 부르지?"

카일 휴즈가 결국 손을 이마에 갖다 대고 천장을 올려다보았다.

"랜돌프 공이 웬 말이야……!"

──무사히 릴리 오를라뮌데의 열쇠도 건넸으니 그만 돌아가려고 정면 접수처를 지났는데 경쾌한 발소리가 가까워졌다.

"코니."

놀라 뒤돌아보니 반짝거리는 금발에 다갈색 눈을 하고 화려하게 생긴 청년이 호감이 가는 미소를 지으며 서 있었다.

"휴즈 님?"

"카일이라고 불러."

카일 휴즈가 서글서글하게 웃으며 폭탄을 던졌다.

"아까는 깜박하고 말 못 했는데, 너희 말이야── 위장 약혼이지?"

코니가 놀라 눈을 휘둥그레 떴다. 표정 관리하는 것도 잊고 얼빠진 표정으로 창백해져 간다. 그를 본 카일이 '알기 쉽기는!'이라고 하며 웃음을 터트렸다.

"아, 괜찮아, 걱정 마. 어떻게 된 건지 대충 짐작이 가니까. 안 봐도 우리 괴짜가 제안했을 테지."

카일이 웃으며 어깨를 으쓱했다.

"뭐, 즉, 두 사람의 약혼은 언젠가 깨진다는 거야."

"저기……"

우물쭈물하는 코니를 보고 카일이 '정말 알기 쉽네'라며 눈썹을 내려뜨리며 쓴웃음을 짓는다. 그러고는 가벼운 어투로 말을 이어 나갔다.

"실은 코니한테 부탁이 있어."

"저한테, 부탁이요……?"

"응, 부탁. 아, 어려운 부탁은 아니야. 아니, 우리 일이 말이야. 때에 따라서는 누군가를 다치게 하거나 때로는 죽이기도 하잖아? 그런지라 앙심을 품는 일도 많고. 그래서 우리 소령님, 랜돌프 얼스터는 성장 배경도 한몫해서 여러 가지로 짊어진 게 많은 남자거든. 게다가 더럽게 고지식하고 사고방식을 종잡을 수 없어서 자기는 보통의 다른 사람들처럼 행복해질 권리 따윈 없다고── 무슨 저주라도 걸린 것처럼 굳게 믿고 있지. 성가시게 말이야."

카일 휴즈가 초연한 말투로 밉살스럽게 말했다.

"하지만 나는 말이지, 저 재미대가리 없는 촌생원이 무뚝뚝한 표정 말고도 다양한 표정을 보여 줬으면 좋겠어."

카일이 어딘지 잘 놀 것 같은 인상을 주는 미모를 확 풀고 코니를 쳐다본다.

"상상도 안 되지만, 입을 크게 벌리고 바보처럼 웃어도 봤으면 하고, 덧붙이자면 함께 웃는 사람도 저 촌생원을 상대로도 겁먹지 않는 올곧고 선한 사람이면 좋겠어."

부드러운 표정으로 고하는 그 말에, 언제 봐도 무표정인 남자가 떠올라 코니는 왠지 가슴이 죄는 듯한 기분이 들었다.

"저는——."

하지만 나에게 그런 자격이 있는 것 같지는 않다. 왜냐하면 코니는 외모가 특출나지도 않고 기억력이 뛰어나게 좋은 것도 아니고 임기응변에 능하지도 않다. 하물며 신분도 어울리지 않는다.

살짝 시선을 떨구고 그렇게 말하려는데 카일이 쓱 검지를 세워 코니 입으로 가져왔다.

"대답은 나한테 하면 안 되지. 안 그래?"

그러고는 머리 뒤로 손깍지를 끼고 일부러 천정을 올려다보며 쾌활하게 말했다.

"왜냐면, 기뻤거든. 녀석이 코니를 구하러 베르나디아 호수로 향했을 때. 드물게 허둥대는 모습도 보고 말이지. 랜돌프가 예전부터 아픈 걸 잘 참고 감정을 죽이는 게 특기이기는 하지만, 인내심이 강할 뿐 아무것도 못 느끼는 게 아니야. 슬플 때는 울고, 화났을 때는 화내고, 즐거울 때는 소리 높여 웃으면 좋겠어. 그런다고 누가 나무라는 것도 아닌데 하여간 완고하기는——."

그러다 뚝, 말을 멈춘다.

"그러니까, 코니."

카일 휴즈는 마치 엉뚱한 심술을 부리기라도 할 듯한 장난꾸러기처럼 입꼬리를 끌어 올렸다.

"앞으로도 그 녀석을—— 마음껏 휘둘러 줘."

※

성 니콜라스 병원 정문 앞에서 아멜리아 홉스가 생각대로 되지 않아 초조해하며 혀를 찼다. 이 병원에 케빈 제닝스가 입원해 있는데 몇 번을 찾아가도 문전박대당하고 있다. 친구, 동료, 친척. 뭐로 위장하든 실패했다. 마치 외부와의 접촉을 철저하게 막는 듯하다.

팔짱을 끼고 하얀 건물을 노려보는데 갑자기 등 뒤에서 누군가 말을 걸었다.

"——실례합니다, 미스 홉스 맞으시죠?"

뒤돌아보니 보통 체격에 보통 키의 심약하게 생긴 30대 중반의 남자가 서 있었다.

"저는 재무 감독관 보좌관 루퍼스 메이입니다."

그렇게 말하며 주는 명함을 말없이 받아 들고 아멜리아는 능숙하게 한쪽 눈썹만 치켜올렸다.

"그런데 미스 홉스. 케빈 제닝스의 병문안을 오신 건가요? 요 몇 달간 수없이 연락을 취하셨다던데. 실은 제닝스는 횡령 혐의를 받고 있거든요. 어떤 이야기를 나눴는지 말씀해 주실 수 있나요?"

"횡령요? 케빈이? ——그럴 리가요!"

말도 안 되는 발언에 저도 모르게 타박하듯 말이 나왔다. 그런데 그럴 만도 하다. 케빈의 됨됨이를 아니까. 감싸고돌 생각은 없지만, 케빈 제닝스는 내가 질색해서 물러날 정도로 융통성 없는 사람이었다. 거기다 중증 결벽증에 신경질적이다. 누가 만졌을지 모르는 돈 따위를 횡령할 리가 없거니와 했다고 한들 그 돈을 쓰지도 못한다.

"……비전하의 사주를 받았군요."

아멜리아가 불쾌하다는 듯 말을 뱉자, 루퍼스라는 남자가 당황해하며 물었다.

"무슨 말씀이세요?"

"모른 척하지 말아요. 됐어요, 이것도 기사로 쓸 테니까."

시치미를 떼는 남자의 태도에 더는 상대하지 않고 아멜리아는 척척 걸어 나갔다. 메이플라워사로 복귀하려는 것이다. 돌아가서 이 일련의 일을 기사로 써 줄 테다.

"아뇨, 저는 정말 무슨 말씀을 하시는 건지 모르겠습니다."

곤란해하는 목소리가 쫓아온다.

"이 병원이 세실리아비께서 대표를 맡고 계시는 자선 단체가 운영하는 곳이긴 합니다만——."

그 말에 아멜리아가 우뚝 걸음을 멈추었다. 의아해하며 고개를 돌리고는 루퍼스를 빤히 노려본다.

"……성 니콜라스 병원의 경영자는 캠벨 백작 아니었나요?"

"1년 정도 전에 백작가에서 비전하가 소유하신 단체로 권리가 넘어갔습니다. 실적이 악화한 게 아니라서 딱히 공개된 적은 없지만, 저희 쪽으로는 그런 정보가 들어오거든요."

아멜리아가 루퍼스가 한 말의 의미를 이해하고는 의심 가득한 표정을 호의로 바꾸었다.

"——어머, 그러면 서로 정보를 공유할 필요가 있어 보이네요. 그쪽은 케빈의 뭐가 궁금해요? 대가에 따라 알려 줄게요."

이번에는 루퍼스가 당혹해하며 눈살을 구겼다.

"……대가, 말입니까?"

아멜리아가 단호히 말하자, 성실하고 정직해 보이는 남자가 골똘히 생각에 잠겼다. 이건 좋은 기회이다.

"그래요, 이를테면——."

어떤 정보를 빼먹어 볼까. 무의식중에 몸을 앞으로 숙이며 다가서다가 힘 조절을 잘못해 균형을 잃었다. 덜컥 무릎이 굽히며 무게중심이 뒤로 기운다. 자빠진다.

——넘어질 뻔한 아멜리아를 받쳐 준 건 의외로 루퍼스였다. 어깨에 팔을 두르고 '괜찮으십니까'라고 묻는다. 두른 팔의 힘이 세고 들리는 목소리가 생각보다 가까웠다. 그 상태로 빤히 얼굴을 들여다보기에 아멜리아가 저도 모르게 눈이 커졌다.

그 순간, '아' 하고 소리가 새어 나왔다.

루퍼스 메인는 특이하게도 눈동자에 두 개의 검은 반점이 나란히 있었다.

콘스탄스·그레일

약혼자(임시)의 호칭을 고민하기 시작한 열여섯 살.
우물쭈물하고 있으니 복수는 언제 할 거냐며 도우미에게 걷어차여서 당분간은 각하로 부르고 싶다.

 스칼렛·카스티엘

10년 만에 집에 돌아온 영원한 열여섯 살. 자기도 모르는 사이에 조카가 생겨 있었다.
덧붙여서, 갑자기 시작된 청춘 극장에 '뭐야, 설마 내 복수는 잊은 거 아닌가?' 하고 알아차리고, 그 후에 폭발했다.

 랜돌프·얼스터

약혼자(임시)의 호칭에 무관심한 스물여섯 살.
기본적으로 강철 멘탈이지만, 단단히 벼르고 아돌푸스에게 접근했는데 그가 매정하게 돌려보내서 약간 상처받았다.

 카일 휴즈

중증 일 중독자라서 최근 몇 달간 폭증한 업무량에 즐거운 비명을 지르고 있다. 카일의 부하들은 그냥 비명을 지르고 있다. 여러모로 서툰 친구를 그냥 두고 볼 수 없어 「예측 불가 상사 돌봄대(隊)」를 결성했으나, 최근 지켜보기만 하고 보조하지는 못하고 있다는 것을 깨달았다.

 레티시아 카스티엘

어디 사는 누구처럼 점잔 빼고, 어디 사는 누구처럼 살짝 모자란 꼬마 아가씨. 애칭은 죽은 고모와 같은 레티로, 아빠의 애정을 듬뿍 받으며 무럭무럭 자랐다.

 막시밀리안·카스티엘

랜돌프의 절친한 벗으로 카스티엘가의 차기 당주. 누가 뭐라고 하든지 간에 딸에게 애정을 담아 레티로 계속 불러 왔다.
냉철한 외모와 차가운 말투 탓에 오해하기 쉽지만, 카스티엘가 일원으로서는 드물게 선량한 성격. 친구가 적은 것을 남몰래 신경 쓰고 있다.

 아돌푸스·카스티엘

진한 적자색 눈을 가진 카스티엘가의 현 당주. 의중을 알 수 없다.
「에리스의 성배」에 관해서는 모른다고 했는데, 사실일까……?

 아멜리아·홉스

불타는 야심을 감추지 못하고 몇 번이나 성 니콜라스 병원으로 돌격했다가 무언가를 불러들이고 만 신기(神氣) 있는 기자.

 루퍼스 메이

아멜리아에게 접근해 온 재무 감독관 보좌관. 평범한 용모.
눈동자에 검은 반점 두 개가 나란히 있다고 한다.

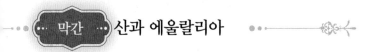

현기증이 날 정도로 내리쬐는 햇빛 아래에서 여성 두 명의 일행이 걷고 있다.

한 사람은 날씬하면서 몸집이 작은 여성으로 피부가 아주 희고 은색 머리칼을 가진 청초한 미인이다.

다른 한 사람은 구릿빛의 몸집이 큰 여성으로 태양처럼 눈이 부신 금색 머리칼을 아무렇게나 대충 묶었다. 옷차림도 여성스러운 것과는 거리가 먼 활동성이 좋은 남성용의 가벼운 복장에 끈으로 묶는 긴 부츠를 신고, 꾀죄죄한 천으로 감싼 사람 키 정도 되는 막대기 같은 무언가를 등에 메고 있다.

금발 여성이 우뚝 발길을 멈추고 천천히 주위를 둘러본다.

여긴 아델바이드의 왕도, 올루스레인의 번화가이다. 좌우에는 세련된 분위기의 보석 가게와 역사가 깊은 재봉소, 그리고 멋진 찻집과 청결해 보이는 식당들이 즐비하게 늘어서 있다.

정비된 도로를 지나다니는 사람들 얼굴이 모두 밝다. 비렁뱅이나 부랑자들도 보이지 않는다.

길에서 갑자기 멈춰 버린 동행자 옆에서 걷던 몸집 작은 여성이 어리둥절해하며 눈썹을 구겼다.

"——왜 그래요, 산?"

'산'이라고 불린 체격 좋은 여성이 심지가 굳어 보이는 또렷한 이목구비에 조소를 띠고 있다.

"그냥, 망해 가는 우리나라와는 너무 다르다 싶어서. 이런 나라가 건국된 지 수백 년 정도밖에 안 됐다니 경의를 표해야겠어. 주변국들이 시기할 만도 해. ──에울랄리아도, 그렇게 생각하지?"

연약한 인상의 여성이 북적거리는 거리를 한 번 보더니 '네'라고 답하며 긍정했다.

"분명, 토지 복도 있겠죠. 이 나라는 수자원과 지하자원이 풍부하니까요."

"죽어 가는 우리나라 입장에서는 갖고 싶은 마음이 굴뚝같겠군. 머리만 컸던 선조들은 두고두고 아까운 짓을 했어."

그러면서 주위를 경계하듯 목소리를 낮춘다.

"──그래서, 켄들 그 영감탱이는 뭐래?"

에울랄리아도 목소리를 낮춘 사정을 이해하고 작게 답한다.

"'동이 틈과 동시에 서쪽에서 날아 온 철새가 하늘에서 빛나는 작은 별을 물어 갔다'라는군요. 아델바이드에서 볼 때 서쪽은 파리스, 동이 틀 때 날아온 새는 【새벽닭】. 작은 별은 두말할 것도 없이 율리시스 전하를 의미하겠죠."

예상한 그대로의 내용이라 저도 모르게 혀를 찼다.

"하여간, 그 대머리. 방심했군."

"나이가 있으니까요. 좀 유능했던 대머리에서 무능한 대머리로 강등합시다."

단아한 외모와는 반대로 신랄한 평가를 내리는 에울랄리아 옆에서 산이 작게 한숨을 쉬고는 마구잡이로 벅벅 머리를 긁어 댔다.

"우리는 **알리** 일로도 벅찬데 말이야. ……그 녀석, 지금쯤 혼자서 울고 있는 거 아니야?"

"괜찮을 거예요. 알리는 어렸을 때부터 마음이 굳센 아이였잖아요. 그보다도 유리가 걱정이에요. 아무리 어른스럽다고 해도 유리는 아직 어린애니까요."

에울랄리아의 말에 산이 저도 모르게 눈썹을 처뜨리며 '그렇지'라며 동의했다.

"설마 했는데 공주님이 둘이나 납치당하다니 말이야. 하여간, 성가시게들 해."

자조하듯 말하니, 에울랄리아가 위로하는 투로 말한다.

"──알리 일은 어쩔 수 없었어요. 그때는 그게 최선이었죠. 당신 탓이 아닙니다."

산은 대답하지 못했다. 그저 작게 '……서두르자'라고만 말하고 머리 위로 펼쳐진 맑디맑은 파란 하늘을 올려다보았다. 그러고는 조국── 파리스가 있는 서쪽 먼 곳을 강렬한 눈빛으로 쏘아본다.

"서두르지 않으면── 제때 못 맞출 거야."

산

금발 여성. 웃으며 툭 무신경한 말을 하는 타입.
악의는 없다.
그리고 켄들 레빈을 막 대한다.

 에울랄리아

은발 여성. 웃으며 산뜻하게 독설을 뱉는 타입.
악의만 있다.
그리고 켄들 레빈을 막 대한다.

알리

산과 에울랄리아의 지인. 조국에서 딱한 상황에 놓인 듯하다.

스칼렛 카스티엘은 요 며칠간 기분이 좋지 않았다. 그 이유는 바로——.

「요즘 내 복수는 뒷전인 것 같아!」

이것이다.

「왜 굳이 애비게일 오브라이언을 만나러 가야 하는 건데!」

스칼렛은 저기압이었다. 자수정색 눈동자 안쪽이 형형하게 타올라 빚은 듯한 그녀의 미모를 더 화려하게 보이도록 해 주고 있다.

화를 내도 아름답다니, 여신님께서 너무 불공평하신 것 같다.

코니가 랜돌프가 보낸 편지를 읽으며 후 하고 한숨을 쉬었다. 편지에는 근황 보고와 함께 코니가 갖고 싶어 하는 선물을 손에 넣으려면 시간이 조금 걸릴 것 같다고 쓰여 있었다.

선물을 구하지 못했다는 건 릴리 오를라뮌데의 열쇠의 수수께끼를 못 풀었다는 뜻이다.

코니가 완전히 식어 버린 홍차를 단숨에 마셔 버리고 입을 열었다.

"왜기는, 아이샤 헉슬리에게 10년 전 얘기를 들으러 가고 싶다며. 헉슬리 가문은 작위가 자작이잖아. 같은 하급 귀족에, 거기다 나 같은 어린애가 대놓고 물어봤자 무시할 것 같더라고. 그래서 공작 가문인 애비 씨에게 소개받아서 가면 도망치거나 숨지 못할 테니까……."

그렇게 말하자 스칼렛이 꾹 숨을 삼켰다. 그러고는 흥 하며 턱을 젖히고는 '나도 그렇게 생각하고 있었어'라고 능청을 떨며 큰소리쳤다.

──아이샤 헉슬리.

에밀리아 고드윈이 주최한 야회에서 잠깐 마주친 바늘처럼 마른 여성. 현란한 드레스로 치장하고 어두운 붉은색 립스틱이 인상적이었는데, 스칼렛이 말하기로는 10년 전에는 음침하고, 수수했다고 한다. 그리고.

「그 애는 내 추종자라기보다는── 신봉자였어.」

스칼렛이 화장대 위에 살짝 걸터앉아 우아하게 다리를 다시 꼬았다. 버릇은 없는데 동작이 세련돼서 그런지 고상해 보인다. 역시 여신님은 불공평하다.

「당시에 아이샤는 나를 여신이나 다른 무언가로 여겼던 것 같아. 왜냐하면 처음 말을 걸었을 때 울었거든.」

울었다고? 코니는 눈을 끔벅였다.

스칼렛의 미모가 인간계 같지는 않긴 하지만──.

「표정을 보아하니 안 믿는구나. 하지만 그런 사람은 아이샤뿐만이 아니었어.」

스칼렛이 대수로운 일이 아니라는 듯 어깨를 으쓱했다.

「그저 아이샤는 그중에서도 더 심했지. 예를 들어 내가 어디서 빨간 드레스를 입으면 다음 야회에서 꼭 빨간 드레스를 입었어. 파란 드레스면 파란 드레스를 입고. 디자인까지 비슷하게 따라 해서 말이지. 머리 모양도 마찬가지야. 뭐, 그렇게 해도 걔는 음침해서 누구와 춤추는 일도 없었고 항상 벽에 장식된 말 없는 꽃 취급을 받았지만. 그리고 무언가, 하고 싶은 말이 있는 듯이 나를 빤히 바라봤어. 하지만 내가 걔 쪽으로 시선을 돌리면 바로 고개를 숙였지. 그러다 또 나를 쳐다보고. 솔직히 말해서 뭘 어쩌고 싶은 건지 알 수가 없었어. 씌었던 귀신이 떨어져 나간 지금의 태도도 매우 이해하기는 힘들지만 말이야.」

코니의 등줄기를 섬찟한 것이 타고 내렸다. 스칼렛은 가볍게 말하고 있지만, 일반적으로 생각해도 그건 꽤 기이한 행동이다.

「그리고 보니 딱 한 번 눈을 보고 말을 걸어 온 적이 있었지. 기억하기로는 분명 세실리아 암살 미수 사건이 있기 전이었어.」

스칼렛이 문득 무언가 생각난 듯 중얼거렸다. 못 들어서 '뭐라고?' 하고 되물었더니 스칼렛이 손깍지에 턱을 얹고 재미있어하며 입을 열었다.

「──네가 되고 싶어.」

침묵이 흐른다.

저 말의 의미는 대체 뭘까. 단순하게 미모도 지위도 완벽한 약혼자마저도 가졌던 스칼렛이 부럽다는 뜻이었을까. 아니면 그냥 실없는 농담이었든가. 코니는 진실은 알 수 없다.

──하지만 어쩐지 알 수 없는 두려움이 느껴지는 건 기분 탓일까.

"……스칼렛은 뭐라고 대답했어?"

「뭐긴, 뻔하잖아.」

스칼렛이 유쾌한 듯 눈을 가늘게 뜨고 또 한 번 기품 있는 동작으로 고개를 기울였다.

「스칼렛 카스티엘은, 이 세상에 두 명은 필요 없어.」

의논하고 싶은 일이 있다고 편지를 보내니 애비게일이 바로 저택으로 초대해 주었다.

그쪽에서 보낸 오브라이언 가문의 문장이 새겨진 마차에 올라 타니 왕도 중앙에 있는 오브라이언가 타운 하우스로 향한다.

머리가 희끗희끗한 집사에게 안내받아 들어간 곳은 품위 있는 응접실이었다. 애비게일도 곧 온다고 듣고 편해 보이는 소파에 앉았다. 찻상에는 홍차와 쿠키가 마련돼 있었다. 백자 찻잔을 손에 들었는데 맞은편 팔걸이의자 뒤로 뭔가가 빼꼼 튀어나와 있어서 코니는 놀라 눈이 커다래졌다.

"당신이 애비의「귀여운 손님」이시군요?"

눈을 반짝거리며 소리 높여 말한 건 어린아이였다. 색이 엷은 금실 같은 머리칼에 큰 눈. 말려 올라간 속눈썹. 마치 동화 속 요정처럼 사랑스러운 소녀다.

"……응?"

그런데 누구지. 코니가 눈만 깜박거리고 있으니 소녀가 고개를 기울이며 어리둥절해한다.

"어? 아닌가? 하지만 애비 말대로 아주 예쁜 연둣빛 눈을 가졌는데. 당신, 역시 콘스탄스 그레일 님 맞죠?"

"그게……."

뭐라고 대답해야 할까. 머뭇거리니 스칼렛이 흥 하고 콧김을 뿜는다.

「예의가 없구나. 사람에게 질문할 때는 먼저 자기가 누군지 밝히는 게 예의지. 부모 얼굴이 궁금하군.」

어린아이 상대로 가차 없이 말한다. 이 아이 눈에 스칼렛의 모습이 안 보이는 게 다행이었다. 어쩌면 트라우마가 될 수도 있다. 코니가 그렇게 생각하며 안도하는데——.

"맞는 말씀이십니다……! 제가 기뻐서 그만……! 말씀하신 대로 숙녀답지 않은 행동이었어요. 죄송합니다……."

요정의 표정이 점점 어두워지며 어깨를 축 늘어뜨렸다.

"……어?"

"저는 루치아 오브라이언입니다. ……용서해 주실래요?"

"용, 용서하고말고. 근데 그보다 지금——."

"감사합니다! 그리고 방금 이 일은 세바스찬 할아범에게는 비밀로 해 주세요. 할아범이 요즘 심술궂은 계모 같거든요."

「어느 집이든 잔소리 심한 할아범이 있지. 잘못을 알았으면 됐어. 앞으로는 조심해.」

"맞아요! 어찌나 잔소리가 얼마나 심한지! 할아범은 맨날 말만 꺼냈다 하면 「자고로 숙녀는」부터 시작한다니까요! 이러다 숙녀가 하기 싫어질 것 같아요!"

「우리 할아범도 그랬어.」

코니의 입이 떡 벌어졌다.

"자, 잠깐, 기다려 봐……!"

너무 동요한 나머지 목소리가 높아졌다. 하지만 그럴 만도 하지 않은가. 왜냐하면 이 소녀의 태도는 마치——.

"보, 보여——?!"

코니가 전혀 숙녀답지 않게 큰 소리로 외친 것과 거의 동시에 문이 거칠게 열렸다.

"루!"

흰 셔츠를 입은 키 큰 청년이 성큼성큼 들어왔다.

"여기서 뭘 하는 거야, 이 말괄량이! 애비가 오늘은 손님이 오신다고 했잖아!"

'자, 가자'라며 소녀의 허리에 팔을 둘러, 마대 자루 들 듯 그대로 번쩍 들어 올린다. 어안이 벙벙한 콘스탄스 앞에서 청년의 어깨 위에 얹힌 사랑스러운 요정이 '걸렸네'라는 듯이 깜찍하게 어깨를 으쓱했다.

"「멍청이 루디」한테는 그런 말 듣기 싫거든."

"뭐?"

청년이 한쪽 눈썹을 치켜올리며 이쪽을 돌아봤다.

"——에이씨."

그리고 뻘쭘하게 작아져 있는 손님, 코니를 보고 낮은 신음을 흘린다.

매우 거북한 표정을 지은 그 사람은 메이플라워사의 기자이자 애비게일의 충견, 올더스 클레이턴이었다.

코니도 어색하게나마 '아, 안녕하세요'라며 가볍게 묵례한다.

서로 그대로 굳어 있는데 '어머?'라고 말하는 소리가 들린다. 낯익은, 이곳 분위기와 사뭇 다르게 밝은 목소리다.

"너희, 대체 여기서 뭐 해?"

드디어 나타난 애비게일 오브라이언은 얼어붙은 실내를 한 번씩 둘러보더니 그대로 어리둥절해하며 고개를 갸웃했다.

"애비!"

루치아의 표정이 확 밝아지며 올더스 클레이턴의 팔에서 빠져나왔다. 그러고는 곧장 애비게일의 품으로 뛰어든다.

"있잖아요, 애비의 손님께서 아주 예쁜 공주님과 같이 오셨지 뭐예요!"

"──언제나, 항상 내가 없을 때만 재밌는 일이 벌어진다니까."

코니와 마주 보도록 감색 소파에 앉은 애비게일은 약간 아쉬워하며 듯 입술을 샐쭉댔다. 그 옆으로 사랑스러운 요정이 툭 앉는다. 한편, 다리 끝이 조금 휜 모양의 팔걸이의자에 앉은 올더스 클레이턴은 피곤한 듯 팔꿈치를 대고 손가락을 미간에 대고 있다.

"그나저나 소궁전에서 스칼렛 카스티엘이 지옥 밑바닥에서 살아 돌아왔다는 그 소문이 틀린 말은 아니었구나. 있지, 스칼렛,

듣고 있니? 얘기를 나눈 건 몇 번밖에 없지만, 나는, 네가 처형당했을 때 꽤 마음이 아팠단다."

조금 전 루치아의 폭탄 발언을 수습하지 못하고 콘스탄스는 스칼렛과 만난 것부터 이제까지 있었던 일을 설명하는 처지가 되었다. 자세한 내용은 생략했다지만, 내용상 의심스러운 부분도 있을 것이다. 그래도 루치아라는 존재가 있어서 그런지 애비게일도 올더스도 코니의 이야기를 거리낌 없이 받아들인 듯했다.

「농담은 찌부러진 개구리 같은 얼굴만 하시지?」

빈정거리는 저 말이 들렸을 리가 없는데 애비게일은 '푸후후' 하며 웃음을 터트렸다.

"방금 내 험담 했지?"

정곡을 찔린 스칼렛이 벌레 씹은 얼굴이 된다. 애비게일은 연장자의 관록을 보여 주고 옆에 앉은 어린 소녀에게로 시선을 옮겼다.

"근데 별일이구나, 루치아."

"네. 평소에는 이 정도로 또렷하게 보이지는 않는데. ……근데 애비, 이분, 정말 눈부시게 아름다워요."

소녀는 뒷말을 애비게일에게만 살짝 속삭이고는 맑은 호수 같은 청록색 눈을 반짝거리며 스칼렛을 바라보았다.

보아하니 이 루치아라는 소녀는 죽은 자의 모습을 볼 수 있나 보다.

"죽은 사람뿐만이 아니라, 그 자리의 강렬한 감정도 시각적으로 보이나 봐. 분노나 슬픔 같은 거. 다만, 살았든 죽었든 그 모습이 선명하게 보인 적은 지금까지 없었어. 어느 정도 상성도 작용하는 것 같지만──. 죽어서까지도 눈에 띈다니 역시 스칼렛 카스티엘이구나."

농담 섞인 말이 아니라 진심인 그 말에 스칼렛이 불만이라는 듯 눈썹을 치켜올렸다.

그나저나 이 아이는 대체 누굴까.

코니가 마음속으로 어리둥절해했다. 조금 전에 「오브라이언」이라고 소개하기도 해서 처음에는 애비게일의 딸인가 싶었는데, 엄마가 아니라 「애비」라고 부른다. 게다가 솔직히 말해서 생김새도 별로 안 닮았다. 애비게일이 매력적인 여성이긴 하지만 결코 미인은 아니다. 오히려 반듯한 생김새로 따지면 올더스 클레이턴이 더 공통점이 많은데. 여기까지 생각한 코니는 황급히 도리질했다.

무슨 생각을 하는 거야, 대체.

하지만 올더스는 이 수수께끼 아이를 '루'라고 친근하게 불렀고 오브라이언 저택에 있는 것도 자연스러워 보이고 옷도 집에서 쉬는 듯이 편한 차림이다. 애초에 애비게일과 올더스의 관계는 정말로 단순히 고용인과 피고용인인가──?

「무슨 생각을 하는지 다 티 나, 바보 코니.」

스칼렛이 못 말린다는 듯 말하자 루치아가 산뜻하게 웃어 보였다.

"애석하게도, 루치아는 루디와 애비의 사랑의 결실이 아니랍니다."

그 순간, 사레에 들린 소리가 들렸다. 소리가 난 쪽을 쳐다보니 올더스 클레이턴이 홍차를 시원하게 뿜고 있었다. 올더스가 소매로 거칠게 입을 닦고 쥐어짜듯 낮게 말했다.

"저…… 애늙은이가……!"

죄송합니다, 제 잘못이에요. 코니가 반성하며 무표정을 하자, 깔깔대는 밝은 웃음소리가 들렸다. 애비게일이다.

"그렇지, 많이 착각들 하더라고. 하지만 나와 루디는 그런 관계가 아니야. 얘는 내가 키우는 귀여운 애완견. 일단 저택에는 끼고 살 정부라고 해 두긴 했지만, 오래 일한 사람들은 루디가 내 똥개라는 걸 알지."

「그럼, 저 애는 대체 누구야? 설마 공작의 아이는 아니겠지? 왜냐하면 테오도어 오브라이언은 동성애자니까.」

스칼렛의 돌발 발언에 코니가 눈을 휘둥그레 떴다.

「놀라긴, 유명한 얘기인걸. 몰랐어?」

내가 어떻게 알아. 할 말을 잃어 가만히 있는데, 루치아가 난감해하며 눈썹을 내려뜨렸다.

"테디는 남녀를 가리지 않고 다정해요."

루치아의 말에 대화 내용을 짐작했는지 애비게일이 씁쓸하게 웃었다.

"테오도어── 우리 집에서는 테디라고 부르니까 테디라고 할게. 테디는 여자를 안을 수 없는 사람이지. 물론 그렇다고 해서 그게 인간적으로 하자가 있다는 건 아니야. 안타깝게도, 요즘 시대의 풍조로는 그렇지 않지만. 하지만 나는 가족으로서 테디를 사랑하고 테디도 같은 마음이야. 그렇지, 루디?"

동의를 구하는 애비의 물음을 올더스는 '나한테 묻지 마'라며 쌀쌀맞게 답하길 거부했다.

"아이참, 쑥스러워하기는."

애비게일이 쓴웃음을 지으니 바로 '안 그랬거든!'이라며 대드는 소리가 날아온다. 그렇지만 애비게일은 분명 똥개가 새침하게 군다고만 생각하리라. 성모 같은 미소를 띠며 다시 말을 이어 나간다.

"나랑 테디, 루디는 말이지, 소위 말하는 소꿉친구였어. 내가 빈민굴에서 죽어 가던 루디를 주웠을 때부터. 벌써 20년도 더 된 얘기야. 테디는 생긴 건 곰 같아도 다정하고 섬세해. 왕도와는 잘 안 맞는지, 지금은 영지에서 한가롭게 그림을 그리며 지내. 그리고 이 아이는──."

애비게일이 힐끔 내려다보니, 시선 끝에 있던 소녀가 발랄하게 웃으며 말했다.

"루치아는 테디의 조카랍니다."

"⋯⋯조카요?"

"응. 사정이 좀 있어서 몇 년 전에 거두었어. 오브라이언의 핏줄이기도 해서 나와 테디의 양녀로 들였지."

거기서 한 번, 말을 끊는다. 계속 말할지 말지 주저하는 태도였다. 그를 알아차린 루치아가 고개를 들어 애비게일과 눈을 맞춘다.

"괜찮아요, 애비."

애비게일이 말없이 루치아의 머리를 부드럽게 쓰다듬었다. 그러고는 코니 쪽으로 고개를 돌려 입을 연다.

"이 아이의 아빠는 나다니엘 오브라이언이라는 사람인데, 테디의 바로 밑의 동생이었어. 내가 아는 나다니엘은 말이지. 마음이 약하고 습관처럼 사람의 안색을 살피는 아이였어."

기억을 더듬으며 천천히 이야기하기 시작한 애비게일에게 코니가 진지한 표정으로 귀를 기울였다.

——그래도 예전의 나다니엘은 주위의 기대에 부응하려고 열심히 노력했어. 그런데 결혼하고 왕도에 살게 되면서부터 사람이 변하기 시작했지. 아니, 어쩌면 우리가 몰랐던 것뿐, 그게 본래 성격이었는지도 몰라.

아무튼 나다니엘은 이상하게 변했어. 알고 보니, 애인이나 같이 어울리는 사람들을 저택 별채로 들여서 매일 밤 소란을 피우며 날을 새는 문란한 생활을 보냈다더라고. 부인은 이미 오래전에 정이 떨어져서 본가로 되돌아갔고. 이혼은 하지 않은 모양이지만, 아마 시간문제였을 거야.

점차 도박에도 손을 대게 되었고 불어난 빚을 갚지 못해 영지에 와서 울며 애원한 적도 있어. 당시 나다니엘의 장인이셨던 오를라뮌데 공이 몇 번이나 몹시 꾸짖어도 변하지 않아서 결국 그런 일이 여러 번 반복됐지. 테디가 여자를 사랑할 수 없는 사람이란 건 이미 공공연히 알려진 사실이었으니 언젠가는 자신이 공작 작위를 이으리라고 믿었나 봐. 적어도 의절당할 줄은 생각도 못 했을 테지.

실제로 그 무렵에 테디는 작위 상속 권리를 포기하려 했고 나도 반대하지 않았어. 굳이 귀족으로 살 필요는 없는 거잖아? 나는 말이지, 테디와 결혼하기 전에는 상선을 타고 각국을 돌며 여행했었어. 그래서 다시 그런 생활을 하는 것도 나쁘지 않다고 생각했지.

거기까지 말하고 보통은 맨발로 걸을 일도 없는 신분인 공작 부인이 장난기 가득하게 미소 지었다.

「그러고 보니 애비게일은 무도회에서 춤추는 것보다도 야만스러운 항해를 좋아하는 말괄량이로 유명했어.」

내 생각에도 애비게일이라면 선박 여행을 즐기는 거로 모자라 해적도 할 수 있을 것 같다.

"……어렸을 적의 마음은 약해도 노력가였던 나다니엘을 알고 있으니 어디선가 길을 잘못 들었나 보다 하고 생각했어. 더 눈여겨봐야 했는데. ──나다니엘이 애인 사이에서 낳은 아이가 있다고 알게 된 건 5년이나 흐른 뒤였어."

그렇게 말하고 애비게일이 후회된다는 듯 눈을 내리떴다. 루치아가 당황해서 애비게일의 손을 꽉 잡는다.

"애비의 잘못이 아니에요. 왜냐하면 나다니엘도 자기한테 아이가 있는 걸 거의 잊고 살았으니까요. 눈에 보이면 어떤 때는 때리고 걷어찰 정도로."

이번에는 코니가 할 말을 잃을 차례였다. 어떻게 그런 짓을 할 수가 있지. 그런 가혹한 짓을.

"······그때의 나다니엘과 그 추종자들은 비정상이었어. 어떤 약을 남용하고 있었지. 거의 별채에만 틀어박혀서 광란이라고 해도 될 정도로 소란을 피워 댔어. 약물 과다 복용으로 죽은 사람도 나온 상태였을 만큼."

"거기에 조금만 더 있었으면, 루치아도 똑같이 길동무가 될 뻔했어요."

아무렇지도 않게 고백하는 소녀에게 무슨 말을 건네면 좋을지 모르겠다. 코니의 표정을 보고 작은 천사가 생긋 웃었다.

"하지만, 애비가 구해 줬지요."

"나 말고도 있잖아?"

애비게일의 말에 루치아가 '물론이죠!'라고 기운차게 대답하며 고개를 끄떡였다.

"그 약쟁이들을 죽기 직전까지 패준 건 루디고, 테디는 루치아를 거두어 주려고 죽을 만큼 싫어했던 당주라는 가시방석에 스스로 앉았어요. ——셋 다, 루치아의 자랑스러운 가족이에요."

그러고는 얼마 뒤, 작은 숙녀는 올더스 클레이턴에게 이끌려 응접실을 나갔다. 듣자 하니 예의범절 교육 시간이라고 한다. 두 사람과 교대로 집사가 과자와 홍차를 새로 갖다주었다. 코니를 응접실로 안내해 준 머리가 희끗희끗한 노신사이다.

"루치아가 지금이야 저렇게 잘 웃지만."

올더스와 장난치며 멀어져 가는 작은 뒷모습을 눈으로 좇으며 애비게일이 작게 말했다.

"별채에서 발견했을 때는 정말 심각한 상태였어. 밥도 제대로 못 먹고 학대당했으니 당연하지. 우리 저택으로 데려온 뒤로도 한 달 정도는 울지도, 웃지도, 말 한마디도 안 했어. 가혹한 나날을 살아남기 위해 버티려면 감정을 버려야만 했던 거겠지."

──오늘 코니가 만난 루치아 오브라이언은 미소가 사랑스럽고 살짝 되바라진 평범한 여자아이였다.

"나다니엘 저택에 있던 사람은 거의 태반이 약물 중독자였어. 특히 중증이었던 나다니엘과 애인 되는 사람은 지금도 후유증에 괴로워하며 갱생 시설에서 요양 중이야. 뒤늦게야 그 약이 금지된 환각제라는 걸 알았어. ……정말이지, 온갖 수단을 다 동원했지만, 결국 어떻게 입수했는지는 알아낼 수 없었어."

애비게일이 과거를 후회하듯 시선을 내리깔았다. 그러고는 천천히 고개를 든다. 감청색 눈동자 깊은 곳에서 어슴푸레한 불꽃이 보인 듯했다.

"──그러니까, 이번에는 절대 놓치지 않을 거야."

입에서 나온 목소리는 날카롭고 강한 의지가 담겨 있었다.

"나다니엘 일행을 망친 환각제는 자칼의 낙원이었어. 내가 알던 예전의 낙원과 비교하면 어지간히도 악질이 된 것 같지만."

마침 그때, 루치아를 데려다주고 올더스가 돌아왔다. 험악한 표정을 짓고 입을 연다.

"그리고 최근에, 장미십자 거리에서 같은 게 거래되고 있다는 걸 알았지."

그 말에 애비게일의 눈이 가늘어진다.

"목적이 뭔지는 모르지만, 그딴 걸 퍼뜨리려 하다니 불순한 의도라는 건 안 봐도 뻔해. 누가 됐든, 내 구역에서 활개 치게 두지 않아."

그렇게 단호하게 말하고 애비게일 오브라이언은 콘스탄스 쪽을 쳐다봤다. 그러고는 입가를 살짝 누그러뜨린다.

"……너를 계속 묘하다고 생각했는데, 스칼렛이 곁에 있었던 거면 납득이 가. 그 애는 옛날부터 태풍의 눈 같은 거였거든."

「──무슨 뜻이야?」

사나운 눈초리로 흥분한 스칼렛을 본 코니가 당황해서 일어나 두 손으로 워워 하며 진정시킨다. 애비게일이 웃음을 터트렸다.

"그나저나, 너희 둘이 만난 게 함즈워스 자작의 연회여서 다행이야."

"……네?"

왜 지금 여기서 자작의 이름이 나오는 걸까.

"그렇잖아? 욕심이 더덕더덕한 그가 성직자로 지낼 수 있는 이유가 뭐라고 생각해? 막대한 기부금을 내서? 뭐, 그 이유도 있겠지만, 교회 입장에서는 말이지, 자작이 성직자로 있어 주길 바라는 이유가 있기 때문이야."

"……이유요?"

"그래. 도미니크 함즈워스는 여신의 총애를 받는다더라고."

"여신의, 총애요……?"

이런 말을 들어도 코니의 머릿속을 스치는 건 신성한 교회에서 술에 떡이 돼 술통이 된 모습뿐이다. 그건 아무리 생각해도 타락의 상징이다. 악마의 속삭임에 납죽 항복한 것이다. 얼굴에 의아하다고 쓰여 있었으리라. 애비게일이 웃으며 알려 주었다.

"자작은 말이야, 사람이 아닌 게 보인데. 루치아와 비슷하지. 전혀 짚이는 일이 없어? 틀림없이 나는, 그래서 널 브론슨과 약혼 파기 절차를 밟을 수 있었다고 생각했는데. 왜냐하면 스칼렛 카스티엘이 명령했다면 그자는 어떻게 해서든 실행해 옮길 테니까."

코니는 더욱 크게 고개를 기울였다. 애비게일이 목소리를 낮춘다.

"그 왜, 자작은 여왕님이 막 대해 주는 걸 아주 좋아하는 변태 성욕을 갖고 있잖아."

'그렇군요'라며 코니가 무표정으로 새로 내온 홍차를 마셨다. 역시 격조가 높다. 힘없이 부서지는 쿠키와 아주 잘 어울린다. 응, 아주 좋아.

「아아, 그 졸부 돼지. 무슨 말만 해도 설설 기면서 좋아하길래 기분 더러워져서 가까이 안 갔어. 그건 그거대로 상이 된 모양이지만, 내 알 바 아니지.」

코니도 그런 거 알고 싶지 않았다.

의식과 멀어지려는 코니 앞에서 애비게일이 의아해한다.

"그러면 역시 그건 그냥 소문이고 사실이 아닌가?"

"자작님은 몇 번 뵙긴 했지만, 그런 기색은 없으셨던 것——."

말하면서 불현듯 위화감을 느끼고 눈살을 찌푸린다. 먼지 쌓인 기억이 굴러떨어졌다.

존 도 백작 야회에서 본 자작의 시선. 랜돌프와 같이 찾은 교회에서 선서 후에 한 말.

——**두 사람**에게 신의 가호가 있기를.

그때는 그저 나와 랜돌프에게 하는 말이겠거니 했는데——.

어찌 됐든, 그 말을 무슨 뜻으로 말했는지는 함즈워스 자작밖에 모른다. 앞으로 가까이할 예정도 없으므로 진실은 영원히 미궁 속이다.

"그리고 야회 하니까 생각났는데—— 에밀리아 고드윈의 저택에서 일어난 소동, 기억해?"

"테레사 제닝스와 마고 튜더의 일 말인가요?"

"그래. 테레사의 남편인 케빈이 지금 병원에서 요양 중인데 말이지. 원인이 무슨 약물 때문이라는데 내 생각에는 자칼의 낙원인 것 같아. 케빈이 최근에 계속 장미십자 거리의 창관에 눌어붙어 있었다는데 그때 보인 태도가 완전히 똑같거든. 나다니엘의 저택에서 본 중독자들의 행동과."

"그럴 수가……."

"사정을 묻고 싶어도 테레사는 죽었지, 애인이었던 라이너스 튜더는 파리스로 돌아간 것 같더라고. 뭔가 배후가 있는 느낌이 들어. 가능하면 총국 쪽에서 조사해 줬으면 좋겠는데, 네 약혼자에게 부탁할 수 있을까?"

그러면 아마 랜돌프에게도 아주 유익한 정보가 되리라. 코니

103

는 설레는 마음을 누르고 고개를 끄덕였다. 애비게일의 표정이 확 밝아진다.

"고마워, 코니. 참, 그렇지. 아이샤 헉슬리 건은 내가 자리를 마련해 볼게. ──세바스찬."

"헉슬리 경에게 아주 특별한 소개장을 보내지요."

응접실 구석에서 대기하던 머리가 희끗희끗한 집사가 명을 받들겠다는 듯 가슴에 손을 얹고 가볍게 인사하고는 씩씩하게 응접실을 떠났다.

애비게일이 '우리 세바스찬은 아주 우수해'라고 말하며 후후후 웃는다.

"헉슬리 가문에서 금방 응답이 올 거야."

그 표정을 본 코니는 '아'하며 바보 같은 소리를 낸다.

"왜 그래?"

붕붕, 고개를 세차게 저었다. 대수롭지 않은 일이다.

그저, 전혀 안 닮았다고 생각한 루치아와 애비게일이──.

따사로운 햇살 같은 미소가 아주 닮았다.

※

소녀는 공기였다. 누구도 소녀를 신경 쓰지 않는다. 누군가의 시야에 들어가도 마치 보이지 않는 듯이 행동한다. 공기니까 당연하다.

소녀는 반짝반짝 빛나는 걸 좋아했다. 음침하고 천성이 어두운 애라며 뒤에서 험담하는 건 안다. 그래서 아무에게도 말한 적 없다. 반짝거리고 모두의 시선을 사로잡는 건 소녀와는 연이 없는 세계의 것이다. 속절없이 끌리는 건 그 때문일지도 모른다. 아무튼 요즘 최대 관심사는 작년에 사교계에 데뷔한 스칼렛 카스티엘이었다.

사교계 데뷔 파티는 1년에 한 번 국왕 부부가 기거하는 몰다바이트 궁전에서 성대하게 열린다. 소녀는 우연히도 스칼렛 카스티엘과 나이가 같아서 같은 홀에 있었다. 불타는 듯한 진홍색 드레스로 치장한 스칼렛은 그 자리에 있는 누구보다도 아름다웠다. 그 압도적인 존재감은 주최자인 국왕 부부의 존재감조차 흐려지게 했다.

그날부터 소녀의 눈은 스칼렛을 좇았다. 스칼렛만을 담았다. 노골적이었을지도 모르지만 문제없다. 왜냐하면 소녀는 공기니까. 누구도 그녀의 존재를 알아차리지 못하니까.

──그럴, 터인데.

"너, 아이샤 스펜서 맞지? 나한테 무슨 볼일 있어?"

그건 그녀와 처음 만나고 몇 번째의 야회에서 있었던 일이다. 여느 때와 같이 스칼렛을 바라보고 있는데 갑자기 그녀와 눈이 마주쳤다. 그러고는 활로 쏜 듯이 날아온 그 말에, 소녀── 아이샤는 꿰뚫려 움츠러들었다.

윤기가 흐르며 굽이치는 검은 머리에 보석 같은 자수정색 눈동자. 도자기 같은 살결에 생기가 도는 입술. 탄력 있는 몸.

깨닫고 보니 스칼렛 카스티엘이 공기였던 아이샤의 눈앞까지 와 있었다.

"나를 보고 있었지? 방금도, 그전에도, 요즘 계속 말이야. 대체 이유가 뭐야?"

"저, 저기, 이, 이름……."

뒤집어진 목소리로 그렇게 말하는 게 고작이었다. 스칼렛이 살짝 눈살을 구긴다. 그 작은 몸짓만으로도 아이샤의 심장이 꽉 죄어 왔다.

"아이샤 맞잖아. 아이샤 스펜서."

"어, 어떻게, 알고……."

또 이름을 불러 주었다. 얼굴이 뜨겁다. 무슨 일이 일어나고 있는 건지, 잘 모르겠다.

"어떻게는, 인사했잖아. 몰다바이트 궁전에서 열린 사교계 데뷔 파티에서."

"기, 기억하는……."

몇 달도 더 된 일이다. 그 일은 아이샤에게 영원과 같이 느껴졌지만, 스칼렛에게는 찰나였을 텐데. 심장이 쿵쿵 방망이질 친다.

답답해져서 가슴에 손을 얹었는데 '당연하지'라고 하는 소리가 들렸다.

"너, 나를 누구라고 생각하는 거야?"

턱을 젖히고 보석 같은 눈을 가늘게 뜬 스칼렛 카스티엘이 아이샤를 흘겨보았다. 그 오만하기까지 한 아름다움에 저도 모르게 숨을 삼킨다. 그리고 깨달았다.

여신이다.

스칼렛은 여신이야. 나의── 여신.

눈앞이 부예진다. 눈을 끔벅임과 동시에 또르르 뜨거운 물방울이 떨어져서 아이샤는 자신이 울고 있다는 걸 알았다.

※

"자, 상황을 정리해 보자."

책상에 앉은 코니가 소매를 걷어붙이고 깃펜을 적셨다. 책상에 용지 몇 장을 준비했다. 지금부터 이때껏 알게 된 정보를 정리하려는 것이다.

맨 위에는 '10년 전'이라고 쓴다.

"먼저 10년 전에 있었던 세실리아 왕태자비 암살 미수 사건. 물 주전자에 독을 탔다는 얘기. 소문이야 나도 들었지만── 애초에 왜 스칼렛이 의심받은 거야?"

「그 속 시커먼 능구렁이가 말했다시피 계기는 류제가 저택에 있던 물 주전자 옆에 귀걸이가 떨어져 있었기 때문이야. 그건 월홍석(月虹石)으로 만든 물방울 모양 귀걸이였지. 세실리아의 시녀가 발견했다는데 귀금속으로 만들 수 있는 크기의 월홍석은 구하기가 힘들거든. 그래서 바로 나를 떠올렸을 거야. 재수 없게 나는 그러기 바로 몇 시간 전에 류제 저택에 갔었고, 엔리케를 데리러 말이지. 왜냐하면 그날은 나와 연극을 보러 가기로 약속한 날이었으니까. 감히 나를 바람맞히려 하다니 왕족이라고 해도 부끄러운 줄 알아야지.」

스칼렛 카스티엘이 류제 저택에 쳐들어간 얘기라면 들은 적이 있다. 스칼렛의 악녀 전설 중 하나이기 때문이다. 소문에 의하면 사용인의 제지도 뿌리치고 응접실에 난입해서는 세실리아의 뺨을 후려치고 엔리케의 목덜미를 잡고 끌고 나갔다고 한다.

그리고 눈앞에 있는 스칼렛의 표정으로 미루어 보아, 틀린 소문이 아니었던 모양이다.

10년 전이라는 단어 밑으로 '세실리아'가 이어진다.

「보고를 받은 류제 자작은 원래는 그냥 사건을 묻으려 했다나 봐. 공작가를 적으로 돌리고 싶지 않았던 거겠지. 그런데 귀걸이를 발견한 시녀가 세실리아를 아주 흠모했나 보더라고. 세실리아의 안위가 걱정된 그 시녀가 생각다 못해 귀걸이를 들고 그대로 헌병 총국으로 가서 사정을 설명하며 호소했다고 해.」

"⋯⋯잠깐만, 그 귀걸이가 정말 네 것은 맞아?"

월홍석은 유백색 광물로 무지갯빛을 띤다. 그 신비로운 아름다움과 희소성 탓에 서민은 물론이고 귀족들조차 쉽사리 손에 넣기 힘든 물건이다. 그런 걸 평소에도 차고 다닐 수 있는 건 상위 귀족들 정도다.

스칼렛이 바로 '아니'라고 부정했다.

「물방울 모양 월홍석 귀걸이가 있긴 하지만, 범인으로 의심받기 시작했을 때는 나한테 두 짝이 다 있었어.」

"그 얘기를――."

「물론 했지. 어떻게 된 일인지 자초지종을 들으러 저택까지 찾아온 수사관에게. 돌이켜보면 형식적인 방문이었던 것 같아. 적어도 그 시점에서 나는 범인이 아니었을 텐데. 귀걸이를 보여 달라기에 눈앞에 대령해 드렸지. 확인해야 하니 가지고 가냐고 되냐고 묻기에 웃으며 그러시라고 했어. 왜냐하면 내가 몸에 차거나 입는 건 전부 장인이 나를 위해 만들어서 한 점씩밖에 없었거든. 아무리 비슷해도 공방에서 디자인 원안을 입수해 조사하면 바로 내 말이 옳다는 걸 알 수 있을 테니까. 그렇게 생각했어.」

주문 제작이면 기성품과는 세부적으로 차이가 있을 테고 장인에 따라서는 자신의 직인을 넣기도 한다고 한다. 제대로 조사하면 스칼렛의 주장이 진실이라는 걸 알았을 것이다.

그러면 어째서 스칼렛은 혐의를 벗지 못했을까.

의문이 얼굴에 드러났는지 스칼렛이 눈을 가늘게 떴다.

「며칠 후, 감정 결과가 나왔어. 내가 넘긴 귀걸이 한쪽이 가품이라고 했지. 수사관이 올 것을 알고 다급하게 비슷한 귀걸이로 준비한 거라고. ──다시 말해, 누군가가 총국 본부 보관고에서 내 귀걸이와 류제 저택에 떨어져 있던 걸 바꿔치기한 거야.」

코니가 눈을 동그랗게 떴다. 너무 놀란 나머지 깃펜이 손에서 종이로 대구루루 굴러떨어졌다.

「결과적으로 허위 진술에 수사 방해죄가 됐지. 뭐, 그 밖에도 여러 가지 이유로 가택 수색이 이루어지게 됐어. 폐하의 허가도 떨어졌지. 허가가 떨어졌다기보다는 폐하의 명령이 아니면 카스티엘 가문에 그런 식으로 행동할 수 없지만. 그 뒤로는 너도 알다시피 내 방에서 쓰고 남은 독 병이 나와서── 그대로 연행

된 거야.」

소문으로는 피해자인 세실리아가 처형을 저지하려 했다고 한다. 그에 관해 묻자 스칼렛이 코웃음을 쳤다.

「앞에서는 그랬겠지. 뭐, 딱 한 번 독방에 투옥된 나를 만나러 오긴 했어. 일이 이렇게 돼서 유감이라더라. 마음속으로 어떻게 생각했는지는 모르지만. 애초에 약혼자가 있는 남자에게 접근한 불여우잖아. 그것도 상대가 왕태자. 속이 시커멓지 않은 한 못 할 일이지.」

"스칼렛은 세실리아 왕태자비를 의심했어?"

정신을 가다듬고 코니가 세실리아라는 단어 옆에 '수상?'이라고 덧붙인다.

「그랬지. 얼마 전까지는 자작극이라고 생각했어. 왜냐하면 내가 죽어서 가장 득을 보는 건 아무리 생각해도 세실리아니까.」

시골 자작 영애가 왕태자비가 된 것이다. 동화에나 나올 법한 꿈같은 이야기다.

그 얘기를 듣고, 코니가 '응?' 하며 어리둥절해했다.

"얼마 전까지?"

「그래. 솔직히 지금은 잘 모르겠어. 걔는 여전히 조금도 만족스러워 보이지가 않아.」

엘바이트궁에서 만난 세실리아를 떠올린다. 그녀의 미소는 처음부터 끝까지—— 내내 꾸며낸 듯 차가웠다.

"……그러면 정말로 사건과 관련이 없을 가능성은?"

「없지. 적어도 비밀 하나는 있을 거야.」

"비밀이라."

「그 빨간 머리 기자도 그랬잖아. 세실리아 류제가 고아원 출신 창부의 딸이라고.」

코니가 깃펜을 놓고 팔짱을 끼고는 고민하며 앓는 소리를 냈다.

"하지만 아멜리아 홉스 얘기는 신용할 수가……."

「그렇지만 봐, 실제로 진상을 밝혀냈다던 케빈 제닝스가 폐인이 됐잖아. 게다가 사교계 데뷔 파티에서 데뷔할 때까지 누구도 류제 자작 영애의 모습을 본 적이 없는 것도 사실이야. 생각해 보니 이상하네.」

스칼렛이 말하는 대로 '창부의 딸', '류제가 영지', '케빈'이란 단어를 차례로 세실리아와 잇는다.

「그렇게 생각하면 그 여자가 자주 마을에 몰래 내려온다는 소문도 친밀했던 고아원 소년과 만나기 위해서였을지도 모르겠네. 이름이 시시랬나?」

──그 여자, 고아원에서 함께 지낸 '사시'인가 '시시'라는 소년과 장래를 약속했던 모양이야.

아멜리아는 그렇게 말했다.

"그런 상대가 있으면서 왜 전하를……."

「사랑이 없어도 결혼은 할 수 있어. 귀족이잖아. 그래서 이제껏 그 암살 미수 사건이 왕태자비가 되기 위한 자작극이라고 생각했는데, 10년이나 됐는데도 여전히 엔리케를 싫어하는 모양이고 돈과 권력에 집착하는 것 같지도 않고── 본가가 배후인가도 생각해 봤는데 시골 자작인 류제 가문에 그런 힘이 있을 리가 없어. 현재는 거의 연도 끊은 듯하고, 대체 그 여자는 무슨 목적으로 움직이고 있는 걸까.」

고민해도 답은 나오지 않았다. 코니는 고민 끝에 약간 공백을 띄우고 '시시'라고 적어 둔다. 스칼렛이 말을 잇는다.

「그리고 10년 전뿐만이 아니야. 지금도 무언가가 일어나고 있고 거기에 세실리아가 관련돼 있어. 파리스의 제7 왕자라는 아이가 납치당한 날에 외부에서 상인이 세실리아를 찾아온 것도 우연이라고 하기에는 타이밍이 너무 딱 맞아떨어져.」

버드라는 상인 얘기다. 낙태약 일로 지금은 왕궁 출입 금지가 된 모양인데 세실리아 말로는 꽤 오래전부터 그 상인과 교류했다고 했다.

「그러고 보니 케이트 로렌의 진술에서 나온 젊은 남자가 살바도르라는 이름이라며.」

버드. 살바도르. 쓰다 보니 알았다. 발음이 비슷하다.

「둘 다 특이한 이름인데, 이것도 우연일까?」

"그러면——."

「랜돌프는 그 납치범과 살바도르라는 남자 모두【새벽닭】이라고 했었지. 만약 버드라는 상인이 살바도르라는 자와 동일 인물이라면 세실리아도 그 조직 관계자라고 보는 게 타당해. 케이트 로렌 얘기로는 장미십자 거리에 풀린 자칼의 낙원도 녀석들이 관여한 것 같다잖아. 웬일이야, 이게 다 사실이면 세실리아는 정신 나간 악녀야. 엔리케는 정말 여자 보는 눈이 없다니까.」

——자칼의 낙원.

요즘 이 말을 자주 듣게 되었다.

"존 도 백작 야회에서 쓰러진 영애가 소지하고 있었던 것도, 장미십자 거리에서 거래되던 것도, 테오도어 공작님의 동생분이 중독돼 있었던 것도 전부 그 환각제란 말이지."

「케빈 제닝스도 있어.」

코니는 눈앞의 종이로 시선을 가져갔다. 케빈의 이름은 세실리아와 이어져 있다. 즉, 자칼의 낙원도 세실리아와 연관이 있을 가능성이 있다는 뜻이다.

"그럼 율리시스 전하를 납치하고 케이트가 납치당한 것도, 자칼의 낙원을 퍼뜨리려는 것도 다【새벽닭】의 짓이란 건가……?"

랜돌프도 쫓고 있다는 거대 조직. 가까이 다가가면 다가갈수록 어두운 기운이 커지는 기분이 든다.

단어를 열거하다가 문득 깨달았다.

10년 전 얘기를 하고 있었는데 어느샌가 주제가 현재 일어나는 사건으로 바뀌어 있다.

즉, 10년 전의 일과 지금 일어나고 있는 사건이 관련 있다고 봐도 무방할까.

「한 가지, 중요한 걸 잊고 있었어.」

스칼렛이 드물게 진지한 표정을 짓고 있다.

「너도 습격당한 적이 있잖아,【새벽닭】에게.」

코니가 헉하고 숨을 삼켰다. 그랬다. 그 일은——.

「케이트 로렌을 납치한 남자가 릴리의 열쇠를 찾고 있었지?」

키리키 키리쿠쿠. 악당을 꿰뚫어 볼 수 있는 주문. 이 주문을

113

가르쳐 준 소년은 누구에게 들었다고 했더라?

릴리 오를라뮌데가 성화가 든 액자 뒤에 무엇을 숨겨 뒀지?

「조금 전에 내가 지금도 무언가가 일어나고 있다고 했지만, 살짝 틀렸어.」

스칼렛의 목소리는 매우 조용했다.

「10년 전부터 오늘에 이르기까지 **계속해서** 무언가가 일어나고 있었던 거야── 아델바이드에서.」

분명 릴리 오를라뮌데도 그것 때문에 목숨을 잃은 것이다.

「그리고, 그게 내 처형과 관계없었다고 볼 수 없어.」

"……응."

코니가 고개를 끄덕이고 단어와 선으로 얽히고설킨 메모에 시선을 내려뜨렸다. 안 하던 짓은 하면 안 된다. 다시 봐도 뭔가 알아낼 수 있을 것 같지도 않다. 그래도 딱 한 가지 더, 써넣는다. 릴리 오를라뮌데의 마지막 말을.

──에리스의 성배를 파괴하라.

※

"이, 이렇게 입는 거, 이상하지 않아……?!"

전신 거울 앞에 선 코니가 크림 레몬색 원피스를 입은 자신을 물끄러미 관찰했다. 하얀 옷깃에 허리 주변에는 옷감과 같은 크림 레몬색의 가느다란 리본이 달려 있다. 디자인은 귀여운 것 같은데 수수하고 눈에 띄지 않는 콘스탄스 그레일이 입으면 옷만 둥둥 떠다니는 것 같지 않을까.

스칼렛이 눈썹을 살짝 치켜올리며 딱 잘라 말했다.

「잘 어울려, 내가 골라 준 거니까.」

코니가 '그렇구나'라며 안도한다.

랜돌프가 멀리 나가 보지 않겠느냐고 권유한 건 바로 얼마 전 일이었다.

아무래도 카일에게 '데이트 계획도 안 세우는 남자는 스스로 한심하다고 주변에 말하고 다니는 것과 같다'라는 충고를 들은 것 같다. 고지식하게 사과하는 문장이 열거된 편지를 들고 코니는 저도 모르게 웃음이 새어 나왔다.

하지만 멀리 외출하는 거라고 해도 친분 쌓기가 목적이 아니라 실상은 애비게일에게 부탁받은 케빈 제닝스에 관한 중간보고와 10년 전 왕태자비 독살 미수 사건에 대해 자세한 얘기를 들으러 가는 것이다. 데이트다운 분위기라고는 전혀 없다. 뭐, 일시적 약혼 사이라는 게 다 그런 것이리라. 코니도 딱히 마음 쓰지는 않았다.

그러다가 생각해 보니 이러한 명목으로 단둘이서만 외출하는 게 처음이라는 사실이 불현듯 뇌리를 스친 것이다.

별거 아니다. 그냥 외출이다. 별로 들뜨지도 않았다. 결코.

다만, 랜돌프는 유서 깊은 공작가 태생으로 지금은 백작 작위의 지체 높은 신분의 청년이다. 코니가 촌스러운 행색으로 망신시킬 수는 없다. 그래서 차려입었을 뿐이다.

거울로 시선을 되돌리니, 그 속에는 자신감이 전혀 없는 평범한 얼굴이 비쳤다. 머리카락은 깔끔하게 땋아 하나로 묶어 작은 진주로 엮은 머리 장식으로 고정했다. 연하게 화장도 하고 입술은 잘 익은 과일 같은 색으로 칠했다.

동생 레일리도 '누님, 귀여우세요!'라고 칭찬해 주었다. 그런데도 코니는 불안해서 허둥대며 스칼렛 쪽으로 돌아보았다.

"이, 입술 색이 너무 화려하지 않아⋯⋯?!"

스칼렛이 눈썹을 더 치켜올리며 딱 잘라 말했다.

「잘 어울려, 내가 골라 준 거니까.」

'그래, 그렇구나'라며 안도하며 다시 한번 머리부터 발끝까지 확인했다. 거울 속에는 평소보다 꾸미고 차려입어서 다소 볼 만해진 소녀가 있었다.

하지만 역시 어딘가 이상한 기분이 든다. 왠지 안 어울리는 느낌이다.

코니가 울먹이는 목소리로 도움을 구한다.

"스, 스칼렛――."

계속 반복되는 대화에 스칼렛이 결국 눈살을 찌푸리며,

「이제 그만 좀 해! 내 안목이 잘못됐을 리 없잖아! 너는 그냥 당당하게 행동하면 돼!」

한여름을 연상케 하는 요란한 벼락불이 떨어졌다.

정각에 맞춰 데리러 온 사신 각하가 코니를 데리고 온 곳은 풍경이 예쁜 두렁길도, 유행하는 연극도, 세련된 가게가 즐비한 번화가도 아닌── 산 마르코스 광장에 있는 시청사 근처의 역사 자료관이었다.

「이건 정말 생각도 못 했다…….」

스칼렛은 두통을 참듯 미간에 손을 대고 있었다.

"그, 그래도 연극이었으면 깜박 졸 수도 있고, 그러니까……!"

「어이가 없어서, 이럴 줄 알았으면 아까 광장에는 오기 싫다고 할걸.」

실은 마차에 타기 전에 랜돌프가 물어봤다.

스칼렛은 처형당했을 때의 기억이 없다고 했는데, 지금부터 산 마르코스 광장에 가도 괜찮겠느냐고.

스칼렛이 정말 전혀 상관없다는 듯이 고개를 끄덕였고 코니도 괜찮다고 했다.

「이딴 곰팡내 날 것 같은 곳을 데이트 장소로 고르다니 대체 생각이 있는 거야, 없는 거야. 나였으면 두말없이 마차로 돌아갔어.」

"그, 그래도 건물 자체는 새 건물이잖아……! 곰팡이가 폈을 것 같지는 않아……!"

「그런 말이 아니라, 이 바보 코니야.」

실제로 역사 자료관이 지어진 건 비교적 최근으로, 몇 년 전이다.

스칼렛이 처형당한 10년 전 어느 날, 시청사는 낙뢰로 인해 화재에 휩싸였다. 다행히 심각한 피해를 보지는 않았지만, 몇몇 문헌이 불타 없어졌다. 개중에는 역사적 가치가 있는 것도 포함돼 있다고 한다. 그 후, 재기의 의미도 담아서 설립된 것이 이 역사 자료관이다.

스칼렛은 투덜투덜 불평을 늘어놓다가 건물로 들어가기 직전에야 입을 다물었다. 그리고 천천히 되돌아본다.

예전에 자신이 처형당한 광장을 한 바퀴 돌며 바라보았다.

「──역시, 별로 아무 느낌도 없어. 떠오르는 기억도 없고. 내가 정말 여기서 처형당한 거야?」

스칼렛은 기억이 없어도 코니는 기억한다. 10년 전, 스칼렛의 목이 잘린 순간을. 그 피의 색깔을. 냄새를. 그리고 온몸의 털이 서는 인간의 잔혹함을.

그렇지만 보고 느낀 걸 세세히 말해 주기에는 아무래도 꺼려져서 코니는 그저 애매하게 고개만 끄덕였다.

한여름인데도 관내는 어두컴컴하고 서늘했다. 역시 역사적 가치가 있는 물건은 빛과 열에 약한 모양이다.

엄습해 오는 하품을 속으로 삼키며, 진열된 예스러운 투구와 검, 벌레 먹은 서적을 흥미로운 척 구경하고 있는데 랜돌프가 뭔가 떠올랐는지 입을 열었다.

"실은 카일이 가르쳐 줬어. 약혼자와 만날 거면 조용하고 자연이 풍부하며 평소에는 가지 않는 곳을 고르라고 말이야. 여기는 모든 조건을 충족하지."

「──그래, 이제 알겠다. 이 인간은 센스라는 게 존재하지 않는다는 걸.」

스칼렛이 진지하게 판정을 내렸다. 기묘한 침묵이 흐른다.

차마 무어라 하지 못하는 약혼자의 표정을 눈치챘는지 랜돌프가 어리둥절해하며 고개를 기울였다.

"혹시, 와 본 적이 있나?"

코니가 난감한 듯 눈썹을 늘어뜨리며 '아뇨'라고 말하면서 고개를 저었다.

"각하도 처음이세요?"

"아니, 한 번 와 봤어. 여기에 오를라뮌데 가문의 기증품이 있거든. 관장님께 초대받아서 릴리와 구경했었지."

대답을 듣고 코니는 순간 말문이 막혔다. 혀를 차는 소리와 함께 「바보」라며 질렸다는 목소리가 들린다.

──딱히, 이상할 일은 아니다. 코니는 자신에게 그렇게 되뇌었다. 왜냐하면 두 사람은 실제로 결혼한 부부였으니까. 릴리 오를라뮌데는 랜돌프의 진짜 아내였다. 그러니까 같이 올 수도 있잖은가. 당연한 일이다.

그걸 아는데도 왜인지 코니의 가슴이 따끔따끔 아팠다. 머리 한구석에서 누군가가 속삭인다.

그렇구나, 이 사람은 그녀를── 릴리라고 불렀구나.

발길이 무겁다. 마치 구두가 갑자기 납덩이라도 된 것 같다.

"저기 보이는 게, 성녀 아나스타샤가 여신의 사자(使者)에게 받았다고 하는 성전 중 하나야. 몇 대 이전의 오를라뮌데 당주가 암시장에서 경매로 낙찰받았다는군. 원전(原典)은 손상 정도가 상당히 심해서 여간한 일로는 밖에 내놓지 않는다고 해. 진열장에 들어 있는 저거야. 그 앞에 있는 건 내용을 복사한 건데──

왜 그러지?"

약혼자가 따라오지 않는 걸 알아차렸는지 앞서 걷던 랜돌프가 놀란 듯 뒤돌아본다. 발길을 멈춘 코니는 자기도 모르게 고개를 숙였다. 어쩐지 지금은 표정을 보이기 싫었다.

랜돌프가 잠시 코니를 바라보더니 이유를 알았다는 듯 고개를 끄덕였다.

"아아, 아침 일찍부터 오래 걷긴 했지. 출출한가? 뭐라도 먹으러 가지."

밖으로 나오니 태양이 눈부시게 내리쬐고 있었다. 햇빛을 받고 풍경이 반짝반짝 빛난다.

자료관에 병설된 건 의외로 멋진 카페테라스였다.

코니가 과일주스를 주문하는데 랜돌프가 애비게일의 부탁은 시간이 좀 더 걸릴 것 같다고 했다.

"케빈이 입원한 병원이 왕태자비의 소유라서 말이지. 그래서 절차가 번거로워. 그리고 파리스로 귀국했다는 라이너스 튜더의 행방이 묘연해."

코니가 순순히 수긍했다. 케빈 제닝스의 일은 역시 배후가 있는 듯하다.

그리고 화제는 10년 전으로 거슬러 올라갔다. 스칼렛의 귀걸이가 바꿔치기를 당한 일에 관해서다.

"──증거 보관고에 드나들 수 있는 자라. 총국 수사관이면 기본적으로는 자유롭게 출입할 수 있어. 출입 시에 기록을 하긴 하지만, 얼마든지 조작할 수 있지."

"그렇군요……."

그거로 범인을 특정하기에는 힘들다. '으음' 하며 고민하는데 과일주스가 나왔다. 랜돌프는 홍차와 샌드위치 세트를 주문한 모양이다. 노릇하게 구운 따뜻한 빵 사이에 소스가 듬뿍 발린 두꺼운 소고기가 끼어 있어 식욕을 돋우는 맛있는 냄새가 난다. 저도 모르게 응시하니 먹고 싶으면 먹으라며 접시를 가까이 밀어 주었다.

"스칼렛 카스티엘이 류제 저택에서 떨어뜨렸다는 귀걸이의 기록을 확인해 봤는데 말이지――."

감귤 과일주스는 시원했다. 새콤달콤하고 상큼하다.

"가품 판정을 받은 귀걸이 한쪽은 정확하게는 월홍석이 아니었던 모양이더군. 백은패(白銀貝)라고 불리는 조개의 일종이었어. 백은패도 산출량이 적어 값은 비싸지만, 월홍석만큼은 아니야. 겉보기엔 비슷한데 백은패가 물러서 더 내구성이 약하고 가공하기에는 부적합한 재료라고 해."

먹어도 된다기에 사양하지 않고 샌드위치를 베어 물었다. 육즙이 입 안에 쫙 퍼지며 넘쳐흘렀다.

「디자인은?」

너무 맛있어서 볼이 미어도록 한가득 입에 넣어 먹고 있는데 스칼렛이 기다리다 지쳤다는 듯 입을 연다. 코니는 급하게 샌드위치를 삼키다 고깃덩어리가 목에 걸려 사레가 들렸다. 랜돌프가 잠자코 일어나 등을 두들겨 주었다. 눈물을 글썽이며 과일주스를 마시고 나서야 제정신이 들었다.

121

'후우' 숨을 뱉으며 정신을 가다듬고 묻는다.

"스칼렛이 디자인은 어땠냐는데요."

"스칼렛이 갖고 있던 것과 아주 흡사했어."

그렇게 말하며 냅킨을 건네주었다. 왜 주냐는 듯 고개를 갸웃했더니 손가락으로 입 옆을 가리킨다. 아무래도 소스가 묻었나 보다. 황급히 받아 든다.

"자료는 그게 끝이었지만, 백은패 유통 경로는 한정적이야. 우리 쪽에서 당시 백은패 구매자를 조사해 봤는데, 딱 하나, 낯익은 가문이 실려 있더군."

랜돌프가 거기서 말을 한 번 끊었다. 그러고는 주변을 경계하며 낮게 말한다.

"스펜서 자작가다."

스펜서?

들어 본 적 있다. 그런데 바로 누군지 떠오르지 않았다. 코니가 눈썹을 찡그리고 있는데 옆에서 스칼렛이 작게 숨을 삼켰다.

「아이샤의 결혼 전 성씨야. 아이샤 스펜서. 10년 전, 그 애는 아직 스펜서라는 성이었어.」

조용한 목소리가 잔잔한 수면에 물방울이 떨어지듯 똑 퍼졌다가 사라진다.

"아이샤라면, 스칼렛을 신봉했다는 그 사람……?"

코니가 겁내면서 물으니 랜돌프가 '맞아'라며 수긍했다.

"게다가 스펜서 가문은 귀금속을 취급하는 공방을 몇 개 가지고 있어."

스칼렛이 팔짱을 키고 골똘히 생각하며 눈살을 찌푸렸다.

「……아이샤 스펜서라면, 내 귀걸이와 똑같은 걸 만들었다고 해도 이상하지 않아.」

지난번에 스칼렛을 너무 동경한 나머지 평소에도 스칼렛의 의상과 비슷한 걸 준비해 입었다고 했지.

"……아이샤에게 얘기를 들으러 헉슬리 저택에 간다고 했지."

"네."

애비게일이 장담한 대로 오브라이언 저택에서 돌아오고 며칠 지나지 않아 헉슬리 자작에게 초대장이 왔다.

"만약 아이샤 헉슬리가 10년 전 사건의 관계자라고 해도 자수하지 않는 한, 입건하기는 매우 힘들겠지. 게다가 【새벽닭】과도 엮여 있을 가능성 또한 있어. 그러니 무모한 짓은 자중해 줘."

코니가 고분고분하게 고개를 끄덕였다.

"……네."

※

아이샤는 초조함에 손톱을 잘근잘근 씹고 있었다. 본인도 나쁜 버릇이라는 걸 알지만, 그만둘 수가 없다. 그만큼 기분이 최악이었다.

애송이라고 얕봤던 콘스탄스 그레일은 실로 못된 꾀를 부리는 비겁한 여자였다.

그 여자가 하필이면 애비게일 오브라이언을 통해서 아이샤의 남편에게 접촉해 온 것이다. 아무것도 모르는 남편은 공작 가문 연줄이 생겼다고 속도 없이 좋아하면서 곧바로 그레일가 장녀를 저택으로 초대했다.

그날 이후로 아이샤는 날로 초조해지기만 할 뿐, 전혀 가라앉을 기미가 안 보인다.

손톱이 아지작거리며 깎여 나간다. 이러다 뜯기기라도 하면 또 성가셔진다. 그래서 서랍에서 조청 빛깔의 파이프를 꺼내 든다. 이것 또한 나쁜 버릇이라는 걸 안다. 하지만 지금은 도무지 참을 수가 없다.

둥근 볼 부분에는 이미 특별 주문한 연초가 채워져 있다. 숙달된 동작으로 성냥으로 불을 켜 체임버 가까이 가져가 불을 붙였다.

뻐끔뻐끔 빨아들이면서 화력을 조절하고 천천히 피운다. 그 순간, 초조함과 불안이 거짓말처럼 씻겨 내려갔다. 담배 연기가 흔들흔들 피어올랐다가 사라진다.

마지막 연기를 천장을 향해 불었을 때쯤에는 기분이 완전히 진정돼 있었다.

아이샤는 파이프를 식탁에 올려 두고 이번엔 창문 가까이 갔다. 방이 2층이라 정문 상황을 관찰할 수가 있다. 곧이어 마차 한 대가 저택 부지로 들어왔다. 개암나무색 머리칼의 소녀가 마차에서 내렸다. 그 모습을 보자마자 아이샤의 가슴이 또다시 술렁였다.

콘스탄스 그레일은 보면 볼수록 평범한 소녀였다.

그런데 어째서 이런 계집아이가 그 스칼렛을 닮았다는 얘기들을 하는 건지.

에밀리아 고드윈이 만나 보면 알 거라고 그랬던가. 앙칼진 목소리에 머리가 비고 남자를 밝히는 여자. 그 여자는 10년 전부터 조금도 변한 게 없다.

바보 같은 에밀리아는 잘 속여넘겼을지 몰라도 나는 호락호락하지 않다. 아이샤는 누구보다도 스칼렛 카스티엘에 관해 잘 아니까.

어떤 보석보다도 아름다운 자수정색 눈을 가진, 누구보다도 고상하고 오만한 아이샤의 여신.

그 누구도 스칼렛 대신이 될 수 없다. 지난 10년간 아이샤는 넌덜머리가 날 만큼 절실히 깨달았다. 깨닫게 되었다. 스칼렛이 없는 무도회 따위는 불 없는 난로 앞에서 춤추는 것과 같다. 그리고 아이샤가 스칼렛처럼 되고 싶다고 생각할 때마다 어디선가 목소리가 들려 왔다.

──너, 나를 누구라고 생각하는 거야?

아이샤는 눈을 살짝 내리깔고 만일을 대비해 호신용 나이프를 드레스에 숨겼다.

그리고 잠시 후, 시녀가 손님이 오셨다고 알리러 왔다.

"어서 와요, 미스 그레일. 환영해요."

"저야말로 초대해 주셔서 감사합니다, 헉슬리 부인."

콘스탄스 그레일이 하는 숙녀의 인사는 듣던 대로 스칼렛이 하던 인사와 매우 비슷했다. 그러나 비슷할 뿐이다. 스칼렛이 아니다.

보기만 해도 무릎을 꿇고 싶어지는 성스러움이 느껴지지 않는다.

"놀랐지 뭐예요. 오브라이언 공작가의 심부름꾼이 친히 하위 귀족인 저희 집으로 찾아와서요. 근데 알고 보니 그레일가에서 보낸 초대장이더라고요."

"죄송합니다. 어떻게든 부인을 뵙고 싶었거든요."

에둘러 비꼬았더니 아주 솔직한 답이 돌아온다. 내심 어떻게 반격할까 하고 경계한 아이샤가 맥이 빠져서 생각해 뒀던 말이 공중에 흩어졌다.

설마 그걸 노린 건 아니겠지만, 그 틈을 타 콘스탄스 그레일이 입을 연다.

"바로 본론으로 들어가서, 한 가지 여쭙고 싶은 게 있습니다."

역시, 올 것이 왔다.

다음 말은 듣지 않아도 뻔했다. 스칼렛에 관한 것이다. 수다스럽고 바보 같은 에밀리아 고드윈이 술에 좀 취했다고 눈앞에 있는 소녀와 무슨 얘기를 했는지 토씨 하나 빠트리지 않고 알려 주었다. 내용만 알면 대처하기는 쉽다. 아이샤는 10년 전의 일로 무슨 말을 듣더라도 동요하지 않을 자신이 있었다.

그랬는데——.

"이건 무슨 냄새인가요?"

아이샤의 예상과는 전혀 다른 말이 들려 왔다.

"——네?"

쿵쾅쿵쾅, 심장이 요동친다. 설마, 아니겠지.

"……무슨 말이에요?"

"제 지인 중에요, 후각과 기억력이 대단히 뛰어난 사람이 있거든요. 그래서 헉슬리 부인께서 이곳에 들어오시는 순간 **알았나 봐요.**"

수수하게 생긴 주제에 당당한 연둣빛 눈동자가 아이샤를 똑바로 바라본다.

"가르쳐 주세요, 헉슬리 부인. 왜 당신에게서—— 자칼의 낙원의 향이 나는 거죠?"

——들켰다.

팔에 소름이 쫙 끼쳤다. 다리가 후들거린다. 하지만 아이샤는 전혀 동요하지 않은 척, 아무것도 아니라는 듯 고개를 갸웃했다.

"무슨 얘기인지, 모르겠는데요?"

"잘게 썬 연초에 섞은 건지, 그런 용도로 가공한 걸 입수하셨는지 모르겠지만, 이건 자칼의 낙원이잖아요?"

"……자칼의 낙원요? 아아, 10년 전에 유행했던 환각제 말이군요."

이제야 기억났다는 듯 손을 모으니 콘스탄스 그레일이 아무 말도 하지 않고 아이샤를 빤히 쳐다보았다. 아이샤의 등줄기에 식은땀이 흘러내린다. 애써 웃어 보이며 태연하게 어깨를 으쓱했다.

"뭔가 착각한 모양이에요. 오늘 좀 귀한 향수를 뿌렸는데, 그 향수 향기가 아닐까요?"

"향수라고요."

"네. ……먼 이국의 향수죠. 그래서 이름을 말해도 모를 거고 살 수도 없을 거예요."

본인이 생각하기에도 뻔뻔한 변명이라는 걸 안다. 그래도 상관없다. 지금, 이 상황만 잘 모면하면 뒷일은 어떻게든 된다. 아무리 내가 의심되더라도 콘스탄스 그레일은 이게 거짓말임을 확인할 길이 없을 테니까.

소녀는 아이샤가 제대로 상대해 줄 마음이 없다는 걸 알아차린 모양이다. 분한지 고개를 숙이고 있다. 그런데 다음 순간, 흥하고 콧방귀를 뀌었다.

"──무심결에 웃음이 터질 정도로 거짓말을 못 하네."

비웃는 듯한 태도에 머리로 피가 확 쏠렸다.

"무례하기는. 됐어, 이만 돌아가 줘."

그렇게 말하며 기분은 상할지언정 이대로 소녀를 돌려보내려 등을 돌렸다. 지금이라면 늦지 않을 것이다. 콘스탄스 그레일을 보내고 바로 그들에게 도움을 요청하면 된다.

"못된 장난을 친 게 들통나니까 악을 쓰다니, 훈육이 덜 된 어린애가 따로 없구나."

──어째서일까. 분위기와 어울리지 않는 유쾌한 목소리는 틀림없이 저 계집아이의 목소리인데. 갑자기 오만해진 부자연스러운 말투에, 아이샤는 왠지 기시감이 느껴져 무심결에 뒤를 돌아보았다.

돌아본 곳에는 역시 개암나무색 머리칼에 연둣빛 눈동자의 어

디에나 있을 법한 평범한 여자애인데 뭔가 달랐다.

"명심해, 아이샤 스펜서. 나를 속이려 하는 게 훨씬 더 무례한 짓이야."

턱을 젖혀 눈을 살짝 가늘게 뜨고는 마치 벌레라도 보는 듯이 나를 흘겨보고 있는 건, 콘스탄스 그레일 따위가 아니었다.

"너, 나를 누구라고 생각하는 거야?"

저도 모르게 넙죽 엎드리고 싶어지는 압도적인 존재감에 아이샤의 눈이 휘둥그레졌다.

"스칼, 렛……?"

저 모습을 내가 못 알아볼 리가 없다.

왜냐하면 아이샤는 예전부터 스칼렛에 관해 누구보다도 잘 알았기에.

──10년 전, 아이샤에게 세상의 중심은 스칼렛 카스티엘이었다.

고귀한 신분. 유례없는 미모. 그중에서도 아이샤를 매료한 건 스칼렛의 불같은 성정이었다. 적으로 간주하면 남녀노소 불문 조소하고 독설을 뱉고 잘라 버린다. 당시에 사교계에서 그런 식으로 행동하고도 용납이 된 사람은 스칼렛뿐이었으리라.

엔리케 전하와의 약혼을 발표한 건 스칼렛이 열두 살 때였다. 전하와 스칼렛, 그리고 릴리 오를라뮌데까지, 이 세 사람은 어릴 적부터 교류가 있었다고 한다. 이른바 소꿉친구다. 그리고 카스티엘 가문의 신분을 고려하면 전하와 스칼렛이 약혼하는 건 당연한 흐름이었다고 할 수 있다.

알려진 것처럼 스칼렛과 전하의 사이가 좋지 않았을지도 모른다. 엔리케 전하는 연약해 보이는 외견처럼 섬세하고 고지식하며 상냥했다. 스칼렛의 행동이 도가 지나칠 때마다 가장 먼저 주의를 주는 건 늘 전하의 역할이었다. 물론 그 스칼렛이 순순히 수긍할 리가 없었다. 그래서 그 자리에서 말다툼을 격하게 벌인 적도 부지기수였다.

하지만 계속 스칼렛을 지켜본 아이샤는 사소한 대화를 나누며 웃는 두 사람을 알고 있었다. 연인처럼 달콤한 관계는 아니었으나 어딘가 누이와 동생 같은 편안함이 느껴졌다. 그런 두 사람을 아이샤는 내내 동경했다. ——그런데.

그런데 그 여자가 나타났다.

세실리아 류제. 흙내 나는 촌년 주제에 순식간에 엔리케 전하의 마음을 빼앗아 갔다. 전하가 몰래 마을로 외출했다가 만난 게 계기였다. 인적이 드문 골목길에서 건달에게 습격당할 뻔한 세실리아를 전하가 우연히 지나가다가 구해 준 게 시작이었다고 한다.

마치 싸구려 대중 소설 같은 첫 만남이다.

하지만 누가 봐도 엔리케 전하는 세실리아 류제에게 집착했다.

전하가 설령 집착했대도 분명 소문처럼 연인 사이는 아니었으리라고 생각한다. 전하는 날 때부터 고지식하고 상식적인 분이다. 속마음은 어땠는지 모르나 그 무렵에는 어디까지나 친한 친구 중 한 사람으로서 어울렸을 것이다.

오히려 비극적인 사랑을 이루어 주려 필사적이었던 건 무책임한 주변인들이었다.

신분을 초월한 사랑이라는 소문은 눈 깜짝할 새 퍼져나갔다. 엔리케의 훤히 보이는 태도는 물론이고 세실리아를 대하는 스칼렛의 행동도 좋지 않았다. 저러는 걸 보니 필시 진실일 것이다. 이런 단순한 소문이 그런 식으로 현실성을 띠게 된 것이다. 분명 스칼렛은 순수하게 세실리아 류제가 마음에 안 들었을 뿐일 텐데.

그 결과, 마치 전하와 세실리아 류제가 진짜로 은밀하게 사귀는 사이인 것처럼 상황이 흘러가고 말았다.

아이샤는 초조했다. 이대로는 분명 거짓이 진실이 될 것이다. 그렇게 생각했다.

무슨── 무슨 수를 써야 해.

그때 마침, 며칠 전 저택에 놀러 왔던 외사촌 언니의 말이 떠올랐다.

오랜만에 만났는데 포동포동했던 언니가 살을 많이 뺀 것이다.

놀란 아이샤가 어떻게 뺐냐고 물었더니 가슴께에서 작은 병을 꺼내 '살 빠지는 약을 먹고 있어'라고 살짝 알려 준 것이다.

"이국의 각성제라는데 효과가 굉장하지? 어른들께는 비밀이야. 딱 한 방울이면 돼. 많이 섭취하면 몸이 망가지니까."

──몸이, 망가진다고.

정말 매력적인 말이었다.

세실리아 류제는 선천적으로 몸이 약하다고 들었다. 만약 몸이 안 좋아지면 영지로 돌아갈 수밖에 없지 않을까. 류제령은 멜비나의 국경을 따라 있다. 왕도에서 아주 머니까 어지간해서는 만날 수 없게 된다.

아이샤는 바로 적당한 핑계를 대고 사촌 언니 집을 방문했다. 실없는 대화를 나누며 전에 말한 각성제를 못 찾으면 포기하자고, 그렇게 생각했다.

그런데 화장대에 순서대로 놓인 향수에 섞여 지난번에 본 그 작은 병을 발견하고 말았다. 망설인 건 한순간뿐이었다. 사촌 언니 몰래 병을 품에 숨기고 현기증이 난 척 화장대에 남은 향수들을 팔로 쳐 산산조각을 냈다. 피가 방울져 떨어지는 내 팔을 본 사촌 언니는 비명을 질렀고 즉시 사용인이 달려왔다.

그러고 얼마 뒤, 아이샤는 모친에게 이끌려 류제 저택에 가게 되었다. 아이샤의 모친은 조모가 멜비나인이기도 해서 같은 멜비나 출신인 자작 부인과 친했다. 설마 그 몇 시간 전에 이미 스칼렛이 들러서 한바탕 소동이 벌어진 건 몰랐다.

스칼렛의 복장을 따라 하는 건 사람과 어울리기가 서툰 아이샤에게 몸을 지키는 무장 중 하나였다. 그날은 모친이 입지 말라고 못을 박아서 드레스는 포기했지만, 장신구는 양보할 수 없었다. 이전에 열린 야회에서 스칼렛이 찼던 월홍석 귀걸이. 그걸 본뜬 귀걸이를 골랐다. 장인이 부서지기 쉬우니까 조심히 다뤄서 차라고 하긴 했지만, 금속 받침 부분이 헐거워진 건 전혀 몰랐다.

아니나 다를까 류제 저택에서도 아이샤는 공기였다. 모친과 자작 부인의 대화가 무르익어서 아이샤가 자리를 떠도 모를 것 같았다.

저택에는 놀랄 만큼 사용인이 적었다. 류제 저택 사람들은 영지에서 나온 게 굉장히 오랜만이라고 들었는데 왕도의 상식에 익숙지 않은지도 모른다. 그렇게 생각했다. 그런데 음침한 아이샤를 보고 누구도 수상히 여기지 않았다.

그런데 막상 물 주전자 앞에 서니 망설여졌다. 그 순간까지 세실리아 류제를 해칠 생각밖에 없었는데, 이 방법을 쓰면 세실리아 말고도 피해를 보는 사람이 있을 가능성이 있다. 그 사실을 깨달은 것이다.

하지만 망설임은 한순간뿐이었다.

왜냐하면 죽는 게 아니니까.

이건 그냥 조금 센 약일 뿐이다. 기껏해야 설사밖에 더 하겠어. 그저 효과가 더 잘 드는 약일 뿐이다.

아이샤는 자신에게 그렇게 되뇌었다.

이건 스칼렛을 위한 일이다. 스칼렛이라면 이렇게 했을 거다. 스칼렛이라면——.

이렇게 하면 스칼렛이 될 수 있어.

아이샤는 떨리는 손으로 뚜껑을 열고 작은 병에 든 걸 물 주전자에 부었다.

"——독인 줄은 몰랐어. 샤론 언니가 그냥 약이랬어. 귀걸이는 모르고 떨어뜨린 게 맞지만, 네 방에 독 병을 숨기거나 하지는 않았어. 내가, 그런 짓을 할 리가 없잖아⋯⋯!"

주전자에서 검출된 게 독이란 걸 듣고 심장이 멎을 정도로 놀랐다. 하지만 동시에 금방 혐의가 풀릴 것이라 여겼다. 아이샤가 떨어뜨린 건 스칼렛의 월홍석 귀걸이가 아니라 백은패로 만든 귀걸이니까.

그런데도 귀걸이가 스칼렛의 것으로 판정되었고 심지어 방에서는 쓰고 남은 독 병이 나왔다. 대체 무슨 일이 일어나고 있는 건지 알 수가 없었다.

그리고—— 지금도.

지금도 무슨 일이 일어나고 있는 건지 모르겠다. 눈앞에 있는 소녀는 콘스탄스 그레일인데 콘스탄스 그레일이 아니다. 저 사람은 스칼렛이다. 아이샤는 알 수 있다.

물론 현실의 스칼렛은 이미 죽고 없다. 처형당했으니까. 10년 전에 산 마르코스 광장에서.

그날, 아이샤는 저택에서 덜덜 떨면서 여신의 기적이 일어나기를 기도하는 것밖에 할 수 없었다.

"거짓말 아니야! 그때 썼던 병도 내가 아직 갖고 있어! 조사해 보면 병에 들었던 게 단순한 살 빼는 약이란 걸 알 거야. 내 탓이 아니야! 그러니까 부탁이야, 제발 용서해 줘, 스칼렛——."

떨리는 목소리로 사정하니 스칼렛이 나지막하게 중얼거렸다.

"용서?"

그러고는 한쪽 눈썹을 능숙하게 치켜올리고 감정하듯 눈을 가늘게 떴다.

"그럼, 왜 넌 네 죄를 자백하지 않았어?"

아이샤의 몸이 흠칫하며 경직됐다.

"병에 들어 있던 게 독이든 아니든 상관없어. 왜냐하면 넌 내가 결백한 걸 알고 있었으니까. 나는 네가 지은 죄로 처형당한 거야."

"너, 너를 위해서 한 일이었어! 너도, 분명, 똑같이 했을 거잖아. 그래서 내가 대신——."

"——나는."

아이샤의 말을 끊고 스칼렛 카스티엘이 입을 열었다.

"설령 죽는대도 그런 꼴사나운 짓은 안 해."

그 말에 무의식중에 숨을 삼킨다.

"10년 전에 일어난 일은 전부, 네가 너를 위해서 한 짓이잖아. 그러면서 내 핑계를 대다니 네 주제를 알아야지."

그렇다. 틀린 말 하나 없다. 아이샤는 우두커니 스칼렛을 쳐다보았다.

"내가 되고 싶다고 했지, 아이샤 스펜서. 특별히 하나 더 가르쳐 줄게."

그렇게 말하고는 스칼렛이 미소 지었다.

"너, 나를 대체, 누구라고 생각하는 거야?"

그 미소는 매우 오만하고 고상하며, 그리고 이 세상에서 무엇보다 아름다웠다.

답은 훨씬 오래전부터 알고 있었다. 아이샤 안에서 무언가가 소리를 내며 무너져 내린다.

알고 있었다. 실은 알고 있었다. 나를 지키기 위해 눈을 감고 있었을 뿐이다. 전부, 자신이 야기한 것이다. 자기 탓이었다.

스칼렛을 죽인 건, 나다.

눈앞이 새카매진다. 정신을 차리고 보니 방에서 나오기 전에 품에 감춘 호신용 나이프를 꺼내 들고 있었다.

"――안 돼!"

칼끝을 그대로 가져가 심장을 찌르려는 순간, 아이샤의 품으로 누군가 뛰어들었다.

"죽어서 어쩌려고요?! 당신이 죽어도 스칼렛한테 한 짓이 사라지지는 않아요!"

손목을 세게 꽉 잡는다. 나이프가 손에서 떨어진다.

여기에 있는 건, 이미 스칼렛 카스티엘이 아니었다.

놀라울 정도로 선명한 연둣빛 눈이 멍해진 아이샤를 비춘다.

"살아서 속죄하세요."

※

――코니의 말에 아이샤가 후회하듯 입술을 깨물고 작게 끄덕였다.

그러고는 그대로 실이 뚝 끊긴 것처럼 무너진다. 아무래도 정신을 잃은 듯하다.

사용인을 부르니 쓰러진 부인을 보고 놀란 기색도 없이 능숙하게 챙긴다. 어쩌면 자주 있는 일인지도 모른다. 코니는 바싹

마른 잎처럼 마른 몸을 보고 그렇게 생각했다.

스칼렛이 불타는 눈빛으로 아이샤를 쏘아본다.

코니는 고민했다. 지금 헌병을 불러야 할지, 말지. 그렇지만 현재로선 증거라고 부를 수 있는 게 없다. 자백한 내용도 아이샤가 부정하면 그뿐이다. 게다가 아직 몇 가지 밝혀지지 않은 의문점이 있다. 아이샤를 구류할 수 있다고 해도 귀걸이 때처럼 또 누군가 선수를 치면──.

"……가자, 스칼렛."

고민 끝에 목소리를 낮추고 재촉하며 헉슬리 저택을 뒤로했다.

"괜찮나?"

정문에는 랜돌프 얼스터가 기다리고 있었다. 오늘 아이샤를 만나러 간다고 말을 해 뒀다. 분명 상태를 보러 왔으리라.

여느 때와 다름없는 무서운 얼굴을 본 순간, 코니는 어쩐지 눈물이 날 것 같았다. 하지만 꾹 참고 간략하게 상황을 설명한다.

"……아이샤였어요. 저 사람이 류제 저택에서 물 주전자에 독을 탄 거였어요. 근데 본인은 독인 줄 몰랐대요. 그리고 귀걸이를 바꿔치기한 것도, 스칼렛 방에 독 병을 숨긴 것도 자기가 한 짓이 아니래요."

"그렇군. 증거가 될 만한 건?"

"당시에 쓴 작은 병을 갖고 있다네요. 스칼렛의 방에 있던 독 병은 누군가가 준비한 다른 병인 것 같아요."

"10년 전에 쓴 병이라. 입증하는 데 시간이 걸리겠군."

랜돌프가 미간을 찌푸리며 감청색 눈을 가느다랗게 떴다.

"그리고 10년 전 일과 관계가 있는지는 모르겠는데 아이샤는 자칼의 낙원을 일상적으로 쓰고 있어요."

"……역시 【새벽닭】이 얽혀 있었군. 아이샤에게 감시자를 붙이지. 움직임을 보이면 바로 알 수 있을 거야."

코니가 고개를 끄덕였다. 더 자세하게 얘기해야 하는데 너무 피곤해서 입이 움직이지 않는다. 그 모습을 본 랜돌프가 살짝 눈썹을 찡긋 올리더니 '저택까지 데려다주지'라고 말하고는 이야기를 일단락 지었다. 그대로 손을 잡혀 마차에 올라탄다. 랜돌프가 맞은편에 앉아 말없이 가져온 자료를 꺼내 들었다.

마차 안에서 종이를 넘기는 소리만 들린다. 랜돌프가 바빠 보여서 코니가 말없이 있어도 어색하게 느낄 필요가 없었다.

그러니 그건 즉── 코니를 위해서였으리라.

결국 대화 한마디 없이 저택에 도착하고 말았다. 아무리 그래도 역시 좀 미안한 마음이 들어 각하를 올려다보니 마음 쓰지 말라는 듯 손으로 머리를 톡톡 토닥인다.

"진정되면 그때 다시 자세한 얘기를 들려줘."

방에 돌아오자 「왜 말렸어」라고 하는 스칼렛의 낮은 목소리가 코니의 귓전을 때렸다.

「그딴 여자, 그대로 죽게 내버려 두지 그랬어. 어차피 체포하기 어렵다면, 하루빨리 지옥으로 떨어지는 게 나아…….」

자수정색 눈이 어슴푸레하게 타오른다.

「바보 코니! 대체 왜 구한 거야?! 그 여자였어! 그 여자 때문에 내가——.」

"그렇다고!"

코니도 목소리를 쥐어짜 맞섰다.

"그렇다고 스칼렛의 말을 듣고 죽으려 하다니, 용납 못 해!"

아까 한 치의 망설임도 없이 목숨을 내던지려 한 아이샤 헉슬리를 보고 코니가 느낀 건 명백한 분노였다.

"마지막까지 스칼렛을 변명거리로 삼는 걸 어떻게 용납할 수 있겠어……!"

스칼렛이 놀라 눈이 휘둥그레졌다.

코니가 주먹을 꽉 쥐고 말을 이었다.

"게다가 지금 아이샤가 죽으면 단서를 못 잡을지도 몰라. 아이샤가 물 주전자에 탄 건 그냥 살이 빠지는 각성제였다잖아. 하지만 실제로는 그 물 때문에 류제 저택에서 키우던 관상어가 죽었어. 독과 바꿔치기한 사람이 있는 게 분명해."

「그거 말인데—— 어쩌면 아이샤 헉슬리가 몰랐을 뿐이고, 원래부터 독이었을지도 몰라.」

스칼렛이 심각한 표정으로 고개를 저었다. 코니가 무심결에 눈살을 구긴다.

"……그게 무슨 소리야?"

「아이샤의 외사촌 언니가 거짓말한 거면? 병에 든 게 어쩌면 처음부터 살 빼는 약이 아니라 자칼의 낙원이었을지도 몰라. 그런 종류의 환각제는 과용하면 식욕도 떨어지고 며칠이든 깨어 있을 수 있대. 그런 상태가 지속되면 누구든 살이 빠지겠지. 아이샤도 바늘처럼 삐쩍 말랐잖아. 그리고 약도 지나치면 독이 되는 법이야. 한 방울이면 충분히 효과를 볼 수 있는 걸 다 넣었다잖아. 그래서 치사량이 됐대도 이상하지 않아.」

그때 처음으로 스칼렛이 길을 잃은 미아처럼 불안한 표정을 짓는다. 아마 헉슬리 저택을 나서면서부터 내내 생각했겠지. 스칼렛이 시선을 살짝 깔고 말을 흘렸다.

「……어쩌면 10년 전 일은 전부 오해와 우연이 빚은 일일지도 몰라. 만약 그렇다면, 나는——.」

"——설령 처음이야 그랬을지언정."

코니가 말을 잘랐다.

"스칼렛 방에 독 병을 둔 사람이 있어. 귀걸이를 바꿔치기한 사람도. 게다가 릴리 님의 죽음도, 【새벽닭】일도 해결 안 됐잖아."

스칼렛이 고개를 들었다. 이상한 듯 눈을 끔벅거린다.

"복수는 아직 끝나지 않았어. 잘 들어, 스칼렛. 나는 말이지."

코니는 두 사람이 처음 만났을 무렵에 스칼렛이 한 불합리한 말을 떠올렸다.

——도와줬는데 싫다고 하면 못쓰지.

——잘 들어, 콘스탄스 그레일.

"나는—— 내 인생을 걸고 스칼렛의 복수를 성공시켜야 해!"

그날 이후로 코니의 운명이 바뀌었다.

언젠가의 스칼렛처럼 허리에 손을 얹고 자신만만하게 선언하자 스칼렛이 어안이 벙벙해져 굳었다.

「……너, 가끔은 듣기 좋은 말도 하네.」

그러고는 웃음소리를 흘린다.

「코니 주제에 건방져.」

사태가 움직인 건 그 후로 며칠 지나서였다.

애비게일의 소집에 코니는 랜돌프와 함께 오브라이언 저택을 찾았다. 듣자니 급한 용건인 듯하다.

응접실에는 이미 애비게일과 올더스 클레이턴이 기다리고 있었다.

"——어제 메이플라워사로 연락이 왔어. 아이샤 헉슬리가 10년 전 스칼렛 카스티엘이 처형당한 일에 관해 죄를 고백하고 싶다고 했다는군."

올더스가 그렇게 말하자, 실내가 찬물을 끼얹은 듯 고요해졌다. 코니는 눈이 휘둥그레진 채로 굳었고 스칼렛은 눈살을 찌푸리고 있고 랜돌프는 천천히 눈을 감았다 뜬다.

맨 먼저 침묵을 깬 사람은 애비게일이었다. 애비게일이 '엄청난 특종이지?'라며 생긋 웃어 보였다.

너무 놀란 나머지 얼어붙어 있던 코니는 그제야 소리를 지를 수 있었다.

"네……?!"

Illustrations © Yu-nagi

랜돌프가 '흠' 하고 숨을 내쉬며 턱에 손을 대고 중얼거린다.

"틀림없이 【새벽닭】 쪽에 도움을 구할 줄 알았는데——. 의외로군."

감시자에게 받은 보고에 따르면 요 며칠 아이샤 헉슬리가 외부인과 접촉하려 하는 시도는 없었다고 한다. 랜돌프도 아이샤의 동향이 신경 쓰였던 모양이다.

코니가 '살아서 속죄해야 한다'라고 말했을 때 작게 끄덕였던 아이샤의 모습을 떠올린다.

이게 그녀가 낸 답인 걸까.

"스칼렛과의 대치로 그만큼 동요가 심했다는 거겠지. 게다가 어쩌면 관련만 있고 조직원은 아닐 수도 있어. 적어도 10년 전에는 접점이 없었던 모양이니."

일리가 있는 게 세실리아 류제 암살 미수 사건에 대해 말하는 아이샤의 입에서는 자칼의 낙원도, 【새벽닭】도 입 밖에 내지 않았다. 그 상황에서 진실을 감출 필요가 없다. 아이샤는 스칼렛에게 용서를 구하고자 했다. 달리 원인이 있었다면 얘기했을 것이다.

"아이샤는 스칼렛에게 심취해 있었어. 자책감에 사로잡혀 언제 진실을 공표해도 이상하지 않았지. 그 사건의 배후가 【새벽닭】인지 아직은 모르지만, 설령 관계가 없다고 해도 만일을 위해서 그 독이 자칼의 낙원이라고 의심받는 위험은 피하고 싶었을 거야. 그들의 자금원 중 하나니까. 그래서 사건 이후에 아이샤에게 접근한 게 아닐까?"

애비게일이 노골적으로 혐오감을 드러내며 눈을 가늘게 떴다.

"상처가 큰 마음을 이용하기는 쉬웠을 거야. 약에 의존하게 만들어 버리면 본인의 죄책감도 옅어질 테고 거동도 감시하기 쉽지. 몇 년 전부터 아이샤에게 정부가 있었다고 해. 그 남자가 조직원이고 아이샤 헉슬리는 자칼의 낙원을 정기적으로 구매하는 단골이지 않을까 싶은데."

그렇게 말하고 시선을 옆으로 옮기자 올더스가 뒤를 이어 말하기 시작한다.

"콘스탄스 그레일의 얘기로는 아이샤가 독을 타긴 했지만, 그 외에는 아무것도 모른다고 했다며? 그렇다면, 잡아들인다고 해도 제대로 된 정보는 얻을 수 없을 거야. 오히려 이건 바라 마지 않던 좋은 기회야. 선수를 쳐서 녀석들에게 타격을 줄 수 있어."

"펜이 검보다 강하다는 그 말이 딱이네. 게다가 아무리 녀석들이 증거를 깔아뭉개고 진실을 은폐하려 해도 사람들 사이에 퍼지는 소문은 막을 수 없어. 기사가 나가면 확실하게 왕도 전역에서 화제가 될 거야. 그렇게 되면 타 언론에서도 앞다퉈 관련 기사를 낼 테고. 그리고 10년 전의 사건을 재검토하자는 움직임이 생기겠지. 민중의 소리는 생각보다 무시하기가 어려운 법이거든. 그걸 이용하자."

코니는 어안이 벙벙해져서 짝짜꿍이 딱딱 맞는 대화를 듣고 있었다.

물론 그토록 바라던 전개다. 아이샤의 증언으로 10년 전의 암살 미수 사건이 재조명된다면 분명 스칼렛이 범인이라는 전제도 뒤집을 수 있다.

하지만──.

"왜 그러나, 그레일 양."

표정이 안 좋은 걸 알았는지 랜돌프가 말을 건넨다. 코니가 주저하면서 입을 열었다.

"저기, 아멜리아 홉스는 이 일을⋯⋯."

뇌리를 스친 건 지난번에 찾아온 빨간 머리 기자였다. 아멜리아는 스칼렛을 심하게 헐뜯었었다.

메리플라워사 소속인 아멜리아가 만일 이 일에 관여한다면 기껏 잡은 좋은 기회를 헛되이 날리게 되지는 않을까.

"아아, 그게 걸렸군."

올더스가 쓴웃음을 지었다. 애비게일이 '누군데?'라고 물으며 어리둥절해하자 '일단 아직까지는 동료'라고 성가셔하며 대답했다.

"그건 걱정하지 않아도 돼. 지난주였나. 부서를 옮기게 됐거든. 지금은 맛집이나 유행하는 연극 같은 걸 취재하는, 아무튼 사건 사고와는 관련 없는 쪽을 담당하고 있어. 본인은 못마땅해했지만, 그 녀석, 출세욕이 심해서 여러모로 일을 벌이고 다녔거든. 아이샤 사건은 함구령이 내려졌으니 알 길이 없어."

그렇구나. 코니가 안도하며 가슴을 쓸어내렸다.

근심이 해소되자 천천히 기쁜 마음이 복받친다. 저도 모르게 고개를 들어 스칼렛과 눈을 맞춘다. 그러자 왜 저러냐는 듯 본다.

그런데도 코니는 미소가 새어 나오는 자신을 말릴 수가 없었다.

"일단 억울한 누명은 씻을 수 있겠다⋯⋯!"

스칼렛이 흥 하며 콧방귀를 뀌었다.

「멀었어, 내 마음은 그 정도로는 풀리지 않아.」

불만스럽다는 듯 입을 비쭉이며 평소처럼 밉살스럽게 말한다. 하지만 그 눈빛은 말처럼 험악하지 않았다.

「왜냐하면 아직 그 여자의 뺨을 갈기지 못했으니까!」

계속해서 자료가 부족하다고 지적받은 아멜리아 홉스는 거의 일주일 만에 옛 보금자리에 발을 들였다.

"왜 이렇게 어수선해."

담배 냄새가 찌든 실내. 자료와 원고가 산더미처럼 쌓여 지저분한 책상. 그런데 웬일로 느껴지는 들뜬 분위기에 의아해한다.

자기가 속삭인 말이 들리기라도 했는지 뒤에서 호들갑스럽게 탄식하는 소리가 들렸다.

"무슨 그런 태평한 소리를 하고 있어, 이렇게 큰 특종이 터진 때에!"

그 말에 아멜리아의 눈썹이 움찔하며 떨렸다.

"……특종?"

저도 모르게 뒤를 돌아 묻자 상대가, 순간 당황한 듯 눈을 끔뻑이더니 곧바로 표정이 굳는다.

"아, 이런. 너, 부서 이동했지. 아뿔싸, 깜박했네."

머리를 벅벅 긁으며 그대로 자리를 뜨려는 남자를 아멜리아가 '잠깐만!'이라며 불러 세웠다.

"섭섭하게 왜 이래. 취재 대상이 바뀌었다고 외부인 취급하기야? 일주일 전까지만 해도 동료였잖아. 내가 타사 사람이면야 물고 늘어질지도 모르지만. 지금 나는 어차피 할 수 있는 게 없잖아. 특종 잡은 거면 축하라도 하게 해 줘."

남자가 잠시 머뭇거리다가 바로 며칠 전까지 동료였던 아멜리아에게 마음의 짐이라도 있었는지 '아무한테도 말하면 안 돼'라며 목소리를 낮췄다.

"실은 스칼렛 카스티엘의 처형에 관해 새로운 사실을 포착했어. 어쩌면 희대의 악녀가 실은 억울한 누명을 썼는지도 몰라. 이 이상 자세하게는 말 못 하지만, 다음 주 중에 우리 쪽에서 독점 기사를 터트린다더라고."

아멜리아의 눈이 살짝 크게 떠졌다.

"……그것참, 대단하네."

"그렇지? ──뭐야, 어디 가?"

갑자기 발길을 돌려 밖으로 나가려는 빨간 머리 동료를 보고 남자가 당황해하며 묻는다.

그 말에 멈춰 서서 뒤돌더니 아주 명랑하게 대답했다.

"듣다 보니 가만있을 수가 없어서. 특종 찾으러 가려고."

그러고는 바로 나가 버리는 바람에 남겨진 남자의 한 박자 후에 '특종이라니, 넌 이제 연극 담당이잖아……?'라며 의아해하는 말소리는 아멜리아에게 닿지 않았다.

조급한 마음을 억누르며 건물에서 나와 빠른 걸음으로 큰길로 향하다가 도중에 마차에 올라탄다.

내린 곳은 왕도 중심에 있는 장엄한 궁전 앞이다. 내빈용 접수
처에 줄을 서서 급한 용건이니 서둘러 달라고 부탁한다.

"아멜리아 홉스가 왔다고 전해 줘요."

'어느 분께요?'라고 말쑥한 여자가 사무적으로 묻는다.

　아멜리아는 회색빛이 감도는 암녹색 눈을 일그러뜨리며 미소
지었다.

"──루퍼스 메이."

※

　그날, 올더스 클레이턴은 편집장 마르셀라의 지시로 헉슬리 저
택을 찾아갔다. 아이샤 헉슬리의 고백을 기사로 쓰기 위해서다.

　새벽녘부터 내리기 시작한 비는 점점 더 거세져 지금은 '쏴쏴'
하는 빗소리가 귀에 거슬릴 정도다. 해는 거멓고 두꺼운 구름에
가려졌다. 올더스는 마차에서 내려 진창이 된 땅에 섰다. 발자
국이 나자마자 빗물에 쓸려 내려간다.

　비는 여신의 눈물이라고도 한다. 창세기 1절에 쓰여 있기로는
지상에서 일어난 죄를 씻어 내기 위해 비가 내린다고 한다.

　그렇다면── 오늘 내리는 눈물은, 대체 누구를 위해 흐르는
것일까.

　용건을 전하니, 연로한 시녀가 나타났다. 마님께선 방에 계신
다고 쉰 목소리로 말하더니 올더스를 이끌 듯 긴 복도를 걷는다.

149

전부터 이랬는지, 아니면 오늘만 이런 건지 모르겠지만, 저택 내부가 굉장히 어두웠다. 끼익끼익 삐걱거리는 나선 계단을 끝까지 오르니 시녀가 멈춰 섰다. 그리고는 올더스 쪽으로 돌아서서 복도 끝에 아이샤 헉슬리의 방이 있다고 알려 주었다.

"사용인들은 모두 물렸습니다."

시녀가 표정 하나 바꾸지 않고 묵례하고 내려갔다. 시녀의 말을 해석하면 여기서부터는 혼자 가라는 것이다.

발걸음을 옮기는데 마침 안쪽에 있는 한 방에서 손수레를 밀며 젊은 종복이 나왔다. 하얀 시트 위에는 도기로 된 식기 통과 주전자가 놓여 있다. 차를 내온 건가. 호리호리한 청년이 올더스와 눈이 마주치자 조용히 눈인사했다. 그리고는 복도 가장자리로 붙어 서서 손님 먼저 지나가시라는 듯 고개를 숙인다.

사용인 앞을 지나쳐 문을 노크하려던 올더스가 불현듯 위화감을 느꼈다.

──분명 조금 전의 시녀는 사용인들을 모두 물렸다고 하지 않았나?

휙 돌아보니 이미 아무도 없다. 빈 손수레만이 덩그러니 놓여 있다.

"빌어먹을."

올더스가 걸쭉한 욕설을 뱉었다.

"아이샤!"

방에 들어서니 피투성이가 된 여자가 바닥에 쓰러져 있었다. 출혈이 심각한데도 가까스로 의식을 부여잡고 있는 듯했다. 황급히 안아 일으켜 상처를 확인하고는── 숨을 삼킨다. 경동맥이 완전히 잘려 나갔다. 능숙한 솜씨다. 옆에는 피 묻은 디저트용 나이프가 나뒹굴고 있다.

할 말을 잃은 채 있는데 가슴팍에서 여성이 간신히 몸을 움직였다.

"……저, 전에, 말, 했던, 병, 은, 빼앗……겼, 어."

"말하지 마, 당장 지혈할게."

그렇게 말하고 움직이려는 올더스를 힘없는 시선이 붙잡는다. 마치 '이미 늦었다'라고 말하는 것처럼.

"……그, 사람은, 새벽, 닭의, 살바, 도르."

조금 전에 종복으로 변장한 청년을 말하는 것이리라. 올더스가 아이샤와 눈을 맞추고 세차게 고개를 끄떡였다.

"사촌, 언니를, 샤, 론을, 캐 봐……. 분명, 뭔가, 알고 있을, 거야……."

"알겠어, 다른 건?"

아이샤의 동공이 점점 빛을 잃어 간다. 아이샤가 히익, 히익 소리를 내면서, '계획, 실패, 했는데'라며 뚝 뚝 끊어 가며 말했다.

"스칼, 렛, 이, 용서해, 줄까……?"

올더스 클레이턴은 그 물음에 답해 줄 능력이 없었다. 애비게일처럼 생전의 스칼렛 카스티엘을 알지도 못하고, 루치아처럼 그녀의 모습이 보이지도 않으니까.

"──그럴 거야."

그렇지만 올더스는 망설임 없이 긍정했다. 사람 좋은 소녀가 뇌리를 스쳤기 때문이다. 아마 콘스탄스 그레일이라면 그렇게 대답하리라고 생각했다.

그리고 아직 비가 내리고 있다.

여신의 눈물이 아이샤의 죄를 씻어 줄 것이다.

"다행⋯⋯."

아이샤 헉슬리는 마치 소녀처럼 천진한 미소를 지으며 숨을 거두었다.

올더스는 손바닥을 아이샤의 눈가로 살그머니 가져가 눈을 감겨 주었다. 그러고는 곧바로 현 사태를 파악하려 머리를 굴렸다.

녀석들이 먼저 선수를 쳤다. 그건 확실하다. 정보가 어디서 새어 나갔는지는 나중에 알아보기로 하고, 문제는 본인을 노린 이유이다.

즉, 올더스 클레이턴이 【풍양관(폴크방)】의 경호원이라는 걸 알고 있으며── 좀 더 나아가 애비게일 오브라이언을 계략에 빠트리려 했는지다. 답은 금방 나왔다. 그럴 가능성은 매우 희박하다. 올더스가 파견 나오기로 한 건 오늘 아침 결정된 일이었다. 원래는 다른 적임자가 방문할 예정이었으나 비가 오는 바람에 출근이 늦어져 급히 올더스가 뽑히게 되었다.

다시 말해서 누구든지 상관없었다는 거다. 녀석들의 노림수는 아이샤를 죽인 범인이 빨리 잡히는 것이다. 우발 사건으로 수사를 무마하려는 것이다. 아이샤 주변을 파헤치는 게 어지간히도 싫은 모양이다.

덫은 이미 처져 있다. 남은 건 쥐새끼가 걸려들기를 기다릴

뿐. 올더스가 잡히면 아이샤를 살해한 증거가 잇달아 나오는 수법이리라.

그렇다면 녀석들을 앞지를 방법은—— 하나밖에 없다.

올더스는 재빨리 방 귀퉁이에 설치돼 있던 조망용 내닫이창을 열었다. 창문을 열자 거센 바람이 들이쳐 머리카락이 나부낀다. 아래층을 내려다보니 운 좋게도 참나무 거목이 있었다. 요령 있게 떨어지면 충격을 완화할 수 있으리라. 뛰어내리는 김에 정원 전경도 머릿속에 확실히 새겨 둔다.

허겁지겁 분주한 발소리가 들린다. 분명 살바도르라는 남자가 부른 거겠지. 용의주도하긴 하다만, 거꾸로 생각하면 좋은 기회이기도 하다. 사용인들이 무슨 일인지 살피러 2층으로 몰리는 지금이라면 문 뒤쪽으로 도망칠 수 있다.

"사, 살인자……!"

활짝 열린 문 너머에서 누군가의 비명이 들린다. 올더스는 작게 혀를 차고 창틀에 발을 대고 그대로 몸을 날렸다.

똑, 똑, 낙숫물이 바닥을 치는 소리가 들린다. 노후화가 진행 중인 건물 천장이 부분적으로 썩어 떨어져 나가서 그 구멍으로 빗물이 새는 것이다. 바닥은 군데군데 벗겨지고 벽에는 균열이 가 있다. 그런 상태에서도 아치 모양 천창에 스테인드글라스로 그려진 여신만은 유연히 아래를 내려다보고 있다.

이곳은 빈민굴에 있는 교회였다.

모자가 달린 꾀죄죄한 망토를 깊이 눌러 쓴 여자가 예배용 긴 의자에서 집중해서 기도를 올리는데 기척도 없이 새우등을 한 청년이 들어왔다. 청년은, 무릎에 얼굴을 박고 손깍지를 낀 여자 옆에 걸터앉아 콧노래라도 부르듯 느긋한 목소리로 말한다.

"키리키 키리쿠쿠."

여자는 작게 숨을 쉬고 '누워서 다스리자'라고 대답하며 천천히 고개를 들었다.

"──들었어. 그 기자를 놓쳤다면서?"

"그랬나 보더라."

살바도르가 그렇게 말하며 남의 일이라는 양 목을 움츠렸다. 세실리아가 저도 모르게 힘껏 노려보았다. 하지만 상대는 그 책망하는 시선을 가볍게 받아넘기고 헤헤 웃고는 '너 말인데'라며 말을 이었다. 오래 봤지만, 이 청년이 무슨 생각을 하는지 잘 모르겠다.

"뭔가 착각하는 거 아니야? 오늘 내 임무는 그 뼈다귀 여자를 처리하는 것뿐이었고 그것 말고는 내 담당이 아니야. 말하는 김에 덧붙이자면 이번 작전을 세운 것도 크리슈나고 사람을 수배한 것도 크리슈나. 즉, 작전을 실패한 건 내가 아니라 크리슈나란 말이지. 불만이 있으면 그 녀석한테 해. 듣기로는 지금은 라이너스──, 아니지, 루퍼스 메이라는 이름으로 지낸다고 했나?"

적동색 눈동자가 유쾌한 듯 빙글 돌았다. 크리슈나와 살바도르는 평소 사이가 별로 안 좋다고 들었는데 아무래도 사실인가 보다. 살바도르의 태도는 진심으로 크리슈나의 실패를 기뻐하는 것처럼 보였다.

"――그건 그렇고 설마 기자 따위에게 한 방 먹다니. 아멜리아 홉스 말로는 올더스라는 남자는 소심하고 심약한 얼간이라던데, 진짜 정체가 뭘까?"

세실리아도 작전 내용은 사전에 들었다. 그래서 그 상황에서 감쪽같이 도망칠 수 있으리라고는 생각도 못 한 일이었다. 배후가 있는 듯하다.

하지만 지금은 그자의 정체가 뭐든 상관없다.

"아무튼 얼른 찾아서 잡아. 아이샤의 신변을 면밀히 수사하고 나서면 성가셔져."

"그래서 일부러 범인이 바로 잡힐 수 있게 상황을 꾸민 건데 말이지. 그래도 뭐, 스칼렛 카스티엘이 처형된 건 우리하고는 관련 없는 일인데, 이번엔 그냥 내버려 둬도 괜찮지 않겠어?"

10년 전에도 살바도르의 임무는 지금과 그다지 다르지 않았다. 방해꾼을 처리하는 것. 세실리아나 크리슈나처럼 앞에 나서지 않았다. 그래서 자세한 내막은 모르는 것이리라.

스칼렛 카스티엘의 처형은 【새벽닭】에게도 매우 뜻밖의 일이었다.

――하지만.

"아이샤가 누구를 통해 그 병을 입수했는지가 문제야."

하지만 전혀 관련이 없는 건 아니다. 실제로 10년 전, 아이샤가 손에 넣은 건 아직 시험 단계였던 자칼의 낙원이었으니까. 결과적으로 말하면, 그건 실패작이다. 의존도를 더 높이려 했는데 독성이 더 강해지고 말았다.

"그래, 샤론이라고 했나? 입조심 좀 하지. 다음부터는 신경 좀 쓰라고—— 아, 벌써 죽었겠구나."

살바도르가 비꼬며 웃는다.

그렇다, 지금쯤 샤론도 다른 조직원의 손에 죽고 있을 것이다.

"근데 너무 과한 거 아니야? 너무 설치면 꼬리를 잡힐걸."

"……10년 전에는 사소한 우연을 방치했다가 실패했잖아."

그러니 이번에는 신중하게 싹을 짓밟아 가야 한다. 하지만 살바도르 생각은 다른가 보다. 어딘지 모르게 책하는 듯한 표정을 보고 있자니 세실리아의 마음속에 한 가지 의심이 생긴다.

"설마, 일부러 그런 건 아니겠지?"

"응? 뭘?"

"일부러 올더스 클레이턴을 놓아준 거 아니냐고. ——너, 전에도 한 번 제대로 처리 못 한 적 있잖아."

살바도르가 어리둥절해하며 눈을 동그랗게 뜨고 갸웃거렸다.

"전에? 아아, **그때**."

이제야 기억난 모양인지, 재미있다는 듯이 얼굴을 일그러뜨린다.

"그때 그건 세스 탓이지. 세스가 그 애는 그냥 귀족 공주님이라고 했잖아. 위선자인 척하는 착해 빠지기만 한 온실 속 화초니까 걱정할 것 없다며."

"그건——."

"근데 그 공주님께 크게 한 방 먹은 게 누구였더라? 우리 쪽

내부 사정을 캐게 만든 건? 그것만으로도 완전히 망한 거지. 심지어 중요한 정보를 어딘가 숨기기까지 했어. 상부에서 죽여도 좋으니 불게 하라고 했지만, 내가 접근하기 전에 자살했으니 별 수 없잖아. 두 손 두 발 다 들 수밖에. 정보를 숨긴 흔적은 확실히 있어. 하지만 벌써 몇 년이나 지났는데 아직도 은닉한 장소도 못 알아냈어. 유일하게 아는 거라곤 단서가 될 만한 열쇠가 있다는 것뿐이지."

살바도르가 '큼' 하고 목소리를 가다듬고는 살짝 눈을 가늘게 뜨더니 세실리아를 본다.

"대단한 여자야——, 릴리 오를라뮌데는."

※

쨍그랑, 손가락에서 미끄러져 떨어진 찻잔이 바닥에 부딪혀 산산조각이 난다. 발치가 흥건히 젖고 의자 주위로는 유리 파편이 튀었다. 시녀 마르타가 당황하여 빗자루와 행주를 가지러 갔다. 그런데도 콘스탄스 그레일은 꼼짝하지 않았다. 아니, 꼼짝할 수 없었다. 아연실색하여 눈이 휘둥그레진다.

그녀의 눈앞에 방금 도착한 신문 1면이 있었다.

"어떻게, 된 거지……?"

기사에는 아이샤 헉슬리 자작 부인의 살해 용의자로 메이플라워사 올더스 클레이턴이 지명 수배 중이라고 적혀 있었다.

※

"──아이샤 헉슬리 살해 사건에 관한 보고는 이상입니다. 물증이 전혀 없으니 올더스 클레이턴을 유력 용의자로 보는 건 조금 성급한 판단이 아닐까 싶습니다."

사자와 검이 조각된 문을 등지고 서서 랜돌프가 그렇게 결론지었다.

왕립 헌병 총국의 한 집무실. 최상층 가장 안쪽에 있는 그곳은 실용성을 중시하는 총국 내에서 유일하게 호화로운 장식이 허락된 곳이다. 귀빈을 모시는 목적도 겸하기 때문이다. 그래서 들어오면 바로 보이는 곳에 손님용 소파가 있으며 좌우 벽에는 각각 아델바이드 국기와 왕립 헌병의 인장이 게양되어 있다.

소파 안쪽에는 반질반질한 나뭇결이 그대로 보이는 희귀한 고급 참나무 책상과 흑우 가죽 팔걸이의자가 놓여 있다.

헌병 총국의 정점을 의미하는 그 자리에 앉을 수 있는 건 총국 내에서 딱 한 사람뿐이다.

"게오르크 가이나는 목격자가 있다던데."

남자가 부하의 보고를 들으며 책상에 나열된 서류를 대강 훑어보고 차례차례 사인하고 공인(公印)을 찍었다.

"증언을 확인하면 알 수 있다시피 피해자 옆에 있는 걸 봤을 뿐입니다. 범행이 이루어지는 순간을 목격한 것이 아닙니다."

"그건 그렇지. 근데 올더스 클레이턴이 도주한 건 사실이야. 그건 어찌 설명할 텐가?"

"자초지종을 들어 보지 않는 한 알 수 없습니다. 어느 쪽이든 현 단계에서는 중요 참고인 그 이상도, 이하도 아닙니다. 애초에 동기도 모호하고요. 물론 그의 행방을 쫓는 게 급선무이지만, 그와 동시에 아이샤 헉슬리의 교우 관계도 조사해야 한다고 봅니다."

"게오르크 가이나는 당장에라도 검찰로 넘기고 싶어 하던데."

"네. 마치 미리 각본이라도 써 둔 듯이 말입니다."

대놓고 빈정거리며 말하니 '푸핫' 하고 웃음을 뿜는 소리가 들렸다. 보니까 남자가 입가를 손등으로 누르며 어깨를 떨고 있다. 억눌러 봤지만 참지 못하겠는지, 아니면 원래 참을 마음이 없었는지 그냥 껄껄대며 배를 잡고 웃었다.

어느 정도 웃음이 가라앉자 남자가 '후' 하며 긴 숨을 내쉰다.

"전부터 생각했지만, 가이나 녀석이 좀 마무리가 허술해. 그렇지?"

기품 있는 책상에 단정치 못하게 팔꿈치를 대며 왕립 헌병 총국 총사령관 듀란 베리스퍼드가 짓궂게 웃었다. 희끗희끗하게 센 머리를 뒤로 넘기고 눈매가 날카로운 사내다. 험상궂게 생긴 데 반해 잘 웃고 남을 잘 챙겨서 부하들은 「아저씨」라고 부르며 따른다.

듀란이 너무 웃어서 눈초리에 맺힌 눈물을 손가락으로 닦으며 '참, 그렇지'라며 말을 덧붙이려 입을 열었다.

"——스칼렛 카스티엘에 관해 다방면으로 알아보는 모양이더군. 네가, 아니, 네 약혼자가."

그 말에 랜돌프가 눈썹을 움찔하고는 아무 말도 않고 눈만 가느다랗게 떴다.

"……어이, 랜돌프. 알다시피 나는 네 상관이야. 그것도 총사령관이지. 아주아주 높은 사람이라고. 그러니까 그런 무서운 표정 짓지 마라. 꿈에 나온단 말이야, 꿈에. 그나저나 이번에 아이샤 헉슬리가 죽은 것도 그것 때문이지? 10년이나 침묵한 사람 상대로 입을 열게 한 건 잘했다만, 그 외에도 여러 가지로 일을 저지르고 있다면서, 그 그레일가 아가씨."

──파리스 국경을 따라 있는 베리스퍼드령은 듀란의 말을 빌리자면 「깡시골」이라, 듀란은 평소에도 변방 억양의 험악한 말투를 숨기려 하지 않는다. 원래부터 내키는 대로 산 5형제 중 막내로 귀족 교육도 제대로 받지 않고 영민들과 놀면서 어린 시절을 보냈다고 한다.

시골의 골목대장이 커서 북방 야만족의 침입으로부터 영지를 지키는 전사가 되었고 그 공적을 접한 중앙 군부의 제안으로 30년 정도 전에 왕립 헌병으로 들어왔다.

전장이 변방에서 왕도로, 적이 야만족에서 범죄자로 바뀌어도 듀란은 어김없이 수완을 발휘했고 그 결과, 듀란 베리스퍼드는 역대 최연소로 총사령관 자리까지 오른 것이다.

덧붙여 말하면 헌병으로 들어온 이래, 수차례나 사지에서 벗어나 살아 돌아왔으며 10년 전에는 간계에 넘어가 하마터면 처형될 위기에도 처했었으나 형이 집행되기 직전에 석방되어, 이명이 《불사신 듀란》이다.

랜돌프는 한숨을 쉬고 '잘 아시는군요'라며 수긍했다. 딱히 숨길 의도는 없었지만, 역시 엄청난 정보망이다. 그때 문득 의문이 들었다.

"혹시, 스칼렛의 누명에 대해서도 아십니까?"

뭔가 알고 계실까. 혹시나 해서 물어봤지만, 듀란은 가볍게 어깨를 으쓱하기만 했다.

"그보다 지금은 파리스가 문제야. 이전에 보고할 때 그쪽이 전쟁 준비를 하고 있다고 했지. 만약 그렇다면 상대 국가는 틀림없이 우리나라다."

뜻밖의 말에 랜돌프가 당황했다.

"외람되지만, 파리스와 우리는 수십 년에 걸쳐 우호 관계를 구축해 왔습니다. 저희 쪽에 움직임이 있었다면 모를까, 현 상황에서는 파리스가 전쟁을 일으킬 만한 대의명분이 없습니다. 느닷없이 쳐들어온다면 주변국도 가만있지는 않을 겁니다."

듀란의 지적대로 이웃 국가는 지금 불온한 움직임을 보이고 있다. 쉽게 말해서 전쟁을 준비 중이다. 그건 사실이지만, 설마 그게 자국을 향할 엄니라는 건 생각지도 못했다. 도화선이 여기저기 있었던 수백 년 전이라면 모를까, 지금의 아델바이드와 파리스는 동맹 관계이다. 평화 조약까지 체결한 상태다. 그걸 일방적으로 파기한다면 다른 이웃 국가들도 파리스에게 뭐가 됐든 제재를 가하려 할 것이다. 그러면 당연히 파리스는 고립될 테고.

그렇게 말한 랜돌프의 주장을 듀란이 콧방귀를 뀌며 일축했다.

"대의명분? 그런 건 그냥 만들면 돼. 알고 있나, 랜돌프. 이 나라는 말이지, 꽤 미움받고 있어."

"……미움받는다고요?"

"아델바이드는 물도 자원도 풍부하지. 기껏해야 수백 년 역사 정도밖에 안 되는 나라가 발전해 나가는 걸 시기하는 녀석들이 많아. 특히 파리스 입장에서는 원래 자기네 영지였잖나. 우리가 우리 땅을 다시 갖겠다는 게 뭐가 나쁘냐는 식으로 생각해도 이상하지 않아. 자국 사정이 어렵다면 더더욱 말이지."

"그렇다고 정말로 전쟁을 일으킨단 말입니까?"

랜돌프가 당황하자 듀란이 씁쓸하게 웃으며 고개를 끄덕였다. 그리고 말한다.

"그래. 하지만 전쟁을 일으키게 두지는 않을 거다."

그렇게 말하며 쏘아보듯 예리한 눈빛으로 멀리 쳐다본다. 랜돌프는 그 강렬한 시선에 압도당하면서 문득 어떤 사실을 떠올렸다.

듀란은 10년 전에 처형당하기 직전까지 갔다고 한다. 그런데 형 집행 직전에 스칼렛 카스티엘의 참수형이 집행되었고 그 결과, 시민단체의 항의로 처형 행위 자체를 삼가게 되었다. 일촉즉발로 목 가죽이 다시 붙은 듀란은 그 유예 기간을 이용하여 본인이 결백하다는 증거를 손에 넣었다. 즉, 스칼렛이 처형당하지 않았다면 듀란도 무사하지 못했을 것이다.

거기까지 생각이 미친 랜돌프는 불현듯 무언가 부자연스럽게 느껴졌다. 뭔가가 걸린다. 하지만 답을 내기 전에 듀란의 목소리가 랜돌프를 현실로 되돌렸다.

"그게—— 살아남은 사람의 소임이니까."

불쑥 내뱉은 말은 매우 조용한 목소리였다.

※

"아아, 정말이지, 개탄스러워라!"

그날, 장미십자 거리의 자랑, 아름다운 화원【풍양관】에 쩌렁 쩌렁한 목소리가 울려 퍼졌다.

"사람이 기껏 젊은 제비와 즐거운 휴가를 보내고 있는데 어디 사는 사냥개가 지명 수배라고?! 너무 화딱지 나서 돌아왔잖아!"

겉보기엔 품위 있고 단정한 노부인인데 놀라울 정도로 상스러운 말투를 쓰신다. 폭신폭신한 소파에 앉아 차를 음미하던 코니가 자기도 모르게 몹시 당황해서는 그 침입자를 올려다보았다.

"오드리도 참, 그렇게 화내면 또 혈압 올라."

코니 옆에 앉아 있던 잘나가는 창부 미리암이 풍만한 가슴을 출렁대며 편하게 말한다.

오드리라고 불린 부인은 미리암과 코니한테는 눈길도 주지 않고 벽 쪽에 있는 긴 의자를 손가락으로 척 가리켰다.

"근데 왜 지명 수배 중인 살인범이 여기에 있는 건데!"

긴 의자에서 엎드려 신문을 펼쳐 놓고, 보고 있는 사람은 올더스 클레이턴이었다.

올더스는 곁눈질로 힐끔 부인을 보고는 '시끄러워 죽겠네, 수

전노 할망구'라고 나직이 중얼거리고는 다시 신문으로 시선을 돌렸다. 그 태도를 본 노부인이 움찔거리며 눈썹을 치켜올리고 쩌렁쩌렁한 목소리로 일갈한다.

"너, 자작 부인을 죽였다면서? 전부터 생각했지만, 진짜 믿기 힘들 정도로 멍청한 개라니까, 하여간! 꼬리 잡힐 실수를 하다니, 할 거면 제대로 하란 말이야!"

"……이번엔 책략에 걸려들었을 뿐이야. 맨날 실패하는 건 아니잖아."

"그 싸가지 없는 태도는 여전하구나! 그러니까 실수하는 거야, 이 떠돌이 멍멍아!"

"내 말 좀 들어, 할망구야! 내가 그런 게 아니라고……!"

올더스가 결국 신문을 집어던지며 몸을 일으켜 맞섰다. 물론 노부인도 가만히 있지 않는다. 올더스와 부인이 서로를 노려보고 불꽃을 튀기며 빽빽 소리 지르면서 말다툼을 벌이기 시작했다.

그런 두 사람을 코니가 어찌할 바를 몰라 하며 보고 있으니 미리암이 살짝 귓속말한다.

"오드리는 말이지, 옛날에 【풍양관】에서 가장 잘나가는 창부였대. 세월이란 참 야속해."

"바보, 미리암. 다 들리거든."

마침 쿠키를 가져온 레베카가 못 말린다는 양 코웃음 쳤다. 레베카는 보통 크기의 가슴을 가진 지기 싫어할 것처럼 생긴 미인이다.

"레이디 오드리는 우리의 선생님이야."

레베카의 말에 고개를 갸우뚱하는 코니를 보고 미리암이 웃으며 보충 설명을 해 준다.

"남자를 어떻게 굴려야 하는지 가르쳐 줘. 그리고 화장이나 드레스를 고르는 법도. 또 화법이나 동작, 일반교양 같은 것도 말이지. 가게에서 일하는 애들을 교육하고 지도하는 게 오드리의 일이야."

소곤소곤 속삭이는 소리가 들렸는지 레이디 오드리가 그제야 미리암이 있는 쪽을 쳐다보았다.

"내가 보기에는 말괄량이 애비게일도 테오도어 도련님도 아직 인간적으로 미성숙한 햇병아리들이지. 게다가 선대 오브라이언 공작님께서 직접 내게 이 【풍양관】의 관리를 맡기셨다 이거야. 여기를 지킬 의무가 있는 거지. 그러니──."

거기서 일단 말을 멈추고 눈을 희번덕거리며 올더스를 노려본다.

험악한 분위기에 코니가 황급히 일어섰다.

"지, 지명 수배 중인 건 메이플라워의 올더스 클레이턴 씨잖아요!"

순간 침묵이 흐른다. 그리고 바로 매서운 눈빛이 코니를 꿰뚫었다. 뒷걸음치고 싶어지는 마음을 다잡고 말을 잇는다.

"그러면 【풍양관】의 경호원인 루디 씨하고는 관계없지, 않을, 까요……?"

오드리가 불쾌한 듯 눈썹을 치켜올렸다. 팔짱을 끼고는 코니의 가격을 매기듯 머리부터 발끝까지 흘겨본다.

"⋯⋯넌 누구지?"

"코, 콘스탄스 그레일입니다."

오드리가 험악한 표정을 풀지 않고 미리암과 레베카 쪽으로 방향을 틀었다.

"언제부터 이런 메줏덩이를 고용한 거야!"

"에이, 코니 귀엽잖아."

미리암이 입을 비쭉였다. 노부인이 당황해 말문이 막혀, 눈앞의 메줏덩이를 물끄러미 관찰한다. 코니의 뺨에 식은땀이 흐른다. 얼마 안 있어 레이디 오드리가 두통을 참듯 손을 이마에 얹고 유난스럽게 천장을 올려다보았다. 참 나.

――애비게일에게 【풍양관】에서 올더스를 숨겨 주고 있다고 들은 건 바로 며칠 전이었다.

다행히 헌병 총국도 그 조직도 올더스 클레이턴과 장미십자 거리의 루디가 동일 인물이라는 걸 눈치채지 못한 듯하다. 그래서 여기에 은신해 있으면 당분간은 안전하리라는 게 애비게일의 핑계였다.

애비게일은 지금 올더스의 결백을 증명하기 위해 분주하다. 코니는 바쁜 그녀를 대신해 올더스의 상황을 보고 와 주지 않겠느냐고 부탁받았다. 그리고 조만간 「레이디」가 돌아올 테니 잘 달래 줬으면 좋겠다고도 했다.

잘 달랬는지는 모르겠지만, 일단 지금으로서는 올더스는 쫓겨나지 않고 넘어간 모양이다.

아이샤 헉슬리가 누군가에게 살해당한 지 일주일.

부하가 살해 용의자로 지명 수배당한 책임을 지고 메이플라워 취재부 편집장 마르셀라가 사직했다.

그리고 새로운 편집장으로 발탁된 건── 어째선지 그 아멜리아 홉스였다.

「그 빨간 머리, 악마에게 영혼을 팔았군.」

스칼렛이 불쾌한 듯 입술을 일그러뜨린다. 코니도 전적으로 동의하는 바다.

레이디 오드리는 바쁜 모양인지 '일하지 않는 자, 먹지도 말라!'라고 말하며 올더스의 귀를 잡아끌고 사라졌다. 미리암과 레베카도 슬슬 치장해야 하는 시간이라고 한다. 가기 전에 사신 각하가 곧 데리러 올 거라고 알려 줘서 코니는 그 자리에서 기다리기로 했다.

컵 손잡이에 손가락을 건 채로 멍하니 생각에 잠긴 코니를 보고 스칼렛이 의아해하며 고개를 갸웃한다.

「왜 그래?」

코니가 머뭇거리며 입을 열었다.

"······아이샤가 살해당한 건, 10년 전 사건이 원인이지?"

「그렇겠지.」

"스칼렛은 류제 저택의 물 주전자에 탄 독이 처음부터 자칼의 낙원일지도 모른다고 했잖아. 만약 그렇다고 하면 분명, 【새벽닭】이 어떤 형태로든 연관돼 있을 거라고 보는구나."

「맞아. 그렇게 생각해.」

그리고, 그뿐만이 아니다. 10년 전의 사건 말고도──.

"릴리 님이 돌아가신 것도 분명 관계가 있다고 봐."

키리키 키리쿠쿠라는 말. 게다가 케이트를 납치한 호세라는 남자도 말했다.

「……그래.」

"그러니까 그 열쇠의 수수께끼와 에리스의 성배라는 말의 의미를 알면……."

사건을 해결하는 데 단서가 되지 않을까. 그렇게 이어서 말하려는데 등 뒤에서 목소리가 들렸다.

"열쇠를 제조한 공방은 알아냈어."

무심코 돌아본 곳에는──.

"각하……!"

어느샌가 도착한 랜돌프 얼스터가 고개를 가볍게 끄덕이고는 품에서 쥐색으로 빛나는 무언가를 꺼냈다.

손바닥에 놓인 심플한 돌기가 달린 열쇠. 그건 방금까지 이야기하고 있던 릴리 오를라뮌데의 열쇠다.

"유감스럽게도 이건 정확히 말해서 열쇠는 아니었어."

"……네?"

"열쇠 모양이지만 말이지. 꽂을 데가 없어. 쉽게 말해서 가짜야. 공방 사람 말로는 장식용으로 널리 쓰이는 디자인이라더군. ──다만."

랜돌프가 그렇게 말하고는 잠시 말을 끊더니 열쇠 대가리 부분의 형식 번호 각인을 가리켰다.

"이 각인은 릴리가 새겨 달라고 했다는군."

코니가 숨을 삼키고 응시했다. 거기에는 P10E3이라는 문자가 새겨져 있다.

이게 제조 번호가 아니라 릴리 오를라뮌데가 남긴 메시지라면.

곧이어 낮은 목소리가 귓전을 때렸다.

"즉, 풀어야 할 수수께끼는 바로 이거라는 얘기지."

릴리 오를라뮌데의 열쇠의 수수께끼는 다시 암초에 부딪혀 버렸다. 설마 알아봐야 할 대상이 열쇠가 아니라 각인 쪽이었을 줄이야.

【풍양관】에서 랜돌프 얼스터에게 새로운 사실을 전해 들은 다음 날. 열쇠의 수수께끼를 밤새 잠도 안 자고 생각해 봤지만, 답은 나오지 않았다.

코니는 오늘 약혼 관계 수속 일로 교회에 볼일이 있어서 아나스타샤 거리까지 나왔다. 영 진전이 없는 상황에 머리를 싸쥐고 고민하며 걷는데 갑자기 누군가 말을 건다.

"실례, 아가씨."

돌아본 곳에는 태양 같은 금발을 대충 묶은 키 큰 여자가 있었다. 라피스 라줄리색 눈에 뺨에는 주근깨가 있다. 눈썹이 두껍고 건강미 있는 용모다. 관광객인가. 천으로 싼 키만큼 긴 무언가를 등에 메고 있다.

"길 좀 물어도 될까? 관광객인데."

"아, 네."

여자 혼자 여행이라니 흔치 않은데. 의문이 얼굴에 표가 났는지 그녀가 '아아'라며 이해했다는 듯 중얼거리고는 살짝 웃는다.

"일행은 있어. 근데 어느 틈엔가 사라졌지 뭐야. 어디 갔나 모르겠네, 그 녀석."

그렇게 말하더니 머리를 박박 긁으며 넓은 길거리를 둘러보았다. 하지만 역시 발견하지 못한 모양인지 겸연쩍게 웃는다.

"그래서 혹시 목적지에 먼저 가 있지 않을까 싶어서. 소궁전이 유명하다길래 거길 가려고 했어. 아델바이드에 오면 꼭 한 번 봐야 한다면서?"

호화찬란한 소궁전은 왕도의 명소 중 한 곳이다. 다행히 여기서 걸어서 갈 수 있는 거리이기도 했다.

코니가 고개를 끄덕하고 길 앞쪽을 가리켰다.

"소궁전이라면 큰길을 따라서 산 마르코스 광장 쪽으로 가시다가——."

그런데 설명 도중에 어디선가 날아온 비명 같은 목소리에 말이 끊기고 만다.

"——산!"

일행을 부르며 달빛 같은 머리칼이 등까지 오는 날씬한 미인이 다급하게 우리 쪽으로 뛰어왔다.

"찾았잖아요! 아무리 신기한 게 많아도 그렇지, 마음 놓고 어슬렁대지 말라고 몇 번을 말해요! 산은 길치잖아요!"

"응? 내가 아니라 에울랄리아가 더 길을 잘 잃어버리잖아. 나는 길을 묻고 있었던 것뿐이야."

산이라고 불린 장신의 여성이 그렇게 말하며 시원스럽게 웃었다. 눈썹을 치켜올리고 산이라는 사람에게 다가선 미인은 그 말을 듣고 어깨를 축 늘어뜨린다.

"네, 네, 그러게요……! 제가 길을 잃었네요……! 당신을 발견하는 건 항상 저지만요……! 여기요, 아까 식당에서 받은 이 관광 안내 책자! 당신은 필요 없다고 했지만, 이 궁전 특집 페이지 밑에 아델바이드 문자와 숫자가 적혀 있죠? 이게 책자 첫머리에 부록으로 있는 지도에서 건물 위치를 표시한 거예요. 아델바이드 문자는 세로축을, 숫자는 가로축을 의미하죠."

"오오! 에울랄리아는 박식하구나!"

호들갑 떨며 칭찬하자 에울랄리아라는 이름의 미인이 가자미 눈으로 흘겨보았다.

"대도시면, 대부분 어느 나라든 있어요. 세상 물정 모르는 것도 정도껏 해야죠. 두 권 받아왔으니 한 권은 산이 갖고 있어요. 자, 갑시다. 저분께도 고맙다고 인사드리고요."

날씬한 체구의 어디에서 그런 힘이 나오는지 그녀는 산의 옷깃 언저리를 잡고 힘차게 끌고 간다. 내디디는 발길에 망설임이 없는 걸 보니 목적지까지 가는 길은 아는 모양이다.

질질 끌려가던 산은 아이처럼 만면에 미소를 띠고 코니를 보았다.

"고마워, 친절한 아가씨. 내 이름은 산이야. 감사 인사는 다음에 하게 해 줘. 아, 이거 줄게. 왜냐하면 나는 길치가 아니니까."

그렇게 말하면서 윙크하고는 흐르듯 자연스러운 동작으로 책

자를 떠안긴다. 바로 에울랄리아가 뒤돌아서 노려봤지만, 당사
자는 전혀 신경도 안 쓴다. 싱글벙글 웃으며 코니에게 손을 흔
든다.

"아, 참. 아가씨, 이름이 뭐야?"

"코, 콘스탄스예요. 콘스탄스 그레일요."

"그레일?"

산은 한순간 눈을 끔벅이더니 천천히 입꼬리를 들어 올렸다.

"그것참—— 아주 멋진 성이네."

「——등에 멘 저 큰 짐은 뭘까?」

작아지는 두 사람의 뒷모습을 보며 스칼렛이 궁금해한다.

"……스칼렛."

「왜?」

"……릴리 님의 열쇠에 새겨져 있던 글자, 기억해?"

「뭐? 당연히 기억하지——.」

스칼렛이 의아해하며 눈살을 구겼지만, 코니는 그게 문제가
아니었다.

"나, 나, 알아낸 것 같아……!"

그렇게 말하고 떨리는 목소리로 스칼렛을 올려다보니, 이상하
다는 듯 눈을 깜박였다.

코니의 손에는 아까 산이 준 책자가 있다. 관광객용 소책자 같
은 것으로 왕도 어디를 가든 있는 것이다. 아까 어쩌다 책자를
펼쳤을 때 기시감을 느꼈다. 책자에는 아델바이드의 기후와 풍

토에 대한 설명이 실려 있었다. 간략하고 알기 쉬운 설명, 딱히 이상한 부분은 없다. 하지만 뭔가 걸린다. 이 문장을 전에도 본 듯한 기분이 든다.

어디서 봤더라——?

열심히 기억을 더듬다가 퍼뜩 떠올랐다. 릴리 오를라뮌데가 남긴 메시지다.

휘갈겨 쓴 글씨로 「에리스의 성배」라는 글자가 쓰여 있던 종이 자투리. 달리 단서가 없을까 하고 찍혀 있는 문장도 읽었었다. 그래서 기억 한구석에 남아 있던 것이다. 이건 그 문장이다. 그리고 그때 분명 이렇게 생각했었다.

'아마도 시청사에서 관광객용으로 만든 소책자 같은 거겠지' 라고.

즉, 릴리 오를라뮌데는 이 소책자를 사용한 것이다. 당시에는 관계가 없다고 생각했지만, 혹시 여기에 뭔가 의미가 있다면?

혹시 메시지뿐만이 아니라 종이 자투리의 내용에도 의미가 있다면——?

「——각인은, 분명 P10E3였지.」

그 말을 듣고 코니는 천천히 숨을 내쉬었다.

P10E3——, 분명 'P10'은 책자 10쪽을 의미할 것이다. 코니가 떨리는 손으로 책장을 넘겼다. 10쪽은 양면으로 왕도의 지도가 간략하게 그려져 있고 가로 세로가 격자 모양으로 똑같은 크기로 분할되어 있었다.

——아델바이드 문자는 세로축을, 숫자는 가로축을 의미하죠.

에울랄리아라는 여자도 말하지 않았는가. 문자와 숫자를 조합해서 지도상의 장소를 가리키는 것이다. 즉, 'E'는 세로를 '3'은 가로 좌표를 나타낸다. 그리고 이 조합이 가리키는 곳은——.

"산 마르코스, 광장."

산 마르코스 광장은 예전에 스칼렛 카스티엘이 처형당한 장소이다.

고의일까, 우연일까. 그래도 이로써 말을 한 칸 진전시킬 수 있게 되었다. 다만, 생각보다 범위가 넓다. 광장에는 시청사도 있다. 이제 어쩌면 좋을지 고민하며 코니가 입술을 잘근잘근 씹고 있는데 스칼렛이 불쑥 중얼거렸다.

「——역사 자료관.」

"응?"

「얼마 전에 랜돌프 얼스터와 갔던 곳 말이야. 오를라뮌데 가문의 기증품이 있었잖아. 거기라면 늘 경비의 눈이 따라다니고 보관이 철저해. 무언가를 숨기기에는 안성맞춤이지 않겠어?」

——사람이 없는 관내에 구두 소리가 울린다. 경비원은 안 보이고 랜돌프와 코니만 있다.

코니에게 설명을 들은 랜돌프는 코니와 같이 곧장 자료관으로 향했다. 그리고 관장을 호출해 '누군가가 관내에 수상한 물건을 둔 정황이 있다'라고 알려 사람들을 내보낸 것이다.

"아무리 나라도 오를라뮌데 가문의 성전을 손상하러 왔다고 할 수는 없어서 말이야."

태연하게 거짓말한 사신 각하가 그렇게 말하고는 빌려 온 열쇠 다발을 들어 올렸다. 스칼렛이 고개를 크게 끄덕인다.

「현명하네. 알면 졸도할 테니까. 게다가 릴리가 수상한 물건을 둔 건 사실이잖아.」

그런 가벼운 농담을 하면서 걸으니 지난번에 본 기증품이 있는 곳에 도착했다. 유리 진열장에는 누렇게 바랜 고서가, 그 앞에는 새로 뜬 복사본이 있다.

「숨겼다면 복사본이 아니라 원본 쪽일 거야.」

"하, 하지만 이건 역사적 가치가 높은 책 아니야……?"

──과거에 성녀 아나스타샤가 여신의 사자(使者)에게 받았다고 하는 성전 중 하나야. 몇 대 이전의 오를라민데 당주가 온갖 수단을 동원해 암시장에서 경매로 겨우 낙찰받았다는 매우 귀한 서적이지.

스칼렛이 잘 안다는 듯 고개를 끄덕였다.

「그래, 그래서야. 가격을 매길 수 없다고 알려져야 아무도 손을 안 댈 테니까.」

"무슨 그런 천벌 받을 짓을……."

「그런 여자야.」

왠지 전에도 비슷한 대화를 한 것 같다. 그로부터 몇 달 지나지도 않았는데 아주 옛날 일 같은 느낌이 드는 건 기분 탓일까.

'연다'라는 말과 함께 유리 진열장에 열쇠를 꽂았다.

진열장이 열리며 먼지와 곰팡내가 코를 찌른다.

랜돌프가 신중한 손놀림으로 성전을 집어 들었다.

"······겉보기에는 특이점이 없어 보이는데."

「그렇겠지. 어쩌다 어떻게 사람들 눈에 띌지 모르니까. 알기 쉬운 곳에 숨기지는 않았을 거야. 릴리라면──. 그래, 속표지를 살펴봐 봐.」

"스칼렛이 속표지에 뭐가 없내요."

말을 전달하자 랜돌프가 조심스럽게 속표지를 확인한다. 하지만 아무것도 없는 듯하다. 고개를 젓더니 이번엔 성전을 펼쳐 안쪽을 손가락으로 짚으며 훑는다.

그때, 한쪽 눈썹이 움찔하며 올라갔다.

"······아주 살짝이지만, 울퉁불퉁해. 이건, 종이를 새로 바른 흔적인가······?"

그렇게 중얼거리더니 가슴 주머니에서 나이프를 꺼낸다. 깜짝 놀란 코니를 앞에 두고 마치 우편 봉투라도 자르듯 머뭇거리지 않고 칼끝을 미끄러트린다. 아무래도 릴리 오를라뮌데뿐만이 아니라 사신 각하에게도 역사적 유산은 그다지 가치가 없나 보다.

"──찾았어."

그렇게 말하며 꺼낸 건 흰 봉투였다.

※

소궁전의 정원 분수 앞에서 관광객으로 보이는 여자 두 명이 생글거리며 담소를 나누고 있다.

"언제 오는 거야, 그 대머리. 아무리 그래도 노망나기에는 아직 좀 이르지 않나?"

"늙어서 움직이는 데 시간이 걸리나 보죠."

내용은 전혀 따뜻하지 않지만, 옆에서 보면 평화로운 풍경이다.

기다리던 이는 얼마 지나지 않아 도착했다.

"오, 영감. 여전히 휑하네."

산이 입꼬리를 들어 올리며 허물없이 한쪽 손을 얹었다.

"……걱정거리가 많아서 그럽니다."

상대방이 씁쓸한 표정을 짓는다.

"알렉산드라 전하가 유폐당했다는 소식을 들었는데, 설상가
상으로……."

파리스에서 파견된 특사, 켄들 레빈이 그렇게 말하며 눈을 살
짝 가늘게 떴다. 그러고는 무언가를 간파하려는 듯한 눈빛을 한
다. 산이 쓴웃음을 지었다.

"그래, 맞아. 그래서 알리 녀석을 얼른 꺼내 줘야 해."

마음 같아서는 가장 먼저「그녀」부터 구하러 가고 싶다.

"하지만 지금은 율리시스 일을 해결하는 게 급선무야."

하지만 그럴 수 없는 사정이 있다.

"──티오필러스 제4 전하가 이끄는 전쟁 찬성파는 아델바이
드가 먼저 제7 전하에게 해를 가했다라는 명목으로 밀어붙이고
싶은 모양이야. 녀석들은 이 비옥한 토지를 손에 넣을 대의명분
이 필요하니까. 10년 전에 시도했을 때는 아델바이드에 당했지
만 말이지."

산이 고개를 들고 켄들 레빈을 노려보았다.

"그 애를 이대로 찾지 못하면—— 전쟁이 벌어질 거야."

※

랜돌프가 성전에서 꺼낸 봉투를 코니에게 건넸다. 받는 사람 이름은 없지만, 그 외에는 딱히 이상할 게 없다. 코니가 무심결에 랜돌프를 올려다보았다. 감청색 눈과 눈이 마주치니 열어 보라는 듯 고개를 끄떡인다.

——에이, 될 대로 돼라. 코니가 크게 숨을 들이쉬며 봉투를 열었다. 안에는 편지지가 몇 장 들어 있는 듯했다. 긴장감에 차가워진 손끝으로 편지지를 집어 올린다. 심장이 방망이질 친다. 입 안이 바싹 말랐다.

"……'지금으로부터 8년 전'."

편지지에 쓰여 있는 글을 읽는다. 이 편지를 남긴 릴리 오를라 뮌데가 사망한 건, 기억하기로 2년 전의 일이다.

——지금으로부터 8년 전, 아델바이드에서 한 가지 극비 임무가 실행되었다.

실질적으로 임무를 실행한 건 【새벽닭】. 대륙 전역에 조직원이 있는 거대한 범죄 조직인 그들은, 은밀히 아델바이드에 잠입해, 자칼의 낙원이라는 환각제를 국내에 퍼뜨렸다. 목적은 자금 조달이 아닌 아델바이드의 국력을 깎아 내어 약화하는 것.

그렇지만 실제로 계획을 세운 건 그들이 아니었다.

【새벽닭】을 고용해 배후에서 모든 일을 조종하고 있던 건 동맹국 파리스.

즉, 《에리스의 성배》란——,

아델바이드를 침략하기 위해 파리스가 설계한, 군사 작전의 이름이다.

콘스탄스·그레일

꿈 많은 소녀로 살 수 없다는 걸 깨닫기 시작한 열여섯 살.
최근에 교우 관계가 너무 넓어지는 바람에, 솔직히 말해서 누가 누군지 모를 때가 있다. ←new!

스칼렛·카스티엘

분노로 치를 떠는 영원한 열여섯 살. 400페이지 이상이나 들여서 드디어 복수해야 할 상대를 알아냈다 했더니 바로 퇴장해 버려서 진짜로 뚜껑 열리기 5초 전. ←new!

랜돌프·얼스터

데이트 장소를 본인도 상대방도 딱히 흥미 없는 역사 자료관을 고르는 기발함을 보여 준 스물여섯 살. 얼마 후, 친구의 근래 보기 드문 불호령이 떨어졌으나 솔직히 뭐가 잘못된 건지 모른다.
최근에 부하들에게 안 보이는 데서 '안습각하'라고 불리기 시작했다.

애비게일·오브라이언

'사람은 겉만 봐서는 알 수 없다'는 말을 그대로 실천으로 옮기는 공작 부인. 10대 때는 배를 타고 여러 나라를 돌아다닌 순정 만화 여주인공 같은 과거가 있다. 자칼의 낙원과 연이 깊다.

루치아·오브라이언

스칼렛이 보이는 살짝 조숙한 여자아이. 태어난 순간부터 인생이 하드 모드였기에 또래와 비교하면 정신 연령이 다소 높은 편.

올더스·클레이턴

입버릇과 태도는 심히 불량하지만, 의외로 천성은 착실해서 방심해 계략에 걸려드는 바람에 주위에 폐를 끼친 것을 남몰래 마음 쓰고 있다.

레이디 오드리

과거에는 장미십자 거리의 최고의 보물로 칭송받던 전설의 창부로, 지금은 우는 아이도 울음을 그치는 수전노 할망구. 젊었을 적에 오드리의 솜씨를 경험한 어느 높으신 분은 지금도 그녀를 거스르지 못한다고.

아이샤·허슬리

류제 저택의 물 주전자에 독을 탄 장본인. 드디어 복수해야 할 상대를 찾았다 싶었는데 바로 강제 퇴장당해서 스칼렛에게 더 큰 분노를 사게 되었다.

지금도 가끔 꿈을 꾼다.

끔찍한 열기. 군중의 함성. 다가오는 죽음의 기운.

그러나 자수정색 눈동자의 눈빛은 평소와 다르지 않았다.

그 모습을 생각할 때마다 의문이다.

그녀는 어떻게—— 그때, 그렇게 웃을 수 있었을까.

※

옛날부터 지는 게 너무너무 싫었다.

다행히 어릴 적부터 외모도, 재능도 남들보다 월등했다. 신동이라 불린 적도 한두 번이 아니다. 물론 칭찬 중에는 당연히 아버지 오를라뮌데 후작에게 하는 아첨도 섞여 있었을 것이다. 하지만 당시의 나는 그런 단순한 세상의 구조조차도 알지 못했다. 그저 내가 여신의 선택을 받은 특별한 사람이라고 믿어 의심치 않았다.

모든 게 박살 난 건 다섯 살 겨울 때였다.

"──보렴, 릴리. 저 아이가 카스티엘 가문의 공주님이란다."

아침 일찍부터 오랜 시간을 들여 한껏 멋을 내고 아버지에게 이끌려 간 곳은 웅장하고 화려한 어느 저택이었다. 오를라뮌데 저택조차 존재감이 희미해지는, 사치스럽고 호화로운 저택 내부에 압도당했던 걸 기억한다.

그날은 카스티엘 공작 외동딸의 생일 파티가 열렸다. 함성과 박수 소리가 울려 퍼지는데 아버지 손에 끌려 천천히 나선 계단을 내려온 소녀에게 나는 첫눈에 마음을 빼앗겼다.

어쩜 저렇게 아름다울 수가.

밤하늘을 도려낸 듯 굽이치는 검은 머리에 비칠 것처럼 투명하고 하얀 피부. 별을 박아 넣은 듯 반짝반짝 빛나는 자수정색 눈동자. 그리고 아이답지 않은 어른스러운 미소. 그 모든 것이 한순간 숨이 멎을 정도로 아름다웠다.

──졌다.

그 순간, 나는 태어나서 처음으로 패배감이란 감정을 느꼈다. 아무리 비싼 보석을 몸에 걸쳐도, 아무리 반짝거리는 옷을 입어도 이 아름다움은 이길 수가 없다.

그 사실이 무척이나 분했다는 걸 기억한다.

"반가워요. 릴리 오를라뮌데예요."

주인공 소녀에게 인사하러 갔을 때의 일이다. 지금 생각하면 경쟁심이 적잖이 있었는지도 모른다. 얕잡아 보이지 않게 평소 이상으로 정중하게 행동하려고 주의했다. 암만 아름다운 미모를 가졌대도 내 행동거지가 완벽하면 할수록 상대방은 나와 비교당해 못나 보이리라고 생각했기 때문이다.

그런데 상대 소녀의 반응은 매우 냉담했다. 나를 힐끔 쳐다보더니 '어머, 표정이 말도 아니네'라고만 했다.

"……실례 아닌가요?"

동요를 억누르며 물으니 소녀가 상대방이 전혀 개의치 않는다는 듯 어깨를 으쓱했다.

"사실대로 말했을 뿐인걸."

그러고는 그대로 담박하게 몸을 돌려 자리를 뜨려 했다.

피가 거꾸로 솟았다.

"기다려요! 저는, 조금 전에 똑똑히 제 소개를 했어요! 당신도 예의가 있으면 이름을 밝혀야죠……!"

언성을 높이자 소녀가 가던 길을 멈추고 이쪽으로 돌아섰다. 그러고는 생긋 미소 지으며 나를 향해 우아하게 인사한다. 그 동작을 보고 머리에 찬물을 끼얹힌 듯한 감각에 빠졌다. 조금도 흠잡을 데가 없는 완벽한 숙녀의 인사였다.

"스칼렛이야. 스칼렛 카스티엘. 근데 미안하지만, 먼저 무례하게 군 건 그쪽이야."

그게 무슨 뜻이냐고 말하듯 눈살을 찌푸리며 소녀를 노려봤다.

"봐, 그 눈. 너, 거울 본 적 없어? 무척 차갑고, 불쾌한 눈을 하고 있잖아. 메건 고모님하고 똑같아. 고모님은 말이지, 못돼서 다들 싫어해."

"뭐……?"

"너도 나한테 못된 마음을 품고 있지? 그게 무례한 게 아니면

183

뭐야?"

나도 모르게 할 말을 잃었다. 그 말이 맞았다. 나는 소녀의 아름다움을 질투해 창피를 주려 했다.

"그런 행동을 한다는 건 말이지, 숙녀로서「삼류」인 거야."

"삼류……?"

"우리 어머니의 말버릇이셔."

소녀는 그렇게 말하며 자랑스럽다는 듯 가슴을 젖혔다.

그것이, 나와 스칼렛 카스티엘의 첫 만남이었다.

그로부터 몇 년이 지난 어느 날, 스칼렛의 모친 알리에노르가 사망했다는 풍문을 들었다. 듣자니 선천적으로 몸이 약했는데 딸을 출산하고 나서는 거의 병상에만 누워 있었던 모양이다. 알리에노르는 바다 건너 있는 소르디타 공화국 출신이었다. 검은 머리에 자수정색 눈을 한 정말 아름다운 사람이었다고 한다.

"——네 그 무례한 표정은 여전하구나, 릴리 오를라뮌데. 내게 무슨 볼일 있어?"

그러나 육친을 막 잃은 소녀는 평상시와 전혀 다르지 않았다.

"……너한테 무슨 볼일이 있겠어? 그냥 내 시선 끝에 네가 있었을 뿐이야. 좀, 자의식 과잉 아니니?"

그래서 나도 모르게 그만 밉살맞게 대하고 말았다. 스칼렛은 흥 하고 콧방귀를 뀌었다. 이 또한 평소와 똑같다.

당시에는 몰랐는데 지금 돌이켜보면 알리에노르라는 여성의 존재는 기묘했다.

카스티엘 공작의 전처 베로니카는 장자 막시밀리안을 낳고 바로 애인과 사랑의 도피를 했다. 공작과 베로니카는 몇 년 후에 교회에서 정식으로 이혼이 인정되어서, 공작이 후처를 맞아도 문제는 없었다.

문제는 알리에노르가 귀족이 아니라는 점이다.

애인으로서 저택에 두는 거면 모를까, 정식으로 아내로 맞는 건 공작 가문으로서는 있을 수 없는 행동이다.

그 때문에 알리에노르가 어디 유력 귀족의 사생아라든가 망국의 고귀한 핏줄이라든가── 아무튼 공공연하게 밝힐 수 없는 사정이 있을 거라는 게 주변 인식이었다고 한다.

당시에 나는 그런 배경도 몰랐던 데다 그전까지 가족의 죽음을 경험한 적이 없어서 스칼렛의 어머니께서 돌아가셨다는 소식을 들어도 마치 먼 이국에서 일어난 일처럼 현실적으로 다가오지 않았던 걸 기억한다.

내가 잠시 대답을 망설이는 걸 느꼈는지 스칼렛이 꾸며낸 티가 나는 한숨을 쉬었다.

"이제부터 **매일** 너랑 얼굴을 봐야 한다고 생각하니 우울하네."

계절은 초여름. 우리가 각자의 영지를 떠나서 오게 된 곳은 녹음이 짙은 그린필즈── 왕실 직할령 중 한 곳이었다.

올여름, 폐하께서 오를라뮌데가와 카스티엘가의 평소의 헌신을 치하한다는 명목으로 왕족의 피서지로 초대하였다. 드물게 두 가문 모두 여식을 데려온 건 우연이 아니라, 병으로 요양 중인 제1 전하의 놀이 동무로 선택됐기 때문이다. 치하한다는 건 그냥 구실이었으리라.

유모 뒤에 숨어서 나타난 엔리케 전하는 우리보다 한 살이 많은데도 상당히 어려 보였다. 또래보다도 키가 컸던 나는 물론이거니와 스칼렛보다도 키가 작다. 피부는 아픈 것처럼 창백하고 몸 선도 가늘었다. 힘을 주면, 똑 부러질 것 같았다.

여기에 오기 전에 아버지께서는 내게 '전하는 몸이 약하시니 모쪼록 격한 운동은 피하거라'라고 몇 번이나 당부하셨다. 또래 남자아이들이 아니라 우리가 뽑힌 건 이런 이유 때문이겠지.

하지만 가장 중요한 본인이 타인과 교류할 마음이 없을 때는 어떡해야 할까. 유모가 난감해하며 전하에게 말을 걸어 보지만, 엔리케는 붕붕 고개만 흔들며 뒤로 돌기만 한다. 그리고 끝내는 머리를 숙이고 말았다.

먼저 말을 걸 수도 없어서 당황해하고 있는데 윤기가 흐르는 검은 머리가 앞으로 쓱 나왔다.

"안녕. 나는 스칼렛이야. 스칼렛 카스티엘이라고 해."

──신기하게도 스칼렛의 목소리는 결코 크지 않은데도 항상 귀에 꽂혔다.

"그런데 말이야, 너는 입이 없어?"

위압적인 말투에 엔리케가 놀라 눈이 휘둥그레져서는 겁먹은 듯 한 발짝 뒤로 물러났다. 그러고는 들릴락 말락 한 얇은 목소리로 처음으로 입술을 뗐다.

"……무, 무례하다. 내, 내가 누군지, 모르는 거냐?"

그 말에 스칼렛이 움찔하며 눈썹을 치켜올리더니 뻔뻔스러운 미소를 짓는다.

"세상에, 멍청하구나. 자기 이름도 말하지 않는 사람을 내가 어떻게 알아?"

나는 조마조마했다. 상대는 왕족── 심지어 제1 왕자이다.

"스, 스칼렛!"

작게 나무라 보지만, 오히려 당당하게 되받아친다.

"불만이라도 있어? 나는 내가 누군지 확실히 밝혔어. 무례한 게 누구지?"

스칼렛의 목소리는 역시나 잘 들렸다. 전하가 놀라 어이없어 한다.

"……엔리케다."

스칼렛이 만족스러운 듯 웃었다.

"뭐야, 말할 줄 아네. 그런데 너, 방에만 틀어박혀 산다며? 나는 그린필즈에 온 지 아직 얼마 안 됐는데도 벌써 너보다 여기를 잘 알아. ──따라와. 좋은 거 구경시켜 줄게."

그렇게 말하고는 전하의 손을 잡고 빠른 걸음으로 걷기 시작한다. 나는 또 한 번 가슴이 철렁했지만, 유모도, 서 있던 호위병들도 저지하지 않았다. 이제 와서 알았는데, 스칼렛에게는 스칼렛의 역할이 있던 것이다.

그 무렵의 전하는 바깥세상을 거부하고 있었으니까.

그린필즈성은 마침 영지 전체를 내려다볼 수 있는 구릉의 정상에 자리 잡고 있었다. 스칼렛은 호위병을 거느린 채로 밖으로 나가 한 바퀴 주위를 빙 둘러보고는 망대가 있는 성벽으로 향했다. 스칼렛은 절대 뛰지 않았다. 한 걸음 한 걸음 땅을 힘껏 밟으며 걸었다. 처음에는 당황한 엔리케도 점차 눈에 생기가 돌며 반짝거렸고 뺨을 붉게 물들여 갔다.

돌을 쌓아 올려 만든 망대에 이르러 간신히 내부의 급경사 계단을 오른 그곳에는 탁 트인 전망이 펼쳐져 있었다.

"——봐."

스칼렛이 가리킨 곳은 마을 방향으로 내려가는 완만한 언덕한 면에 오리비 나무들이 하얀 꽃을 달고 흔들거리고 있다. 멀리 내다볼수록 하늘과의 경계선이 모호해지고 쪽빛 안개가 낀 듯 보였다.

하늘은 구름이 가로로 길게 뻗쳐 있고 화창하게 개어 있다.

상쾌한 바람이 지나가며 머리와 옷을 나풀나풀 휘날렸다.

"……예쁘다."

엔리케가 멍하니 중얼거렸다.

"예쁘지? 성안에만 있기에는 너무 아까워. 왜냐하면 세상은 이렇게나 넓으니까."

그렇게 말하고는 스칼렛이 아주 환하게 웃었다. 엔리케가 눈이 부신 듯 눈을 가늘게 뜨고 아래로 펼쳐진 광경을 바라본다.

나는 조금 떨어진 곳에서 두 사람을 지켜보았다. 잠시 후, 내 시선을 눈치챈 스칼렛과 눈이 마주쳤다. 자수정색 눈을 굴리더니 스칼렛이 검지를 입가에 대고는 발랄하게 웃었다.

"어머니의, 입버릇이셨어."

그날을 경계로 엔리케는 조금씩 변했다. 바깥세상에 관심을

품기 시작한 것이다. 뭐, 대체로는 스칼렛에게 억지로 끌려 나
가 휘둘린 거였지만, 그래도 막대기 같던 몸에 희미하게 살이
붙고 창백했던 피부도 햇빛을 받아 조금씩 혈색이 돌아왔다.

"——아."

땅에 떨어져 굴러가는 쿠키를 보고 엔리케가 멍하니 얼떨떨한
소리를 냈다.

오늘처럼 날씨가 좋은 날에는 오후 티타임은 정원에서 열린
다. 파라솔을 꽂은 식탁 위에는 한 입 크기의 작은 과자가 우리
셋의 접시에 담겨 있었다.

입에 넣으면 부스스 부서지는 눈덩이 같은 쿠키와 옅은 갈색
의 조개껍데기 모양 마들렌. 구수한 향이 나는 오렌지색 당근케
이크. 그중에서도 특히 근처 숲에서 나는 월귤이 듬뿍 들어간
타르트는 엔리케가 가장 좋아하는 디저트로 늘 마지막까지 남
겨 뒀다가 천천히 음미하며 먹고는 했다.

아무래도 그걸 떨어트렸나 보다.

"……내, 타르트가…………."

"덜떨어지기는."

스칼렛의 인정머리 없는 한마디에 적자색 눈에 눈물이 그렁그
렁 맺혀 간다. 내 몫을 나눠 주고 싶지만, 안타깝게도 이미 다
먹고 없었다.

"하는 수 없지."

그때, 텅 빈 엔리케의 접시에 빨간 보석 같은 쿠키가 대구루루

구르며 엎혔다.

"반 나눠 줄게."

"하, 하지만, 이러는 건, 예, 예의에 어긋나는…….

"말도 많네. 그런 건 내가 용서할게."

──몇 번이나 다시 떠올려도, 네가 뭔데, 라는 생각이 드는 골치 아픈 말이다.

하지만 이런 때에 스칼렛 카스티엘은 절대적으로 자신감이 넘쳐서, 그 자리에 있으면 왠지 모르게 그게 옳다고 생각되어서 성가셨다.

"그래서, 언제까지 숙녀를 민망하게 할 거야? 내가 용서한다고 했으니 너는 고민할 필요 없이 그냥 먹으면 되는 거야!"

장엄한 종소리가 성내에 울려 퍼진다. 구릉에 높이 솟은 망대의 종소리다.

"……늦었다."

종소리가 끝나자 소년이 비통에 빠져 중얼거렸다. 조금 전까지만 해도 웬일로 초조하게 발걸음을 재촉하더니 지금은 낙담해서는 터덜터덜 걷는다. 무슨 일인가 해서 쳐다보니, 아름다운 적자색 눈이 서서히 울먹거리려고 했다.

이 소년은 처음 만났을 때부터 울보였다. 우는 원인의 9할은 스칼렛 탓이었으나, 오늘만큼은 아닌 모양이다.

소년의 손에는 어제 가정 교사가 내 준 숙제가 들려 있었다. 제출 기한은 기억하기로 오후에 기도의 종이 울리기 전까지였던가. 교사가 지정한 책방이 바로 앞인데——.

나는 어깨를 축 늘어뜨린 소년에게 '괜찮아요'라며 웃으며 위로했다.

그러자 마침 복도 모퉁이에서 매부리코의 교사가 나타났다. 엔리케가 결국 자포자기한 듯 눈을 내리깔았다.

"하나도 안 괜찮아……."

"뭐, 이대로는 그렇겠죠. ——그러면 이 릴리가 시간을 벌어드릴게요."

다행히 교사는 아직 방에 들어가지 않았다. 방법은 얼마든지 있다. 중요한 건 상대가 알아차리지 못하면 되는 것이다.

미소를 띠며 시선을 옮겨 스칼렛을 쳐다보니 뭔가 눈치챘는지 불쾌해하며 눈썹을 치켜올린다.

"말해 두지만, 나는 안 도와줄 거야. 귀찮아."

"어머, 자신 없나 봐?"

"……뭐라고?"

끓는점이 낮은 소녀의 주변이 순식간에 불온한 공기에 휩싸인다. 물론 나는 신경 쓰지 않았다. 스칼렛 카스티엘의 성격은 아주 잘 안다.

그래서 아무 말도 없이 일부러 이마를 손으로 짚고 그 자리에서 풀썩 쓰러졌다.

"리, 릴리?!"

엔리케가 소리쳤다.

그와 동시에 머리 위에서 화가 치민 듯 혀를 차는 소리가 들렸다. 스칼렛이다.

스칼렛은 진심으로 짜증 난다는 듯 한숨을 쉬더니 쩌렁쩌렁한 목소리로 소리쳤다.

"──누가 좀 도와줘! 릴리가 쓰러졌어!"

그 소리에 주변에 있던 사용인들이 허둥지둥 모여든다.

"릴리 님?!"

"큰일이야! 누가 가서 빨리 의사를 불러와!"

나는 순식간에 어른들에게 둘러싸였다. 실눈을 뜨고 상황을 살피니 가정 교사의 모습도 보였다. 무슨 일인가 하며 주시하고 있다. 그 모습을 확인하고 살짝 목을 돌렸다. 혼란스러운 틈을 타, 스칼렛이 엔리케의 손을 잡아끄는 것이 보였다.

"어? 스칼렛?"

"자, 멍청하게 있지 말고 가자. 숙제 내야 한다며. 선생님은 지금 릴리에게 정신이 팔렸으니 갔다 놔도 모를 거야."

"하, 하지만, 릴리가……."

"그러니까, 저 릴리 녀석이 가라고 했다고! 아이참, 내가 왜 이런 번거로운 짓을 해야 해……!"

스칼렛의 말에 엔리케가 놀라 내 쪽을 돌아본다. 적자색 눈과 눈이 마주쳤다.

그 눈이 울먹이지 않는 걸 확인하고──,

나는, 익살맞게 윙크했다.

그린필즈에서 지낸 지 몇 주가 흐르고 숫기 없던 왕자님은 어느덧 호기심 왕성하고 잘 웃는 남자아이가 되었다.

최근에는 체력도 길러서 여태까지는 곧잘 쉬었던 가정 교사의 수업도 날마다 받을 수 있게 되었다. 나와 스칼렛도 자리를 같이하는 걸 허락받고 엔리케의 수업이 끝나기를 기다렸다.

오늘 온 교사는 언젠가 본 매부리코의 노년에 접어든 남자였다. 수업 마지막에는 늘 구두시험을 치르는데 합격하면 다 같이 밖에 놀러 나갈 수가 있었다.

하지만 그날의 엔리케는 대답하는 데 쩔쩔맸다.

"이래서는 우수한 동생분을 따라잡으실 수 없습니다. 안 그래도 진도가 늦으신데요."

교사가 한숨 쉬며 말하자 엔리케의 얼굴이 눈에 보일 정도로 어두워졌다. 그런 식으로 말하지 않아도 되는데, 나는 기분이 언짢아졌다. 확실히 제2 왕자 조안이 총명하다고는 하나, 병약한 엔리케는 1년 반 정도를 침대에서만 생활해야 했다. 최근에는 전보다 다소 건강해지긴 했지만, 비교 방식이 이상하지 않은가.

"──엔디에르 왕 시대에 번성했던 교역 상인을 위한 도시라면 왕도 올루스레인 서쪽의 마르크란드 지구잖아. 지금은 존재하지 않지만."

바로 그때, 발랄한 목소리가 실내에 떨어졌다.

"어?"

모두가 어안이 벙벙한 표정으로 목소리의 주인을 쳐다보았다.

"이제 공부 끝난 거지? 자, 가자, 엔리케."

하지만 주목받는 게 익숙한지 당사자는 전혀 신경 쓰는 기색도 없다. 그렇게 말하자마자 더는 볼일 없다는 듯 일어서서 엔리케를 부른다.

"대, 대체 어떻게 아셨습니까?"

깜짝 놀란 상대에게 스칼렛이 차가운 시선을 보냈다.

"당신이 어제 얘기했잖아."

"……그, 그러면 당시 엔디에르 정권이 마르크란드를 감시하기 위해 지구가 한눈에 보이는 종루를 왕도에 지었는데, 그건 뭐죠?"

"산 마르코스 광장에 있는 성 마르크 종루잖아. 그것도 어제 말했어."

매부리코 교사는 놀라 눈을 크게 뜨고 주먹을 떨며 스칼렛에게 다가왔다.

"훌륭하십니다! 훌륭한 재능입니다! 스칼렛 님이야말로 교육 받으셔야 합니다! 괜찮으시다면 제가——."

"시끄러워. 무례하게, 물러나."

스칼렛은 귀에 손을 갖다 대고 한껏 얼굴을 구겼다. 그러고는 아직도 앉아 있는 전하를 내려다보더니 고개를 갸웃한다.

"안 가?"

엔리케는 어두운 표정으로 고개를 숙이고 있었다.

"……가."

"뭐?"

스칼렛이 눈살을 찌푸리자 엔리케가 튀어 오르듯 고개를 든다. 엔리케의 눈에는 어렴풋이 물기가 어려 있었다.

"안 가! 스칼렛, 너 같은 거—— 진짜 싫어!"

그렇게 소리치더니 교실에서 뛰쳐나갔다. 호위병이 허둥지둥 그 뒤를 따라간다.

아마 그냥 화풀이였으리라. 하지만 엔리케는 오랜만에 달렸다가 발작을 일으켜서 안정을 취할 수밖에 없었다.

그렇게 몸져누운 엔리케와 한마디도 나누지 못하고—— 우리는 왕도로 돌아와야 했다.

※

그 후로 몇 년이 흘렀고 정신을 차려 보니 스칼렛은 처형당하고 엔리케는 신분을 초월해 자작 영애와 부부가 되었다. 인생이란 정말 모를 일이다.

그리고 그와 동시에 생각했다. 아무리 경건하게 살았다 한들, 어차피 운명은 거스를 수 없는 것이라고.

그러면 마음이 내키는 대로 살자.

그런 생각이 든 것도 어쩔 수 없다.

그래서 나는, 가장 먼저 귀족 사회에서의 평판을 버리기로 했다. 필요 없기 때문이다. 당연히 미련도 없었다. 내가 바라는 건 귀족 사회에 있어서는 손에 들어오지 않는다.

다행히 운 좋게도, 예민할 시기에 절친한 친구가 처형당해 크게 상심했다——라는 **명분**을 얻은 나는 그 덕분에 결혼이라는 감옥을 피할 수 있었고 자선 활동에 몰두하는 보람찬 나날을 보내고 있었다. ——그랬는데.

"……선을, 보라고요."

아무래도 그 상태가 몇 년이나 지속되니 기다리시다 지친 부모님이 산더미 같은 맞선 상대의 신상명세서를 들이미셨다.

쓰레기를 불에 태우기도 질린 어느 날, 낯익은 이름을 발견했다. 한눈에, 이용할 수 있겠다고 생각했다.

신상명세서에는 사신이라 불리던 '랜돌프 얼스터'의 이름이 적혀 있었다.

"──미안하지만, 지금은 누구와도 결혼할 마음이 없어."

바로 맞선 자리를 마련했다. 어머니께서 이제 젊은 사람끼리 얘기 나누라는 진부한 말씀을 하시며 자리를 뜨자마자, 거절했다. 말하기를, '숙부님께서 멋대로 진행한 얘기'란다. 나더러 거절하라는 의미겠지. 랜돌프의 성격은 잘 몰랐지만, 상상 이상으로 무신경하다. 다른 보통 영애였으면 울거나 화를 냈을 거다.

하지만 나는 싱긋 미소 지었다.

"알아. 그래서 당신을 고른 거야. 의논하고 싶은 일이 있거든."

랜돌프가 눈썹을 의아해하며 찡그린다.

"실은 말이지, 나도 결혼 따위 하기 싫어. 근데 이대로는 평생 잔소리를 들으며 살게 될 거야. 내 정신 건강을 위해서라도 그건 피하고 싶어. 그래서 방법을 궁리해 봤지. 계약 결혼을 하면 어떨까."

"계약, 결혼……"

"그래. 실제로 생활하는 건 결혼 전과 똑같아. 뭐, 우리가 동거는 하겠지만. 조건은, 서로의 생활에 간섭하지 않기. 그러니까 당신은 이제까지 해 온 대로 마음껏 일에 몰두할 수 있고 나도 내 마음대로 할 거야. 즉, 함께 교회에서 선서하고 호적만 같이 쓰는 남이라는 거지. 그것만으로도 여러모로 번거로운 일들과 안녕할 수 있다면, 매력적이지 않아?"

감청색 눈이 생각에 잠겨 가늘어진다. 그에게도 나쁜 제안은 아닐 것이다.

"……괜찮겠나?"

"그쪽이야말로 정말 괜찮아? 미리 말해 두는데 나는, 아이는 안 가져. 지금 내 일에 인생을 바치고 싶거든. 만약 대를 이을 사람이 필요하면 다른 데서 만들어 와야 할 거야. 괜찮겠어?"

그 일에 관해서도 청년은 담박하게 고개를 끄덕였다.

"우연이군, 나도 마찬가지다."

정말 더할 나위 없는 최고의 조건이다. 나는 기분 좋게 손을 내밀었다.

"그럼, 앞으로 잘 부탁해, 공범자 양반."

결과적으로 랜돌프 얼스터 정도의 적임자는 없었다. 일단 거의 집에 오지 않는다. 나만의 시간을 우선하고 싶은 내게는 매우 중요하다. 게다가 여자가 나가서 사회 활동을 하는 것도 불평하지 않는다. 오히려 파트너로서 존중해 준다.

계약으로 시작된 관계지만, 인상은 나쁘지 않다. 내게 랜돌프 얼스터는 가끔 얼굴이나 마주치는 동거인, 룸메이트 같은 거였다.

"──오랜만이야, 릴리! 보고 싶었어!"

시골 자작 영애에서 단번에 왕태자비가 된 여자는 장미색 눈동자를 반짝거리며 기쁨을 표현했다. 여전히 연기가 능숙하다.

"비전하도 무탈하신 듯하여 마음이 놓입니다."

그렇게 말하고 서로 마주 보며 후후후 미소 짓는다.

세실리아는 영리한 여자다. 속마음을 절대 내보이지 않는다. ──8년 전부터, 내내.

나는 안면이 있는 수녀들에게 받은 탄원서를 건넸다. 고아원 아이들의 교육에 관한 것이다.

한차례 설명을 끝내고, 나와서 걷다가 긴 복도에서 갈색 피부의 상인을 마주쳐 스쳐 지나갔다. 힐끔 쳐다보니 남쪽 사람으로 보이는 그가 밝은 미소를 돌려준다. 그러고는 그대로 세실리아의 방으로 향했다. 아마 세실리아의 어용상인일 것이다.

궁전을 나와 정원을 걷는데 뒤에서 '릴리?'라고 말을 걸었다. 돌아보니 연약한 미모의 청년── 제1 왕자 엔리케가 있었다.

"……정말, 오랜만이다."

"8년 만입니다, 전하."

비아냥스레 말하니 평온했던 엔리케의 얼굴이 살짝 굳었다. 누구를 떠올렸는지 훤히 보였다. 그와 동시에 내 마음에서도 거슬거슬한 무언가가 떨어졌다.

아아──, 이 얼마나 불쾌하고 성가시고 번거로운가. 무려 8년이란 세월이 흘렀는데 그녀의 기억은 조금도 바래지 않았다.

마치 어제 일처럼 선명하게 떠오르는 기억이 지긋지긋해서 나는 작게 한숨을 쉬었다. 엔리케가 어깨를 움찔거렸으나 못 본 척하고 인사한다.

"그럼, 저는 이만. 급한 용무가 있어서요."

"릴리, 저기……. 그대는 지금, 화가 난 건가?"

──대체 무엇에 대한 분노일까?

그러나 입 밖으로 내지 않았다. 발길을 멈추고, '아뇨, 그럴 리가요'라고 미소 지어 보인다.

"반성하고 있어요. 전하에게 따져도 어쩔 수 없는 일인데, 삼류 같은 짓을 한 걸요."

"사, 삼류……?"

기시감이 느껴지는 말에 나는 이번에는 씁쓸하게 웃었다.

"입버릇이에요. 어디 사는── 성질 고약한 이의."

그 일이 있고 며칠이 지난 어느 날이었다.

나는 수도복을 빌리기 위해 모리스 고아원에 들렀다. 향후 활동 방향을 정하려면 빈민굴로 시찰하러 가야 했기 때문이다. 뻔뻔하게 귀족 복장으로 갔다가는 몸에 걸친 걸 몽땅 벗겨 가도 불평할 수 없지만, 수녀로 변장하고 가면 손댈 가능성이 작아진다. 물론 호신용 총은 늘 품에 지니고 다닌다.

쉰내가 나는 도롯가에는 부랑자와 거렁뱅이가 시체처럼 엎드려 누워 있고 사람이 지나다니는 길에서는 아직 어린 아이들이 꽃을 팔고 있었다.

그 광경을 눈에 새기고, 언젠가 이 구획 아이들도 교육받게 해 주겠다며 강한 의지를 다진다.

그러려면 거점은 역시 교회로 해야겠지.

그렇게 생각하고 향한 지구(地區) 교회는 남루한 가옥(假屋)이었다. 벽에는 구멍이 나 있고 천장은 군데군데 내려앉았다. 나는 한숨을 쉰 뒤, 먼저 기부금을 모아 수선부터 하자고 마음속으로 굳게 다짐한다.

그때 망토를 뒤집어쓴 여자의 옆얼굴이 눈에 들어왔다.

"……세실리아?"

나는 나도 모르게 중얼거렸다. 여자의 모습이 며칠 전에 만난 왕태자비와 매우 닮았기 때문이다.

깨닫고 보니 뒤따라가고 있었다. 다행히도 망토를 쓴 여자는 내 존재를 눈치채지 못한 채 교회 안으로 들어갔다. 그녀는 한 치의 망설임도 없이 제단까지 걸어가 긴 의자에 앉아 있는 사람에게 말을 걸었다.

"──키리키 키리쿠쿠."

희한한 말이었다. 남자가 얼굴을 들어 나지막이 무어라고 답한다. 여자가 고개를 끄덕이고 망토의 모자를 벗었다.

엷은 금발에 장미색 눈. 역시 세실리아 왕태자비였다.

"좋은 소식이 있어."

남자의 목소리가 들렸다.

"곧 에리스의 성배가 재개된다는군."

"……너무 늦어졌잖아. 얼마나 기다렸다고."

"그럴 수밖에. 두 번 실패해서는 안 되니까. 우리도── 파리스도. 알잖아."

세실리아가 분한 듯 혀를 찼다.

"그래서, 류제령 상황은 어때?"

"자작은 이미 중증 중독자가 됐어. 자칼의 낙원만 내주면 뭐든 내 말대로 해. 영지의 실권을 쥐고 있는 건 우리 쪽 입김이 작용한 자야. 정기적으로 멜비나에서 밀수한 폭약은 별채로 옮기고 있어. 언제든지 반란을 일으킬 수 있어."

"그것참, 듣던 중 반가운 소리군."

남자가 낮게 웃었다.

세실리아가 다시 망토를 뒤집어쓰고 대화를 마치는 듯 보여서 나는 황급히 교회에서 뛰쳐나왔다.

──지금 본 게, 뭐지?

폭약? 반란? 쿵쾅쿵쾅 방망이질 치는 심장에 손을 대고 떨리는 목소리로 중얼거렸다.

"에리스의, 성배……?"

에리스는 불화와 분쟁의 여신이다. 성배는 나라에 번영과 축복을 가져다주는 것이고. 모두 제국 시대의 파리스 신화에 나오는 말이다.

그리고 세실리아가 말한 반란이란 단어.

분쟁이 나라에 번영과 축복을 가져다준다. 그 말인즉슨, 파리스의 침략 행위를 의미하는 게 아닐까.

솔솔, 가랑비가 내린다. 지저분한 뒷골목의 한 지점에서 남자 부랑자 한 명이 비에 맞아도 아랑곳하지 않고 엎드려 있다.

나는 말없이 부랑자 앞에 서서 손바닥에 동전 몇 닢을 떨어뜨린다.

남자가 입을 열었다.

"──지난번에 백작 가문이 파산했지? 또 그 환각제가 얽혀 있어."

"번스 백작 말이야?"

"그래. 도박 빚을 감당할 수가 없게 됐다던데 아무래도 빠진 건 도박뿐만이 아니었던 모양이야. 아마 그쪽에 중독돼 몸을 망친 거겠지."

"……백작은, 낙원을 어디서 얻었지?"

그날 이후로 나는 은밀히 정보를 모으기 시작했다. 눈앞의 남자는 행색과는 달리 유능한 정보원이다.

파리스에 대해 알아보다가 요즘 귀족들 사이에서 묘한 약이 나도는 것을 알았다. 자칼의 낙원이다. 현재는 금지됐지만, 과거에는 술이나 담배처럼 밤놀이를 즐기는 귀족들이 꼭 손댔던 향락품 중 하나였다.

그런데 지금의 낙원은──.

"도박장에서. 《염소의 복사뼈》라는 식당이야. 그런데 이렇게까지 지속될 줄이야. 그야말로 파멸을 부르는 독이군."

──파멸을 부르는, 독.

그 말을 들은 순간, 뚜껑을 덮고 있던 어두운 기억이 되살아 났다.

※

그 일은 그린필즈에서 보냈던 여름 이후, 몇 해가 흘렀을 무렵에 일어났다.

병약한 소년이었던 엔리케는 어엿한 청년으로 성장했다.

다만, 스칼렛과의 관계는 여전히 어색했다. 물론 얼굴을 마주할 기회는 몇 번이나 있었다. 그때마다 엔리케가 스칼렛에게 무언가 말하고 싶은 듯한 기색을 내비쳤으나 스칼렛은 그날 '진짜 싫어'라고 들은 게 어지간히도 열 받았는지, 항상 일부러 무시했다.

나는 그런 두 사람을 보며 유치해 못 봐주겠다며 질려 있었다.

관계가 변한 것은 약혼이 발표된 뒤부터였다. 싫든 좋든 얼굴을 보게 되면서 천천히 얼음이 녹듯 응어리가 풀린 모양이다.

사실, 나는 세실리아 류제를 딱히 문제시하지 않았다. 물론 견제의 의미도 담아 괴롭히며 놀기는 했지만, 적극적으로 밟아야겠다고 생각한 적은 없었다.

사랑은 열병 같은 거라고 누가 그랬던가. 엔리케에게는 세실리아가 첫사랑일지 모르겠지만, 언젠가 사랑이 식는 날이 올 것이다. 왕위를 이을 엔리케에게 필요한 건 영향력이다. 그런 의미에서는 카스티엘만큼 어울리는 집안은 없다. 그래서 기껏해야 자작 영애를 일일이 흠잡을 필요는 없다고, 그렇게 생각했다.

스칼렛이 투옥된 사실을 안 건 그때였다.

"······독이라고?"

처음 그 이야기를 들었을 때는 너무 어이가 없어서 웃음조차 나지 않았다. 스칼렛 카스티엘이 세실리아에게 독을 먹이려 했다? 그 입과 손이 동시에 나가는 직선적인 인간이? 웃기시네!

하지만 증거와 증언이 잇달아 나오고 심지어는 류제 저택에 스칼렛의 귀걸이까지 떨어져 있었다고 했다.

그리고 결정적으로 약혼자인 제1 왕자가 소궁전에서 스칼렛에게 공개적으로 죄를 물었다.

"전하!"

몰다바이트궁으로 쳐들어간 나는 무례를 무릅쓰고 말을 걸고는 옷자락을 들어 올려 건성으로 인사했다. 그러고는 대답도 기다리지 않고 입을 열었다.

"대체 왜 그러셨습니까. 정말로 스칼렛이 그런 비겁한 짓을 했다고 생각하시는 건가요?"

책망하는 말투로 따지자 엔리케의 얼굴이 극명하게 굳어졌다.

"······아니."

"그런데 어째서."

"──류제 저택에서, 월홍석으로 만든 귀걸이가 나왔다는 얘기를 들었어."

나는 헉하며 숨을 삼켰다.

"그래서 혐의를 벗겨 주려 확인하러 다녀왔지. 나는 구별할 수 있거든. 왜냐하면 그 귀걸이는── 약혼이 결정되고 바로 스칼렛에게 선물한 거니까."

거기까지 말하고 엔리케의 입술이 살짝 떨렸다.

"틀림없는 진품이었어. 배신감이 느껴지더군. 그녀는, 이미 내가 알던 스칼렛이 아니라는 사실에. 그래서 소궁전으로 불러 그 자리에서 약혼을 파기했어. 피해자인 세실리아도 함께 자리 했지만, 세실리아와 새로 약혼한다고는 말하지 않았어. 그건 그 냥 소문이야. 그리고 카스티엘 저택을 수색한 결과, 스칼렛의 방에서 독 병이 나왔어."

거기서 한 번, 말을 멈춘다.

"……그렇다고 해도 사형이라니. 생각지도 못했어. 나는, 그 런 거 원치 않아."

사형을 바랄 리가 없잖냐고 말하는 엔리케의 표정은 당장에라 도 울음을 터트릴 듯했다.

나는 작게 한숨을 쉬었다. 하지만 이미 일어난 일은 어찌할 도 리가 없다.

"그래서, 어떻게 방법이 없을까요?"

"없어. 아버지의——, 폐하의 결단이셔."

"대체, 왜……."

나는 지금 이 상황을 도저히 납득할 수가 없었다. 물증이 있는 건 맞다. 하지만 스칼렛 카스티엘이라는 사람을 안다면 암살을 꾀했다는 건 애초에 말이 안 된다고 생각할 것이다. 오히려 누 군가의 계략에 빠졌다고 보는 편이 자연스럽다. 게다가 고작 자 작 영애의 암살 미수 사건 따위로 폐하께서 움직였다는 것도 이상했다.

도대체가 딸이 처형당할 처지인데 카스티엘 공작은 뭘 하는 거야.

움직이지 못하는 걸까, 아니면—— 움직이지 않는 걸까.

"내가 어리석었어. 내가, 계기를 만든 거야."

엔리케가 쥐어짜는 듯한 목소리로 말한다.

"……릴리."

나를 부르는 소리에 선명한 적자색 눈과 시선이 만났다. 자색은 왕가의 색이다. 그 계보에 수차례 왕족의 피가 들어간 카스티엘 가문의 눈동자 색도 그러했다. 그런데 이렇게 보니 같은 자색이라도 스칼렛의 눈동자는 엔리케처럼 붉은 기가 도는 자색이 아니라 적색과 청색의 딱 중간인 자수정색이라는 걸 깨달았다.

"스칼렛은, 무조건, 처형당할 거야. 그러니, 내가 세실리아 류제와 결혼하는 걸 용서해 주길 바라."

아마도 이건, 사랑하는 사람과 함께하겠다는 의미가 아니리라. 그렇다고 하기에는 엔리케의 표정이 너무도 비통해 보였다.

그러나 그가 용서를 구한다고 해도 나는 대답할 수가 없다. 왜냐하면——.

'내가 용서할게'라고 말하며 자신만만하게 미소 지었던 아이는, 이미, 여기에, 없으니까.

※

"……졌어."

눈앞의 남자는 그렇게 말하며 손에 든 카드를 테이블에 던졌다.

"아, 또 졌잖아. 좀 하네, 아가씨."

딱히 도박을 잘하는 게 아니다. 숫자와 통계에 능통한 거다. 그래서 나는 카드 게임만 한다.

여긴 정보원에게 들은 향락 시설이다. 《염소의 복사뼈》라는 이름의, 언뜻 보면 어디에나 있을 만한 대중식당이다. 하지만 건물 지하에는 욕망에 찌든 도박장이 있다.

그리고 거는 건 돈이 아니었다.

"낙원을 걸었댔나? 그건 새가 물어다 줄 거야."

"새?"

"새벽을 알리는 새지. 내가 말할 수 있는 건 여기까지."

그 말을 조사하다가 【새벽닭】이라는 범죄 조직에 도달했다. 랜돌프에게 의논해 볼까도 했다. 하지만 이미 헌병 내부에도 조직의 인간이 있다는 걸 알고 있었다. 그 고지식한 남자를 의심하는 건 아니지만, 신뢰할 만큼 그에 대해 알지 못하는 것도 사실이다.

이상한 시선을 느끼게 된 것도 이 무렵이었다. 하지만 돌아봐도 아무도 없다.

그렇게 몇 주 정도가 흐른 어느 날, 시야 한구석에 갈색 피부의 쾌활해 보이는 청년이 있는 게 보였다.

――세실리아의, 상인.

그 순간, 팔에 소름이 돋았다. 정보를 모은답시고 너무 들쑤시고 다녔는지도 모르겠다.

그 뒤, 어떻게 집에 왔는지 기억나지 않는다. 심신이 피폐해져 축 늘어져 있는데 웬일로 랜돌프가 일찍 귀가했다.

소파에 누워 있는 나를 보더니 눈살을 찌푸린다.

"안색이 안 좋군."

내 몸을 걱정한다기보다 건강 관리가 서툰 것을 나무라는 상사 같은 말투였다. 나는 입을 꾹 다물고 천천히 몸을 일으켰다.

"수면 부족이라서 그래. 새로운 사업 계획안이 아주 꽉 막혔거든."

"그렇군, 뭔가 도울 만한 게 있나?"

"……왜?"

살짝 경계한다. 이 남자는 이제껏 한 번도 간섭한 적이 없었는데, 왜, 이제 와서?

"동료가 부부는 서로 돕는 거라고 그러더군. 예전부터 오지랖이 넓은 녀석이야."

예상외의 대답에 맥이 빠져 버려 눈만 깜박거린다. 그런데 평소라면 한 번 웃고 넘길 말이 꽤 매력적인 제안으로 들렸다. 악마가 귓가에서 이렇게 속삭인다.

'음모 같은 건 그냥 모른 척해. 그러면 다시 평온하기만 한 생활을 누릴 수 있을 거야'라고.

문득 이 남자와의 미래를 상상했다. 일벌레에 세심한 것과는 거리가 멀지만, 실은 성실하고 자상한 사람이라는 건 진작부터 알고 있었다. 둘이 서로를 받쳐 주며 사는 것도 나쁘지 않으리라.

나쁘지 않지만——.

분명, 내가 가야 할 길은 아닐 것이다.

※

"릴리 님!"

반짝반짝 물보라를 튀기는 분수 건너편에서 조지가 숨을 헐떡이며 뛰어온다.

"이거 보세요! 저, 이제 이름 쓸 줄 알아요!"

그렇게 말하고는 꼬깃꼬깃 구겨진 종잇조각을 건넨다. 펼쳐서 보니 지렁이가 기어가는 듯한 글씨체로 '조지'라고 적혀 있었다.

"아, 치사하게, 나도 보여 드릴래!"

"나도!"

"캐롤도, 캐롤도!"

자기들도 보여 주겠다며 다가온 이 아이들은 저학년반의 미라, 마크, 캐롤이다.

모두 이름을 쓸 수 있게 됐다고 기뻐하면서 만면에 미소를 머금는다.

——만약에 정말로 전쟁이 일어나면.

그러면 가장 먼저 희생되는 건 오갈 데 없는 이 아이들이다.

그 사실에 입술을 꽉 깨문다. 사면초가였다. 결국, 나는 한낱 계집아이에 불과했다. 어설피 손을 댄 상대는 너무나도 강대해서 도무지 맞설 길이 없었다.

"……토니."

조금 떨어진 곳에서 친구들을 지켜보던 빨간 머리 아이를 불러 진지한 표정으로 지난번의 그 은어를 가르쳐 주었다. 최소한 위험과 멀어질 수 있게.

토니가 의아해하며 고개를 갸웃했다.

"……키리키 키리쿠쿠? 이게 뭐야?"

"악당을 꿰뚫어 보는 주문이야. ──있잖아, 혹시 앞으로 내게 무슨 일이 생겨서, 나에 관해 묻는 사람이 있으면 이 주문을 외쳐."

"주문……."

"그래. 만약 조금이라도 반응하면 그 사람들은 나쁜 사람이니까 그때는 애들을 데리고 전력으로 도망쳐. 토니, 너라면 할 수 있지?"

토니는 고아원 아이들 중에서 가장 책임감이 강하고 야무졌다. 그래서 적임자다 싶었는데 토니가 잠시 대답하지 않고 곤란한 표정을 지었다.

"왜 그래?"

"……릴리 님도."

그 목소리는 당장에라도 울 것 같았다.

"그때는, 릴리 님도, 같이 안 가면, 가지 않을 거야."

나는 나도 모르게 숨을 삼켰다.

"무슨 일이란 게, 뭔데? 안 좋은 거야? 그럼, 나는, 릴리 님께

안 좋은 일이 생기지 않게, 뭐든 할 거야! 걱정 마, 내가 아직 어리긴 해도 힘은 꽤 세⋯⋯!"

──아아, 어떻게 해야.

어떻게 해야 이 죄 없는 아이들의 미래를 지켜 줄 수 있을까.

그 순간, 나는 결심했다.

마지막으로 한 번만, 내기를 걸어 보자고.

※

"어머, 릴리 님. 뭘 떨어뜨리셨어요."

길을 걷다가 우연히 만난 안면이 있는 부인이 나를 불러 세운다.

"웬일이야, 어떡해! 내 정신 좀 봐!"

나는 매우 당황한 척 땅에 떨어진 걸 주웠다.

"⋯⋯그건, 열쇠, 인가요?"

내 태도에 관심이 생겼는지 내 손에 시선을 고정한 부인이 묻는다.

누군가가 나를 미행하는 건 계속되었다. 저번엔 동요했지만, 당장 손을 대지 않으리라는 걸 이미 안다.

그렇다면 오히려 반대로 이용해 버리자.

"네. 근데 비밀로 해 주실래요?"

그래서 일부러 더 눈에 띄게 행동했다. 너희들 계획은 다 알고 있다고 알려 주기 위해. 내게는 정보가──, 비장의 카드가 있다고, 그렇게 여기게끔.

"——정말 중요한 걸 숨겨 뒀거든요."

슬쩍, 가짜 열쇠를 보여 준다. 분명히 지금도 어딘가에서 지켜보고 있을 터.

계략을 성공시키려면, 상대가 낌새를 차리기 전에 전부 끝내 버리라고 스칼렛이 말한 적 있었다.

앞으로의 교육 복지에 대해 할 얘기가 있다고 세실리아에게 편지를 보내니 매우 놀라울 정도로 빠르게 날짜를 잡았다. 과연 이건 우연일까, 아니면——.

며칠 후, 왕태자비를 알현하려고 엘바이트궁 복도를 지나는데 마침 엔리케가 이쪽으로 걸어오고 있었다.

복도 가장자리로 비켜서서 엎드리니 '고개를 들라'라고 한다.

"세실리아를 만나러 가는 거지? 그대의 평판은 익히 듣고 있네. 아버지께서도 어찌나 칭찬을——."

"——전하."

불경한 줄 알면서도 말을 가로챘다.

"전에 용서해 주길 바란다고 하신 거, 기억하십니까?"

엔리케의 표정이 살짝 굳는다.

그날——, 억울하게 투옥당한 스칼렛이 처형을 면치 못하리란 걸 알게 된, 그날.

애원에 가까웠던 물음에, 나는 아무 대답도 할 수 없었다.

그런데 왜 지금은 말이 술술 나오는 걸까. 마치 셋이 웃으며 놀았던 그때처럼.

"——8년 동안 대체 뭘 한 겁니까, 이 **삼류**."

설마 그런 말을 들을 줄은 예상하지 못했는지 적자색 눈이 놀라 휘둥그레졌다.

그러고는 크게 상처받은 듯 표정이 일그러진다.

"……하긴, 이런 거로, 용서받을 수는 없겠지."

왕족답지 않은 한심한 태도에 나도 모르게 웃음이 터졌다.

"애초에 물어봐야 할 상대가 틀렸잖아요. 당신을 용서할 수 있는 건 이 세상에 딱 한 명뿐이에요."

그게 가능했던 사람은, 누구보다 오만하고 불같고, 아름다웠던 소녀뿐이었다.

그렇게 말하니, 끝내 엔리케의 눈꺼풀이 떨리고 만다.

'어유, 울보인 건 여전하네'라고 생각하며 잠깐 옛날 기억을 떠올린다.

"아직, 포기하지 않으셨죠?"

세실리아와 결혼한 이유는 무언가, 목적이 있기 때문일 것이다. 안타깝게도 아직은 목적을 달성하기엔 먼 것 같지만.

엔리케가 입술을 꽉 깨물며 작게 끄덕인다.

"그러면——."

그래서 나는 언젠가처럼 이렇게 말했다.

"이 릴리가 시간을 벌어 드릴게요."

※

"――이러한 이유로 아델바이드의 발전을 위해서라도 언젠가는 빈민굴 아이들도 교육을 받게 해 주고 싶습니다."

미래의 복지 교육 전망에 관한 이야기를 마치니 세실리아가 감동한 듯 박수를 보냈다.

"역시 릴리! 멋진 생각이야!"

"감사합니다. 실은 이미 몇 번 시찰을 다녀왔습니다. 레다 거리의 지구 교회는 수리가 필요해 보이더군요."

그렇게 말하니 세실리아가 무표정으로 나를 바라봤다.

"아아, 그리고 보니 지난번에 비전하를 보았습니다."

"어머, 내가 그런 곳을 왜 가?"

"어디서 봤다고는 말씀드리지 않았는데요."

미소를 유지하며 나는 천천히 고개를 갸우뚱했다.

"혹시 비전하께서는 '에리스의 성배'라는 말을 들어 본 적 있으세요?"

침묵이 흐른다. 나는 자리에서 일어나 우아하게 인사했다.

"만약 아신다면, 계획을 재검토하시길 추천 드릴게요. ――두 번 다신, 실패하면 안 되잖아요?"

――수백 번, 수천 번을 생각했다. 뭔가 달리 방법이 없을까 하고.

하지만 아무리 날고 기어 봤자, 귀족의 온실 속 화초에 지나지 않았던 나는 그들의 계획을 저지하는 게 불가능했다.

그러나 이대로 계속 지기만 하는 건 용납 못 한다.

나는 예전부터 지는 걸 너무너무 싫어했단 말이다.

궁전을 나와 그 길로 마차에 올라탔다. 마부에게 얼스터 저택
이 아니라 오를라뮌데 저택으로 가 달라고 했다.

싸구려 마차라서 덜컹덜컹 흔들렸다. 가문의 문장이 안 들어
간 마차는 오랜만에 타 본다.

기억하기로는 마지막으로 탄 게 스칼렛의 사형이 결정된 날이
었던가.

그날도 나는 남들 눈을 피해 마차를 타고 감옥에 있던 스칼렛
을 찾아갔다.

사형 집행은 말하자면, 군중 앞에서 모욕을 당하는, 격 떨어
지는 축제다.

그 스칼렛 카스티엘이 그런 최후를 맞이한다는 게 견딜 수 없
었다.

그래서 곧바로 **그걸** 구했다.

즉효성에, 되도록 괴롭지 않게 죽을 수 있는. 이러면 스칼렛
의 존엄은 지킬 수 있다. 지킬 수 있는데──.

※

"──필요 없어."

아무래도 좋다는 듯 차가운 목소리로 말한다.

탁한 쥐색 원피스를 입었는 데도 스칼렛의 미모는 손색이 없
었다.

"하여간에, 이놈이나 저놈이나 대체 나를 누구라고 생각하는 거야?"

그렇게 말하고는 불쾌하다는 듯이 콧방귀를 낀다. 그 모습은 완전히 평소와 똑같았다.

"이 몸에게 등을 돌리고 도망치라는 거야? 웃기지 마."

나는 입이 떡 벌어진 채로 스칼렛을 바라보았다.

"공개 처형한다고? 그러라고 해. 마지막에 웃는 건 나라는 걸 신물이 날 정도로, 깨닫게 해 주겠어."

당당히 그렇게 말하는 스칼렛 카스티엘은 처음 만났을 때처럼 아름다워서——,

나는 또다시 눈앞의 소녀에게 졌다고 생각했다.

※

——흔들리는 마차 안에서 준비한 관광객용 소책자의 한 면을 찢어 메시지를 남긴다. 다 쓰고 나서는 열쇠가 든 봉투에 넣어 봉투 입구를 봉했다. 찢고 남은 책자는 마차 창문 밖으로 던져 버렸다.

본가에 도착해서 바로 예배당으로 향했다. 다행히 아무도 나를 보고 수상하게 여기지 않았다.

쓸 수 있는 방법은 다 썼다. 암호를 새긴 열쇠를 만들고 알아 낸 모든 정보를 자료관에 숨기고 왔다. 만일에 대비해 고아원 아이에게도 메시지를 전달해 두었다.

Illustrations © Yu-nagi

분명 【새벽닭】은 당장에라도 나를 잡으러 오겠지. 당연하다. 그렇게 하도록 만들었으니까. 열쇠의 존재도 일부러 주변에 귀띔했다. 목숨보다 소중한 걸 숨겨 두었다고.

도화선에 스스로 불을 붙인 건, 전적으로 내 의지다.

자랑은 아니지만, 나는 살면서 용감한 짓을 한 적이 없다. 하물며 고문을 견딜 자신도 없다.

그러므로 이렇게 내기를 건 이상, 내게 남은 길은 선수를 치는 것뿐이다.

세실리아와 그녀의 일행이 빈민굴의 교회에서 두 번 다신 실패해서는 안 된다고 했다. 그러면 그걸 이용해 줄 것이다. 내 속셈을 모르니 녀석들도 한동안은 섣불리 움직일 수 없겠지.

바스락, 봉투가 소리를 낸다.

지금 내 손안에 쥐고 있는 건 절망이 아니다. 희망이다. 단 하나뿐인, 희망이다.

──에리스의 성배를 파괴하라.

나는 막을 수 없었지만.

최후의 발악으로 시간은 벌었다. 이제 뒷일은 누군가가 맡아 주겠지. 그렇게라도 자위하지 않으면 못 해 먹겠다.

성화 뒤를 들추고, 성전을 찢고, 위험할 줄 알면서도 나라를 위기에서 구해 줄 누군가가, 틀림없이 나타날 것이다.

스칼렛 카스티엘처럼 신을 신으로 여기지 않는 오만함을 지니고, 그런데도 누군가를 위해 애쓸 줄 아는 아주 착한 이가, 틀림없이——.

거기까지 생각이 미치자 나도 모르게 웃음이 터졌다. 그런 사람이 있으면, 그야말로 기적이지 않은가!

하지만. 하지만 미래는 아무도 모른다. 나는 품에 지니고 있던 독 병을 손가락으로 어루만졌다. 이건 과거에 사형을 앞둔 스칼렛에게 주려고 했다가 거절당한 그 독이다. 설마 내가 쓰게 될 줄은 상상도 못 했다.

나는 천천히 고개를 들었다. 눈앞에는 장엄한 여신들의 성화가 있다. 운명을 관장하는 세 여신. 여신들과 눈을 맞추며 액자를 떼어내고 그 뒤에 봉투를 붙였다.

녀석들이 오지 않는다.

내기는, 내가 이겼다.

(——마지막에 웃는 건 나라는 걸 신물이 날 정도로, 깨닫게 해 주겠어.)

문득 그리운 목소리가 기억 속에서 되살아났다. 오만하고 불손한, 하지만 어쩐지 끌리는 목소리. 그리고 떠올린다. 스칼렛이 민중 앞에서 처형당한 그날을. 스칼렛은 단언한 대로 죽기 직전까지 희망을 잃지 않고 웃고 있었다.

그녀는, 어떻게 그때, 그렇게 웃을 수 있었을까.

이유는 모르겠지만, 그 사실이 위로가 되기도 했다. 스칼렛만 하고 나는 못 하는 게 있을 리가 없다.

왜냐하면 나는 옛날부터 지는 걸 너무너무 싫어했으니까.

나는 느긋하게 나를 내려다보는 운명을 향해 자랑스러운 듯 미소 지으며 그대로 독약을 들이켰다.

Illustrations ©Yu-nagi

릴리 오를라뮌데

지는 것을 매우 싫어했던 전 후작 영애.

언제 어느 때고 늘 잘난 질린 인연의 존재가 거슬리고 괘씸해서, 깨닫고 보니 밉살맞은 말만 골라 했으나, 실은 내심 조금 부러웠다. 하지만 분하니까 평생 안 알려 줄 거다.

스칼렛의 사형을 계기로 사교계와 거리를 두고 자립 여성을 목표로 했다. 랜돌프와는 좀 더 시간을 들이면 서로 믿고 의지할 수 있는 파트너가 될지도 모른다고 한순간 생각했지만, 평상시의 종잡기 어려운 언동과 행동을 여러모로 떠올리고는 '아, 역시 안 되겠다'라며 포기했다.

참고로 져 본 상대가 평생 딱 한 명밖에 없다.

 # 스칼렛 카스티엘

사람 마음을 들쑤시는 걸어 다니는 재해. 무차별적 트라우마 제조기이기도 하다.

생전, 그녀에게 친구라고 부를 만한 존재는 없었지만, 모 왕자는 친동생처럼 여겼는지도 모른다. 참고로 그 매부리코 교사는 나중에 울려 줬다.

릴리는 첫 만남 이후로 완전히 그저 질린 인연에 불과했지만, 옆에서 나란히 걷게 해 줄 정도로는 인정하고 있었다. 하지만 분하니까 평생 안 알려 줄 거다.

이유는 모르겠지만, 최후의 순간에 웃고 있었다.

 # 엔리케 아델바이드

어렸을 때는 울보였던 왕자님. 울게 된 이유의 9할이 자기보다 어린 한 여자아이 때문이었지만, 그래도 자기에게 없는 강인함을 지닌 그녀에게 끌렸고, 깨닫고 보니 늘 오리처럼 뒤를 바짝 따라다녔다. 참고로 릴리 오를라뮌데는 그냥 마조히즘이라고 생각했다.

세실리아 류제의 독살 미수 사건으로 스칼렛을 믿을 수가 없게 되어 결과적으로 그녀를 참수형으로 내몰았다. '사실, 본인이 가장 만악의 근원이 아닌지……?'라고 다들 생각하지만, 아무도 입 밖에 내지 못한 채 10년이라는 세월이 흐르고 말았다. ←new!

제4장 ┈ 운명, 그 너머

애비게일 오브라이언이 한숨을 쉬었다.

적은 어떻게든 아이샤의 사건을 한시라도 빨리 무마해 덮고 싶은가 보다.

랜돌프가 증거 불충분을 주장해 주는 모양인데, 그런데도 여전히 올더스 클레이턴을 가장 유력한 용의자로 취급하고 있다.

만일에 대비해서 지금은【풍양관】의 루디도 피신해 있다.

다행히 헌병도,【새벽닭】도 아직 두 사람을 동일 인물이라고 연결 지어 움직이지는 않는 듯하다.

「올더스 클레이턴」의 호적은 오래전에 죽은 남자의 것이다. 일면식도 없다. 루디를 표면적으로 내세우기 위해 애비게일이 준비했다.

장미십자 거리는 왕도에서 제일가는 환락가다. 암흑가하고도 관계가 깊다. 그쪽 연줄을 썼기에 꼬리가 잡힐 일은 없으리라 보지만, 조사라도 하면 성가셔진다. 증거가 없어도 애비게일 오브라이언이 수사선상에 오를 가능성도 있다. 물론 그것만 가지고는 체포될 리도 없는 데다, 정작 애비게일 본인은 아무렇지도 않은데 내게도 누(累)가 미치게 된다면 그때는 루디가 폭주할 수도 있다.

그러니 그 전에 이쪽도 아이샤의 죽음에 대한 진상을 밝히고 싶은데——.

좀처럼 진전이 없어, 애비게일은 한 번 더 한숨을 쉬었다. 머리 위의 샹들리에가 반짝반짝 빛을 발하고 있다. 홀에서는 경쾌한 노래가 흐르고 사람들은 온화하게 담소를 나누고 있다.

오늘 밤은 교류가 있는 후작 부인이 주최하는 야회에 초대받았다. 요 며칠간은 잠을 제대로 못 자기는 했지만, 그렇다고 빠질 수도 없다. 야회가 정보를 수집하기에 알맞은 장이기도 했고, 무엇보다 빠진 이유를 어설프게 의심하여 억측하는 건 피하고 싶었다.

"안녕, 애비게일."

평소 하던 대로 여기저기 돌아다니다가 갑자기 현기증이 나서 음료를 가지러 가는 척하며 나와서 휴식을 취하고 있었다. 그런데 등 뒤에서 요염한 목소리로 말을 걸었다. 전혀 안녕하지 못한 차가운 목소리.

그 목소리만 들어도, 이름을 밝히지 않아도 누가 불렀는지 짐작이 갔다.

"안녕, 데비."

뒤를 돌아보면서 인사하며 웃으니 데보라의 표정이 살짝 일그러진다. 데보라 다르키앵이 애칭으로 불리는 걸 탐탁지 않아 한다는 건 유명하다. 하물며 견원지간인 애비게일이 부르는 건 더욱이.

그래서 당연히 일부러 애칭으로 부른 것이다.

애초에 데보라가 애비게일에게 말을 걸 이유는 심술부릴 때 외에는 없다. 지금부터 진흙 덩이를 던질 것을 알기에 이 정도 보복은 하게 해 줘야 한다.

아니나 다를까, 데보라가 천천히 자신의 새빨간 입술의 꼬리를 들어 올렸다.

"그러고 보니 요즘 너희 집 똥강아지가 안 보이네."

──이것 봐라, 역시. 애비게일이 마음속으로 혀를 찼다.

"무슨 얘기야? 우리 사랑스러운 딸은 집에 있지."

짜증 난 걸 감추며 이상하다는 듯 일부러 과장스럽게 고개를 갸우뚱한다. 괜찮다. 눈치 빠른 상대방에게 울화통이 터지면서도 동시에 마음이 놓였다.

아직 올더스 클레이턴의 정체가 루디라는 걸 들키지 않았다. 데보라는 그냥 【풍양관】의 루디가 없는 게 애비게일을 실각시킬 수 있을 만한 사태인지 아닌지를 파악하려는 것뿐이다. 아무것도 모르니까 이렇게 떠보러 온 것이다.

만약 안다면 이미 숨죽이고 궁지에 빠트릴 준비를 하고 있었을 터이다.

"왜 이래, 시치미 떼지 마. 하나도 안 귀여운 네 사냥개 말이야."

하지만 방심할 수는 없다. 데보라 다르키앵은 교활하고 냉혹한 여자니까.

"──그 똥강아지가 무슨 못된 잘못이라도 저질렀어?"

샤론 스펜서의 장례식은 조용히 치러졌다.

아이샤의 사촌인 샤론은 몇 년 전에 이혼하고 친정으로 돌아와 있었다고 한다.

사망 원인은 자살——, 그것도 음독사라고 했다. 들리는 얘기로는 샤론 스펜서는 알코올 의존증이 심하고 근래에는 정신적으로도 불안정해서 착란 증세를 보였다고 한다. 유서는 없었지만, 평소에 안정제를 복용했기에 샤론 스펜서의 죽음을 이상하게 여기는 사람은 없었던 모양이다.

샤론이 숨을 거둔 건 묘하게도 사촌 동생 아이샤 헉슬리가 살해당한 날과 같은 날이었다.

거기까지 생각이 미치자 코니는 등줄기가 오싹했다.

——샤론을, 캐 봐. 분명 뭔가 알고 있을 거야.

그게 아이샤가 숨이 끊어지기 직전에 마지막으로 남긴 말이었다고 올더스 클레이턴이 그랬다.

샤론 스펜서는 아이샤의 사촌 언니다. 그리고 세실리아의 독살 미수 사건 때 사용한 독 병도 분명 그 사촌 언니를 통해 손에 넣었을 것이다.

그렇다면 이건 자살일 리가 없다.

코니는 정보를 캐기 위해 샤론의 장례식에 참석하기로 했다.

——교회에서 헌화 시간이 끝나고 관을 묻기 위해 다른 참석자들과 함께 스펜서 가문의 묘지로 향했다. 샤론의 묘비 옆에서는 그녀의 부친이 생전의 샤론 이야기를 하며 이따금 눈물을 보이고 있었다.

코니는 맨 뒤에 서서 수상한 움직임을 보이는 사람이 없는지 참석자들을 살피고 있었다.

"어, 코니?"

그런데 갑자기 누군가가 놀란 목소리로 이름을 부른다. 무의식중에 돌아봤는데——.

"밀렌?"

거기에는 가십을 좋아하는 약간 무신경한 친구가 있었다.

"샤론 부인이 돌아가시다니 놀랐어."

참석자들이 부르는 찬송가 소리가 울려 퍼지는 와중에 밀렌이 슬쩍 귓속말했다. 코니도 작은 목소리로 귓속말한다.

"아는 사이야?"

"새언니의 친구야. 근데 지금 만삭이라 올 수가 없어서 나더러 대신 참석해 달라고 부탁받아서 왔어. 나도 몇 번 뵌 적이 있거든. 코니는?"

"나, 나? 나도, 그, 대리로…… 아, 저기, 그렇지, 밀렌. 샤론 부인에 대해 뭔가 아는 거 있어?"

횡설수설하며 묻자, 밀렌의 얼굴이 확 밝아졌다.

"새언니한테 들은 엄청난 정보가 있지. 궁금해?"

바라 마지않는 이야기다. 코니가 고개를 세차게 끄덕였다.

"음, 그게 샤론 부인이 약혼하셨을 시기니까……. 한 10년쯤 전인가. 실은 그 당시에 약혼자 말고도 사귀던 남자가 있었대.

샤론 부인은 예전부터 수수하고 고지식한 분이어서 바람피웠다는 것만 해도 믿기지 않는데, 대박인 건 바람 상대야. 누구였을 것 같아?"

10년 전. 마침 세실리아의 독살 미수 사건이 일어났을 때다. 코니는 무심결에 밀렌을 쳐다본다.

밀렌이 주위를 경계하며 더 작은 목소리로 속삭였다.

"사이먼 다르키앵이야."

——누구지? 코니는 마음속으로 어리둥절했으나 스칼렛은 곧바로 눈살을 찌푸리더니 입을 연다.

「……사이먼? 데보라 남편이잖아.」

코니가 숨을 삼킨다. 데보라. 데보라 다르키앵. 소궁전 별의 방으로 사문을 가장해서 코니를 불러내 협박한 사람.

「기억하기로는 사이먼은 데릴사위였을 거야. 그 데보라의 비위를 맞춰야 했을 테니, 도망치고 싶을 만도 하지.」

생각지도 못한 이름에 표정이 굳어진다. 그 표정을 본 밀렌이 히죽 웃었다.

"눈치챘어? 데보라 다르키앵을 적으로 돌리다니, 등골이 오싹한 얘기지. 나야 오히려 가십거리다 싶어서 설렜지만."

말문이 막혀 있는데 어디서 갑자기 코웃음 치는 소리가 들려왔다.

"——어머, 누군가 했더니 콘스탄스 그레일이잖아. 뭐야, 또 소란이라도 피우려고 왔어?"

악몽 같은 빨간색의 심한 곱슬머리가 뒤이어 시야에 뛰어들자 코니는 저도 모르게 낮게 신음했다.

"……나왔군, 아멜리아 홉스."

하지만 코니의 말이 전부터 아멜리아의 팬이라고 공언한 친구에게는 안 들렸는지 밀렌이 '누구지?'라는 표정으로 어리둥절해하며 고개를 갸웃거린다.

"그나저나 같은 날에 스펜서 가문의 핏줄이 둘이나 죽다니. 평소 행실이 어지간히 안 좋았나?"

갑자기 말을 건 것도 모자라 고인을 조롱하는 말까지 하니 밀렌이 울컥해서 쳐다봤다.

"누구신지 모르겠지만, 그런 식으로 말씀하시는 건 실례 아닌가요?"

아멜리아가 순간 놀란 듯 탁한 녹색 눈을 동그랗게 떴다. 하지만 곧바로 표정을 가다듬고 턱을 들어 올리며 말한다.

"메이플라워사 보도부 편집장 아멜리아 홉스야. 그쪽도 여기 있는 민폐쟁이 콘스탄스 그레일의 친구인가?"

"네?"

밀렌의 눈썹이 의아하다는 듯 올라갔다.

"됐어, 아무 말도 안 해도 돼. 뭔가 일이 터지면 기사로 쓰면 되니까. 부디 마음껏 날뛰어 줘. 이번엔 뭘 하고 싶어? 또 스칼렛 놀이?"

여느 때처럼 코니는 빨간 곱슬머리의 헛소리를 흘려들으려 했으나 밀렌은 그럴 수가 없었나 보다. 뼛속까지 차가워질 것처럼 낮은 목소리로 아멜리아에게 응수했다.

"……억측해서 말하는 건 진실을 좇아야 할 기자로서 바람직한 태도가 아닌 것 같은데요?"

"이봐, 진실만 좇는 건 초짜도 해. 어떤 식으로 폭로하느냐가 중요한 거라고. 말해 두는데 나도 다 위험을 감수하면서 하는 짓이야. 뭐, 그쪽처럼 고생 한 번 안 하고 자란 어린이는 이해 못 하겠지."

아멜리아가 쉬지도 않고 떠들어 대고는 기막혀하는 밀렌은 거들떠보지도 않고 '취재가 있어서 이만'이라고 말하며 자리를 떠났다.

밀렌은 아멜리아의 모습이 사라지고 나서야 충격에서 벗어난 듯했다.

"하, 뭐야, 저 인간……! 뭐냐고, 저 빨간 머리……! 뿌리째 뽑아 버리고 싶어……!"

"잘 알지, 그 마음 이해해, 밀렌……!"

코니가 눈물을 글썽거리며 친구의 손을 잡았다. 드디어 동지가 생겼다.

"정말 믿기지가 않아……! 아멜리아 홉스가 저딴 성격 파탄자라니……!"

밀렌은 분노가 가라앉기는커녕 더 커지는 모양이다.

"저런 생각을 하는 여자를 이제까지 동경한 나를 냅다 갈기고 싶어! 지금 당장! 무지하게!"

"그건 좀."

코니가 무의식중에 손을 감춘다.

밀렌 리스는 그 눈에서 예사롭지 않은 결의를 내뿜으며 미래를 향해 당당히 선언했다.

"결심했어, 코니! 나는 꼭 메이플라워사에 들어갈 거야! 그래서 저 웃기고 자빠진 빨간 머리가 두 번 다신 펜을 쥐지 못하게 해 주고 말 테야!"

그날, 예고도 없이 갑자기 들이닥친 손님으로 인해【풍양관】에서는 조용한 소란이 벌어졌다.

평소 같으면 나서서 손님을 맞았을 오드리가 공교롭게도 다른 일로 외출한 상태였다. 대신 미모와 상냥한 성격으로 인기가 많고, 젊은데도 창관에서 가장 지위가 높은 미리암이 마중을 나갔다.

미리암은 사랑스러운 미소를 지으며 불청객을 환영했다.

"어서 오십시오, 데보라 님."

안내받고 들어와 대기실 소파에 우아하게 걸터앉은 건── 애비게일 오브라이언의 천적, 데보라 다르키앵이었다.

데보라가 실내를 힐끔 둘러보더니 위압적인 말투로 이렇게 따졌다.

"사냥개는 오늘도 없는 거야?"

미리암은 대답하지 않았다. 점잖게 웃으며 조개처럼 입을 닫았다.

그 태도에 데보라가 불쾌한지 눈썹을 들어 올렸다. 그러고는 조롱하듯 비웃는다.

"그쪽도 참 딱해."

데보라 다르키앵이 【풍양관】에 온 건 이번이 처음이 아니다. 종종 찾아와서는 독설을 내뱉고 창부들을 괴롭히고 간다. 애비게일은 물론이고 오드리나 경호원 루디가 있었다면 쫓아냈을 테지만, 오늘은 어쩌다 보니 아무도 없다. 미리암이 모두를 지켜야 한다.

하지만 데보라는 사람 마음의 약한 부분을 파고드는 게 매우 능수능란했다.

"그 개, 이름이 루디랬나. 당신, 그 남자를 좋아하지? 보면 알아. 괜찮은 남자기는 해. 그렇지만── 보답받지는 못하지. 개는 주인에게만 충성하니까. 어때, 애비게일이 밉지 않아? 치사하다고 생각 안 들어? 남편도 있으면서 젊은 남자랑 놀아나고 말이야. 기만이라고 생각하지 않아?"

남을 괴롭히는 게 재미있다는 눈빛으로 대답을 요구한다.

미리암이 생긋 웃었다.

"모르시나요? 주인에게 충성을 맹세하는 건 사냥개뿐만이 아니랍니다."

예상외의 대답이었는지 데보라가 이상하다는 듯 눈을 멀뚱멀뚱 껌벅인다.

"그리고 오늘은 산책하러 나간 강아지 말고 이 미리암과 놀아주러 오신 거죠? **데비** 언니."

일부러 데보라를 애칭으로 부르자 데보라의 얼굴이 불쾌해하며 일그러졌다.

'꼴좋다'. 미리암이 생각했다. 데보라의 말대로 미리암은 루디를 흠모한다. 데보라가 지적한 그대로다. 가족애가 아니라 이성애다.

하지만 설사 내 마음이 그렇대도 빛과 함께 손을 내밀어 준 그날부터, 미리암의 세상은 언제나 애비게일 중심으로 돌아가고 있었다. 애비게일을 배신하는 건 상상할 수도 없다.

데보라가 회색 눈을 천천히 가늘게 뜨며 시시하다는 듯 턱을 괴었다.

"……흥이 깨졌어. 마차를 불러줘."

매춘부 주제에.

데보라가 미리암이 사라진 쪽을 분한 듯이 노려보았다.

풍양관에 오기 전까지 교육 한 번 제대로 받지도 못한 닳고 닳은 창부 주제에 감히 나한테 대들어?

그러나 끓어오른 불쾌한 기분은 그 자리에서 억눌렀다. 불안한 감정을 드러내면 유리하지 않다는 건 경험으로 터득했다.

애비게일은 뭔가 감추고 있다. 야회에서 만난 그녀는 매우 피곤해 보였다. 뭔가 성가신 일이 생긴 게 틀림없다.

그리고 비슷한 시기에 애비게일의 정부이자 이 창관의 경호원으로 있는 남자가 자취를 감췄다. 연관이 있는 게 분명하다. 그게 뭔지만 알아내면——.

마음에 안 드는 그 여자를 땅바닥까지 끌어내릴 수 있을지도 모른다.

잠시 후, 마차가 왔다는 말을 듣고 데보라가 일어섰다.

눈꼬리가 째진 늘씬한 여자가 데보라를 배웅한다.

"당신, 이름이 뭐지?"

"……레베카입니다."

발음이 깔끔했다. 안 좋은 습관이나 사투리 억양도 없다. 유심히 보니 걸음걸이나 행동도 품위가 있다. 이건 따로 연습한 게 아니라 어릴 때부터 교육받은 것이다.

"……있지. 혹시 귀족 출신이야?"

데보라의 물음에 레베카라는 창부가 순간 말문이 막혔다.

"……평민과 다를 바 없는 하위 귀족이었습니다."

레베카의 창피해하는 표정에 데보라가 저도 모르게 얼굴이 활짝 핀다.

"힘들었겠구나. 그보다, 지금도?"

레베카의 눈이 살짝 커졌다. 그 틈을 놓치지 않고 몰아붙이듯 말을 잇는다.

"귀족이면, 애비게일과 그쪽은 동등한 위치겠네."

"공작 가문과 저희 가문은 비교할 바가……."

"아니, 그래도 귀족은 귀족이야. 애비게일이 원망스러웠던 적도 있겠어."

"……제가 이렇게 된 건 애비의 탓이 아닙니다."

계속 주뼛거렸던 레베카의 목소리에 명확한 거절이 담긴다. 이건 실패다. 생각보다 애비게일은 인망이 두터운 모양이다.

──그럼, 남자로 건드려 볼까.

"**루디**는 잘 있어?"

그 물음에 레베카가 경계하는 표정을 보이자, 데보라는 치밀어오르는 웃음을 억누르느라 애먹었다.

이 여자는 미리암보다 훨씬 알기 쉬워.

"루디가 곤란한 상황에 놓였다면 도와줄 수 있을지도 몰라. 내 남편이 힘이 좀 있거든."

지기 싫어하는 눈이 불안하게 흔들린다.

"그리고 아까 하던 얘기 말인데."

데보라가 어린애를 어르듯 상냥하게, 상냥하게 유도해 갔다.

"원망스러웠던 적은 없어도 부러웠던 적은 있었지? 왜냐하면 애비게일 옆에는——."

레베카가 더는 견딜 수 없었는지 시선을 내리깔았다. 하지만 도망치는 건 용납 못 해.

"그가 봐 주길 바란 적은 없어? 애비게일이 아니라 본인을."

후후후, 데보라가 웃었다. 고개를 떨군 그녀의 귓가에 악마의 속삭임을 불어넣는다.

"분명 고마워할 테지. 그럼 그쪽을 봐 줄 거야."

레베카가 천천히 고개를 들었다. 그 눈빛은 어떤 생각에 사로잡힌 채 물기를 머금고 있다.

"무슨 일 있으면 알려 줄 거지? 왜냐하면 그쪽이—— 아니, 그쪽만이 그 남자를 구할 수 있으니까."

※

코니가 샤론 스펜서의 장례식에 참석해 샤론과 사이먼 다르키앵의 은밀한 관계를 알게 된 지 며칠 후.

저택을 찾은 랜돌프가 첫말부터 아이샤 헉슬리 살해 사건으로 애비게일이 중요 참고인으로 조사받게 됐다고 말했다.

"네……?!"

앉아 있던 소파에서 코니가 튀어 오르듯 일어나서 놀라 외쳤다.

"지금쯤 수사관이 애비게일의 신병을 구속하기 위해 오브라이언 저택으로 가고 있을 거야."

"어떻게 된 거예요?"

예상치도 못한 전개에 핏기가 싹 가신다.

"제보한 자가 있었어. 메이플라워사의 올더스 클레이턴의 호적이 가짜고, 그의 진짜 정체가 【풍양관】의 경호원인 루디라는 남자라고 말이지. 실제로 그 호적을 준비한 것도, 루디를 고용한 것도 애비게일이지. 그리고 【풍양관】의 경호원이 애비게일의 정부라는 건 유명한 이야기니까 말이야. 그래서 아이샤를 살해한 것도 사실 애비게일의 계획이었던 게 아니냐는 목소리가 나오기 시작했어."

"하지만 애비게일 님과 아이샤는 접점이 전혀 없잖아요."

애비게일에게는 아이샤를 죽일 이유가 없다. 접점도 거의 없을 것이다.

"아이샤가 살해당하기 일주일쯤 전, 애비게일이 헉슬리 자작에게 우편을 보냈어. 아이샤가 그걸 받고 이상해졌다고 자작이 증언한 모양이야. 본부는 그 일의 연장선상에 살해 동기가 있지 않았을까 하고 의심하는 것 같더군. 터무니없는 착각이지만, 오해를 풀려면 시간이 걸릴 거야. ──그리고 난 먼 친척이지만, 같은 리슐리외 가문 출신이란 이유로 수사에서 제외됐어."

코니가 숨을 삼켰다. 헉슬리 자작에게 보낸 우편. 그건 애비게일이 코니의 부탁으로 보낸 것이다.

"제 탓이에요……."

"아니, 그렇지 않아. 애비게일을 몰아세우려는 녀석들이 나쁜 거지."

랜돌프가 딱 잘라 부정한다.

"일단 상황이 상황이니만큼 그레일 양한테도 조사가 있을 수 있어."

코니가 절레절레 도리질했다. 조사받든 말든 상관없다. 힘없이 그 자리에 주저앉는다.

망연자실한 코니를 보고 랜돌프가 지금 단계에서는 애비게일의 범행을 입증할 증거가 없다고 말했다. 하지만 각하도 분명 알 것이다.

만약, 날조된 증거가 나온다면?

만약, 그럴싸한 동기가 어딘가에서 나온다면?

그러면 애비게일은 대체 어떻게 되는 걸까.

※

왕도에 있는 오브라이언 저택은 쥐 죽은 듯 조용했다. 젊은 사용인에게는 휴가를 주었다. 지금 저택에 남아 있는 건 애비게일이 시집오기 전부터 일한 고참들뿐이다. 이미 사정은 설명했다. 그들은 여주인이 어지간히도 걱정되는지 다들 일도 내팽개치고 홀에 모여 있었다.

"――왔나 보네."

멀리서 말이 소리 높이 우는 소리를 듣고 애비게일이 중얼거렸다. 진지한 표정으로 일어서서 옆에 대기하던 종복에게 지시한다.

"오브라이언령에 파발마를 보내 줘."

남자가 알겠다는 듯 고개를 작게 끄덕였다.

"테디가 영지에서 나오면 안 돼. 내 일을 알게 되면 열 일 제쳐 놓고 달려오려 하겠지만, 같이 망할 수는 없어. 난동을 부리면 밧줄로 꽁꽁 묶어 두라 그래. 거긴 교회의 입김이 강해서, 데보라도 쉽게 손대지 못할 거야. 루치아도 바로 데려가. 나머지는 전부 계획대로 진행하고. 필요한 서류는 제3 금고에 들어 있어. 경영 관련 문제는 월터 로빈슨에게 일임하도록. 월터라면 분명 힘이 되어 줄 거야."

애비게일은 한숨도 안 쉬고 말하다가 한 번, 말을 끊었다.

"그리고 만일 나한테 무슨 일이 생기면――――."

그 자리에 모인 이들과 한 사람씩 눈을 맞추며 강한 어조로 명령한다.

"모두 바로 영지로 도망가."

이건 부탁이 아니다. 여주인의 명령이었다.

"——걱정 마. 무슨 일이 있어도 장미십자 거리와 오브라이언 령은 건들지 못하게 할 테니까."

애비게일이 웃으며 약속했다. 위험할 수 있는데도 이번 일을 미리 귀띔해 준 랜돌프가 고맙다. 한정된 시간이었지만, 적어도 그 두 가지는 지키기 위해서 손써 둘 수 있었다.

이번 일은 아마 데보라 짓일 것이다. 며칠 전에 【풍양관】에 왔었다는 보고를 받았다. 데보라는 사람 마음을 쥐었다 폈다 하는 능력이 뛰어나다.

"들었죠? 세바스찬도 가는 거예요."

애비게일은 문득 생각이 났는지 구석에서 평소 하던 대로 홍차를 준비하던 백발의 집사에게 말을 건넸다.

집사가 시치미 떼며 말한다.

"——이런, 뭐라고 하셨습니까? 나이가 드니 가는 귀가 먹어서 말입니다."

애비게일이 당황해 눈을 깜박였다. 그 말을 한 집사는 비장한 분위기는 전혀 느껴지지 않고 그저 평소와 똑같았다.

세바스찬과는 애비게일이 시집왔을 때부터—— 아니, 테디와 루디와 셋이 놀러 다녔을 때부터 알아 온 오랜 인연이다.

남자아이들과 함께 짓궂은 장난을 칠 때마다, 그에게 '자고로 숙녀는'이라며 잘못을 꼬집히고 혼나고는 했다. 마치 지금의 루치아처럼.

"귀도 그렇고 몸이 많이 쇠약해졌습니다. 이래서는 당분간 저택에서 움직일 수 없을 것 같습니다. 그나저나 한 가지 말씀드릴 게 있는데——."

세바스찬의 눈이 부드럽게 가느다래진다.

"저희에게 사랑하는 오브라이언은 마님이기도 하십니다."

그 말에 대기하던 사용인들이 잇따라 고개를 떨군다. 애비게일이 저도 모르게 작게 숨을 삼켰다.

"명심하십시오. 자고로 숙녀는 마지막까지 포기하면 안 됩니다. 무사히 돌아오시기를 저희 모두 진심으로 기다리겠습니다. ——이곳에서요."

그 순간, 애비게일의 가슴속에서 뜨거운 무언가가 복받쳤다.

"……못 말려."

그렇게 겨우 쥐어 짜낸 목소리는 아마 모양 빠지게 떨리고 있었으리라.

※

짝! 따귀를 올려붙이는 날카로운 소리가 실내에 울렸다.

인정사정없는 한 방에 코니는 놀라 몸을 움츠렸다. 지금 코니 앞에는 뺨에 가해진 충격을 받아들일 수 없는 늘씬한 몸이 휘청거리며 뒷걸음질 치고 있다.

한편, 방금 온 힘을 실어 따귀를 내려친 여성은 격정을 누르듯 어깨를 천천히 씩씩거리고 있다.

——조금 전. 애비게일이 헌병 총국에 신병을 구속당했다는 소식을 듣고 코니와 랜돌프는 【풍양관】에 가기로 했다. 애비게

일을 구할 계획을 세우기 위해서. 그리고 도착하자마자 홀에서 펼쳐진 수라장을 맞닥뜨렸다.

"……갑자기, 이게 무슨 짓이야?"

레베카는 빨개진 뺨을 누르며 아무 말 없이 자신을 때린 상대를 쏘아보았다.

"무슨 짓이냐고?"

되돌아온 건 얼어붙을 듯 차가운 목소리였다.

"그건 내가 할 말이야. 너, 대체 무슨 짓을 한 거야?"

항상 생글생글 웃던 미리암의 꿰뚫을 듯한 눈빛을 보고 레베카는 살짝 기가 죽은 듯했다.

"뭐, 뭐가 그렇게 화낼 일인데. 역시 미리암은 바보야. 애비는 공작 가문 사람이야. 이런 일로 벌받거나 하지 않는다고. 금방 석방될 텐데, 왜——."

그 순간, 미리암의 두 눈에서 분노가 불길처럼 타오르고 고함이 폭발하듯 공기를 진동시켰다.

"10년 전에 공작가 영애 하나가 쉽게 사형당한 걸 잊었어?! 아이샤 헉슬리는 말이지, 스칼렛 카스티엘이 억울한 누명을 썼다고 증언하려다 살해당했어! 그게 무슨 뜻인지 정말 몰라?!"

레베카가 헉하며 눈이 커졌다.

"바보는 너야, 레베카! 네가 귀족 출신인 게 뭐! 글자를 읽을 수 있는 게 뭐! 너의 그 깨끗한 혈통도, 고상한 글자도 우리를 구해 주지 않았어! 우리를 구한 건 애비잖아! 그 지옥에서 꺼내 준 건 애비밖에 없었다고! 애비가……!"

미리암의 눈에서 눈물이 뚝 떨어졌다.

"애비가 죽으면 어떡해……!"

레베카는 그제야 본인이 무슨 짓을 했는지 깨달은 모양이다. 얼굴에서 핏기가 싹 가시면서 납처럼 창백해졌다.

숨 막히고 답답한 공기에 휩싸여 있는데 갑자기 등 뒤에서 '콰앙' 하는 소리가 들렸다.

"……애비게일이, 어쨌는데?"

대화 소리를 들었는지 딱딱한 목소리로 묻는다. 올더스는 애비게일이 구속된 걸 모르리라. 곧 알게 되겠지만, 지금 이 자리에서 그 사실을 전할 수 있는 사람은 없다. 애비게일 오브라이언은 올더스를 구하기 위해 애쓰다가 구속당한 거니까. 코니 또한 아무 말도 할 수가 없어서 잠자코 있을 수밖에 없었다.

하지만 흐느껴 우는 미리암과 창백해져서 고개를 떨군 레베카, 그리고 표정이 굳은 코니를 차례차례 보던 올더스가 사태를 정확하게 파악한 모양이다.

숨을 작게 삼키더니 뒤돌아서 어딘가로 뛰쳐나가려 한다. 코니가 아차 하는 소리를 낸 것과 거의 동시에 랜돌프가 올더스의 어깨를 잡아챘다.

"어디를 가려고?"

"내가 출두하겠어."

"……왜, 그렇게 되나."

랜돌프가 두통을 참듯 낮게 신음한다. 올더스가 말없이 어깨

Illustrations ©Yu-nagi

에 놓인 손을 뿌리쳤다.

"거기 서, 올더스 클레이턴."

대답은 없었다. 그 대신 뒤돌아서면서 한 치의 망설임도 없이 오른팔을 휘둘렀다. 훅, 하고 허공을 가르는 소리에 코니는 눈을 크게 뜬 채 숨죽였다. 그러나 랜돌프는 안색 하나 바꾸지 않고 몸을 살짝 빼며 날아오는 주먹을 피했다. 올더스가 분한 듯 혀를 차고는 숨 돌릴 틈도 없이 다시 왼 주먹을 날린다.

랜돌프는 이번에 피하지 않았다. 뒤쪽으로 물러나 충격을 완화하면서 한 손으로 막고는 그대로 단숨에 올더스의 몸으로 파고들어 발로 찬다. 올더스가 균형을 잃은 틈에 뒤로 돌아가 양손을 비틀어 무릎을 꿇렸다.

"큭, 이거 놔, 죽여 버린다──."

살기 어린 눈빛으로 노려보는 청년에게 랜돌프는 한숨을 쉬었다.

"머리 좀 식혀."

그러나 역시나 올더스는 순순히 말을 들을 마음이 없는 듯하다. 올더스가 무릎을 꿇은 상태에서도 능숙하게 몸을 확 일으키고는 팔을 잡힌 상태로 돌려차기를 한다.

그 모습을 본 코니가 황급히 두 사람에게 달려갔다.

"지, 진정하세요, 올더스 씨!"

그러자 랜돌프가 흠칫해 소리쳤다.

"그레일 양, 물러서."

나무라는 듯한 강렬한 눈빛에 순간 몸이 얼었으나 코니는 크게 심호흡하고는 그 눈빛을 똑바로 받아냈다.

"——싫어요!"

랜돌프의 제지를 뿌리치고 여전히 날뛰는 올더스 앞으로 돌아
간다.

"잘 들으세요, 올더스 씨!"

천하의 올더스도 코니를 앞에 두고서 난폭하게 굴지는 않았
다. 하지만 어딘가 초조하고 안절부절못하는 시선을 던진다.

심정은, 이해한다. 하지만——.

"지금 나가시면 그거야말로 데보라가 의도한 대로 되는 거예
요! 왜 애비 씨가 저항도 하지 않고 끌려갔다고 생각하세요?! 올
더스 씨와 여기 계신 모두를 지키기 위해서 아니에요?! 그 의지
를 무시하고 뛰쳐나가면 당신만 체포될 뿐이지, 대신 애비 씨가
풀려나는 것도 아니잖아요!"

올더스가 말문이 막혀 목을 쥐어짜듯 비통한 목소리로 말했다.

"그럼, 나더러 대체 어쩌란 거야……!"

코니가 단전에서부터 끌어올려 큰 소리로 외쳤다.

"그러니까 그 방법을 생각해 보자고요! 지금부터! 다 같이! 1분
1초가 급한데 이렇게 날뛰는 시간이 아깝지도 않으세요?!"

바짝 다가서면서 굉장히 필사적인 표정을 봤기 때문이리라.
올더스 클레이턴이 당황해서 눈을 끔벅이고는 겸연쩍은 듯이
'……아까워'라고 우물거렸다.

암울하고 가라앉았던 분위기가 살짝 풀리는 걸 느낀 코니가
안심하며 어깨 힘을 빼는데 복도에서 다급한 듯 쿵쿵거리는 소

란스러운 소리가 들렸다.

"안 됩니다! 마음대로 들어가시면——."

창부들의 저지를 뿌리치고 들어온 건 해적처럼 흉악해 보이는 풍모의 거한이었다. 남자는 눈을 가늘게 뜨고 어깨를 씩씩대며 실내를 힐끗 노려본다.

「월터 로빈슨?」

스칼렛이 놀란 듯 목소리를 높였다. 그 말에 코니도 생각났다.

해운왕 월터 로빈슨. 스칼렛 말대로 눈앞에 있는 거한은 닐 브론슨의 소개로 알게 된 왕도 유수의 상인이었다.

월터는 뒷짐 진 채 속박당한 올더스 클레이턴의 존재를 알아차리고 그 흉악한 인상을 더욱 일그러뜨리며 힘차게 걸어왔다. 그러고는 코니가 말릴 새도 없이 뺨에 주먹을 내리꽂는다.

창부들이 비명을 질렀다.

"——장난해?"

월터의 입에서 땅바닥을 기는 듯한 낮은 목소리가 흘러나왔다.

"네가 곁에 있었으면서 일이 왜 이렇게 된 거야! 어째서, 어째서 **애비**가……!"

코니가 몹시 놀라 당황해서는 갑작스러운 침입자와 올더스를 번갈아 보았다.

전에 만났을 때 애비게일 오브라이언이 【월터 로빈슨 상회】의 단골이라고 듣긴 했는데——.

"나는, 이런 일을 당하게 하려고 애비를 배에서 내려 준 게 아니야!"

──이게 대체, 어떻게 된 거지.

얼음주머니를 볼에 댄 올더스가 살짝 얼굴을 찡그리고는 피 섞인 침을 뱉었다.

"⋯⋯아파 뒤지겠네, 젠장. 힘도 세면서 사람을 있는 힘껏 후려치냐."

월터 로빈슨이 앓는 소리를 내는 올더스를 곁눈질하고는 천연덕스럽게 소파에 앉아 있다.

월터의 이야기를 요약하면, 이러하다.

──애비게일 오브라이언은 과거에 배를 타고 여러 나라를 돌며 여행했다. 애비가 아직 10대 소녀였을 때의 이야기다. 코니도 애비게일에게 들은 적이 있다. 그리고 그 배의 주인이 그 당시 아직 신출내기 상인에 불과했던 월터 로빈슨이었다고 한다.

애비게일과 월터는 단순한 고객과 상인의 관계가 아니라 오랜 친구였던 것이다.

"초반에는 몇 명만 타도 꽉 차는 작은 상선이었어. 그런 배에 귀족 아가씨가 타겠다니 재수 옴 붙었다 생각했다니까. 뭐, 그나마 삯을 잘 쳐줬으니 추레한 사냥개와 같이 탄대도 눈 딱 감고 승선하게 해 줬지. 우는소리 한 번만 하면 바로 내리게 하려 했어. 그런데 뚜껑을 열고 보니 울기는커녕 장사 방식에 참견하고 손대고, 심지어는 솔선해서 타국과 교섭하는 자리에 나서기까지 하는 엄청난 녀석이었지 뭐야. 실제로 애비의 기지가 큰 도움이 된 적도 여러 번 있었어. 이거는 뭐 거의, 하늘이 내게 보내 주신 여신이구나 싶어서 구혼까지 해 버렸지."

"당사자는 상대도 안 해 줬지만. 장난으로 넘겼지, 아마."

"닥쳐, 애송이."

월터가 악귀 같은 얼굴로 올더스를 쳐다보았다. 그러고는 크게 한숨을 푹 쉬더니 표정을 가다듬고 진지해진다.

"아무튼 상황은 알겠네. 사태가 생각보다 심각하군. 타개책도 없고."

월터의 말대로다. 다들 할 말을 잃어 실내가 고요해졌다.

그러다 적막한 공기를 깨고 월터의 목소리만이 똑똑히 울렸다.

"그러니 내가 애비를 탈옥시킨 후 출항하겠어. 바다로 나가 버리면 내가 더 유리하니까. 그대로 데려가서 아델바이드와 국교를 맺지 않은 나라로 가면 돼."

그 말에 랜돌프가 험악한 표정을 지었다.

"……우려 요소가 많은 대안이군. 찬성할 수 없어."

"그럼 애비가 처벌받는 걸 두 손 놓고 지켜보라고? 그거야말로 찬성 못 해. 다소 강경한 수단을 쓰면 충분히 승산이 있어. ……뭐, 두 번 다신 이 나라에 발도 못 붙일 테지만."

"상회는 어쩌려고 그러지?"

"자랑하는 건 아니지만, 우린 인재가 많아. 내가 없어도 어떻게든 굴러갈 거야. 애초에 애비가 있다는 이유로 이 나라에 자리 잡은 거라서. 애비 녀석을 구할 수만 있다면 빈털터리가 되든 말든 상관없어."

올더스도 동의의 표시로 작게 고개를 끄덕였다. 이대로 탈옥 계획이 추진될 것만 같은 분위기에 코니가 반사적으로 참견했다.

"루, 루치아는 어쩌고요? 테오도어 공작님은요……!"

"사태가 진정되고 나서 불러들이면 돼."

"하지만……."

이러면 근본적인 해결이 되지 않는다. 머뭇거리는 코니를 보고 월터가 난감해하며 눈썹을 내뜨렸다.

"나도 이게 최선책이라고는 생각하지 않아. 하고 싶은 말이 뭔지는 알겠어. 하지만 아가씨, 달리 방도가 있나?"

"그, 그건……."

"그것 봐. 딱히 나무라려고 하는 건 아니야. 그래도 이제 참견은 삼가 줘."

작전을 의논하는 월터 일행과 거리를 둔 코니는 벽에 가만히 기대 작게 한숨을 쉬었다.

「내키지 않는 눈치네.」

스칼렛이 팔짱을 끼고 내려다본다.

"……애비 씨는 탈옥 같은 걸 바라지 않으실 것 같아."

애비라면 분명 자기 때문에 다른 사람이 위험해지는 건 싫어할 것이다. 하지만 애비게일을 구해 내고 싶은 월터 일행의 마음도 이해가 된다.

결국, 코니는 아무것도 못 하는 자신에게 제일 화가 났다.

무력한 자신이 분해서 입술을 꽉 깨무니 스칼렛이 아무래도 좋다는 듯 어깨를 으쓱했다.

「냉정을 잃은 남자들은 내버려 둬. 우리는 우리만의 방식이 있잖아?」

"하지만 어떻게 해야…….."

아이샤를 살해한 범인은 짐작도 안 가고 올더스가 결백하다는 증거도 찾아낼 수 있을 것 같지 않다. 머리를 쥐어 싸매자 위에서 발랄한 목소리가 들린다.

「어머, 나를 누구라고 생각하는 거야?」

코니가 튕겨 나온 듯 홱 고개를 들었다.

"방법이 있어……?!"

「그전에, 내게 해야 할 말이 있지 않아?」

'후훗' 하며 득의양양하게 입술을 치켜올리는 스칼렛에게 저도 모르게 매달리듯 말한다.

"도와줘, 스칼렛……!"

그 말이 뜻밖이었는지, 아니면 필사적인 표정이 맹추 같았는지 모르겠지만, 스칼렛이 놀라 자수정색 눈을 동그랗게 떴다. 그러고는 훗 하고 웃으며, 「──하는 수 없지. **이 몸이 도와줄게**」라고 말했다.

「애비게일은 귀족이라 처벌은 소궁전 별의 방에서 열리는 재판으로 결정될 거야. 현재로선 아이샤를 살해했다는 확증이 없으니 애비게일을 주모자로 모는 허술한 주장을 알아차린 사람이 나왔어도 이상하지 않은 상태지. 상황에 따라서 무죄 판결이 나올 수도 있어. 적은 무죄 방면을 피하려고 본인들의 입김이 닿는 판사를 앉힐 거야.」

"그러면 빨리 진범을 잡아야……."

안절부절못하는 코니에게 '바보야'라고 질린다는 듯 말한다.

「진실이라느니 증거라느니 그렇게 고지식하게 해결하려 드니까 벽에 부딪히는 거야. 애초에 먼저 무례하게 나온 건 그쪽이잖아.」

"……응?"

「잘 들어, 녀석들이 준비한 판사니까 안 봐도 뒤가 구릴 거 아니야. 그러니까——. 먼저 판사의 약점을 찾아내서, 재판에서 애비게일에게 무죄를 선고하게끔 협박하면 되는 거라고.」

순간, 침묵이 흘렀다. 이내 코니의 입이 떡 벌어졌다.

"협박."

기분 탓인가. 왠지 난데없이 무시무시한 말이 들린 것 같다.

「그래. 무례한 놈에게는 나만의 격식으로 인사해 줘야지. 그게 올바른 숙녀의 예의라는 거야.」

스칼렛 카스티엘이 당당하게 말하며 어떠냐는 듯 득의양양한 미소를 지었다.

애비게일의 재판 날짜와 담당 판사 이름을 알게 된 건 그로부터 며칠 후였다.

일하다 짬을 내서 그레일 저택을 찾은 군복 차림의 랜돌프는 웬일로 그의 동료인 카일 휴즈와 같이 왔다.

"담당 판사는 캘빈 캠벨 백작이야. 캠벨 가문은 대대로 법조계로 진출한 사람이 많아. 영지 자금 사정은 그리 넉넉하지 않지만, 고아원과 병원을 몇 군데 경영하면서 상당한 수입을 벌어들이는 모양이더군. 가족 구성은 아들 둘에 딸이 하나고."

랜돌프의 말이 끝나자 카일이 '더 있어'라며 손을 들었다.

"좀 더 보충할게. 그 사람, 이혼 경력이 있는데 재혼 상대가 딸뻘이라더라고. 이것만 해도 경악스러운데 소문으로는 시녀한테도 손을 대서 혼외 자식이 한쪽 손만으로는 셀 수 없다는 얘기도 있어. 머리는 좋을지 몰라도 밤놀이와 계집질에 환장한 전형적인 쓰레기 귀족 녀석이야."

스칼렛이 잘 안다는 얼굴로 고개를 끄덕였다.

「털면 먼지가 많이 날 것 같네. 그럼, 오히려 더 쉽겠어.」

코니가 얼굴에 물음표를 찍고 있으니 한숨과 함께 공부 못 하는 학생에게 설명해 주는 듯이 말한다.

「요컨대 멍청한 캘빈 캠벨이 제 발로 걸려들 만한 함정을 놓으면 된다는 거잖아?」

그렇게 말하고는 못된 계략을 털어놓는 아이처럼 입꼬리를 히죽인다.

「──골탕 먹이기 딱 좋네.」

"나더러 존 도 백작의 야회를 주최하라고?"

뚱뚱하게 살찐 자작이 그렇게 말하며, 있는 듯 없는 듯한 목을 갸우뚱했다.

"아무리 부를 축적해도 초대받기만 해서 상위 귀족의 특권이라고 생각했네만."

지구 교회에서 만난 함즈워스는 신나서 눈을 반짝거렸다.

자작의 말처럼 그 수상쩍은 야회를 개최할 수 있는 건 공작 부인인 데보라 다르키앵을 필두로 전통적으로 상위 귀족에게만 자격이 주어지는 듯했다. 그래서 이번에는 랜돌프의 생가인 리슐리외 공작의 연줄을 이용하기로 했다. 참고로 코니가 사정을 설명하니 사신 각하는 긴 한숨을 내쉬고는 부탁이니 무모한 짓은 하지 말라며 타일렀다.

"물론 공짜는 아니겠지?"

적극적으로 나오는 자작이 거친 숨을 내쉬며 코니에게 다가온다. 코니가 살짝 몸을 젖혔다.

"캐, 캘빈 캠벨 백작님을 초대해 주세요."

자작이 멀뚱멀뚱 눈을 껌벅였다.

"어이구, 겨우 그거면 되나?"

맥이 빠진 듯한 태도다.

「너, 이래 놓고 만약 캘빈이 안 오면 후려갈기는 정도로는 안 끝난다.」

스칼렛이 눈을 가늘게 뜨며 절대 영도의 눈빛으로 자작을 쏘아본다.

그러나 함즈워스는 전혀 반응하지 않았다.

──애비게일이 자작도 루치아처럼 사람이 아닌 것이 보인다고 했는데 오늘 자작을 지켜본 바로는 그런 기색은 없었다.

역시 그냥 소문이었나.

"그 캠벨 백작이라면 미녀가 모인다고 하면 날아올 걸세. 아아, 이왕이면 고급 창부도 불러서 판을 크게 키워 보지. 화젯거리가 있는 편이 의심받지 않을 테니, 존 도 백작의 야회에 창부를 부르는 건 이제껏 누구도 한 적이 없어. 나도 콧대가 높다고.
——혹시 귀족도 상대할 수 있는 아름다운 여신들을 아나?"

스칼렛이 진절머리가 난다는 듯 한숨을 쉬었다.

「옛날부터 격 떨어지는 모임을 기획하는 건 네 녀석을 따라올 자가 없구나.」

설마 그 말이 들리지는 않았겠지만, 자작은 매우 유쾌해하며 입꼬리를 올렸다.

"야회?"

자작과 이야기한 내용을 미리암에게 말하니, 그녀는 바로 결정했다.

"——갈래."

주저하는 기색은 조금도 없었다.

"그 캠벨이란 인간을 꼬시면 되는 거지?"

진지한 눈빛으로 물어본다. 【풍양관】의 꽃, 미리암이 참석한다면 함즈워스가 노린 대로 야회는 엄청나게 화제가 될 것이다. 난봉꾼이란 소문이 있는 캘빈 캠벨 백작도 무조건 흥미를 보일 게 분명하다.

미리암의 눈빛을 받아내며 코니도 결연히 고개를 끄덕였다.

바로 그때, 우리 대화를 들었는지 뒤에서 가시 돋힌 목소리가 들렸다.

"……멋대로 가게를 쉬겠다고? 계약 위반이야. 오드리에게 거액의 벌금을 물게 될 거라고. 최악의 상황에는 근신 처분을 받을지도 몰라."

굳은 표정으로 말한 건 레베카였다. 방금 들은 얘기에 코니는 놀랐지만, 미리암은 안색 한 번 바꾸지 않고 담담하게 대답했다.

"말 안 해도 알아. 하지만 그게 뭐 어쨌다고?"

미리암의 목소리가 냉담했지만, 오늘의 레베카는 기죽지 않았다.

"내가, 갈게."

그렇게 말하고는 후회한다는 표정으로 미리암을 쳐다본다.

"……어리석은 짓을 했다는 거 알아. 이제 와서 이런 말 해 봤자 안 믿을지도 모르지만, 진심으로, 애비를 위험하게 할 마음은 없었어. 그저 내가 생각이 얕고 제멋대로인 애였을 뿐이야. 만회할 기회를 줘. 무슨 짓을 해서든 애비를 구해 낼 테니까."

열을 올리며 필사적으로 말했지만, 미리암의 대답은 쌀쌀맞았다.

"너로는 역부족이야. 너, 이제까지 한 번도 나한테 매상으로 이긴 적 없잖아."

레베카가 입술을 꽉 깨물었다. 미리암이 말을 덧붙인다.

"그러니까——."

그리고 그 목소리는 조금 전보다 약간 부드러워졌다.

"둘이 같이 가는 거면, 좋아."

눈꼬리가 째진 눈이 놀라 커진다. 그 시선 끝에 있던 상대방이

뚱하게 입을 꾹 다물며 고개를 저었다.

"말해 두겠는데, 아직 네가 한 짓을 용서한 건 아니야. 그렇지만 그, 캠벨이란 작자가 가슴이 빈약한 여자를 좋아하면 곤란하잖아?"

미리암이 하는 수 없이 데려가는 거라는 듯이 말하며 자신의 풍만한 가슴을 내밀어 보였다.

야회 당일. 함즈워스 자작이 주최하는 이번 존 도 백작의 야회는 아무래도 소문에 밝은 사람들 사이에서 화제가 된 모양이다. 물론 그 캘빈 캠벨도 참석자 목록에 있는 걸 보고 자작이 기분이 좋아져서 알려 주었다.

코니가 미리암과 레베카를 데려가기 위해 【풍양관】을 방문하니 안에서 이미 아름다운 창부들이 죽 늘어서서 대기하고 있었다.

"어……?"

당황한 채 서 있는데 그중 한 명이 한 발짝 앞으로 나온다.

"사정은 들었어요. ──부디 애비를, 꼭 구해 줘요."

그렇게 말하며 고령의 여인이 고개를 숙이니, 다른 창부들도 뒤이어 인사한다.

"아, 저, 저기 고개들 드세요……!"

코니가 놀라서 말리자 그녀들은 하나같이 고개를 저었다.

"우리 모두 당신에게 고마워하고 있어요. 그리고 죄송해요. 마음 같아서는 저희도 가고 싶지만, 가게를 비울 수가 없거든요. 미리암과 레베카라면 분명 잘 해낼 거예요. ──자, 어서 가세요. 오드리가 눈치채기 전에."

그 말에 챙이 넓은 모자를 푹 눌러쓴 미리암과 레베카가 나와서 코니의 양옆에 선다.

"힘내."

"너희만 믿어."

"행운을 빌게."

뒤에서 여러 응원을 들으며 나가려던 바로 그때였다.

"내가 뭘 해?"

입구에서 쉰 목소리가 들리고 응원해 주던 주변이 한순간에 고요해졌다.

그 모습에 목소리 주인인 오드리가 눈을 가늘게 뜨고는 서슴 없이 안으로 들어왔다. 그리고 모인 창부들을 빙 둘러본다. 그러다 코니 옆에 선 치장한 두 사람을 발견하고는 눈썹을 살짝 치켜올렸다.

"──아니, 조화(弔花)가 미리암과 레베카뿐이야? 겨우 둘이라니 천하의 【풍양관】의 이름이 울겠어."

흘려들을 수 없는 말에 대든 건 미리암이었다.

"애비는 아직 안 죽었어. 노망은 좀 이르지 않아? 할망구."

"미리암. 너는 벌레도 못 죽일 것처럼 생겨서 여전히 기가 세구나. 내 젊었을 적 모습과 똑같아. ──로라, 가서 간판 내리고 와."

로라라고 불린 여성은 가장 처음에 코니에게 인사를 한 여성이었다. 로라가 오드리의 말을 듣고 의아하다는 표정을 짓는다.

"못 알아먹었어? ──가게 문 닫으라고."

뜻밖의 전개에 창부들이 서로 눈짓하며 어리둥절해한다. 오드리가 품에서 편지 한 통을 꺼냈다.

"봐, 이게 뭔지 알아? 늙은 몸으로 말을 채찍질해 타고 가서 테오도어 도련님, 아니지, 오브라이언 공작에게서 갈취해 온 증명서야. 이제 애비게일이 돌아올 때까지 내가 이 창관의 주인이다. 그러니 누구도 내가 하는 일에 토 달지 마."

오드리가 천천히 실내를 한 번 흘낏 보았다.

"오늘 네들이 할 일은 신규 고객을 발굴하는 거다. 장소는 구 몬트로즈 저택. 듣자니 야회가 아주 성대하게 열린다지. 후딱 준비해. 전원 다!"

구 몬트로즈 저택. 그곳은 대대로 존 도 백작의 야회가 열렸던 장소다.

다시 말해서 저 얘기는── 애비게일을 구할 야회에 다녀오라는 뜻이다.

침묵을 한 박자 끼고 '와아' 하는 함성이 터졌다.

미리암과 레베카는 어안이 벙벙한 상태로 멀뚱히 서 있고 창부들은 눈을 빛내며 빠릿빠릿하게 움직이기 시작했다.

"오드리, 빨은 진주가 들어간 백분 써도 돼?"

"꽃산호 연지는?"

"나는 달누에로 짠 드레스를 입고 싶어!"

창부의 우두머리가 위엄 있게 팔짱을 끼며 차례로 호방하게 승낙한다.

"오늘 밤은 특별해. 뭐든 써도 좋아."

그러고는 코니들에게도 들리도록 쩌렁쩌렁한 목소리로 말했다.

"솔직히 말해서 애비게일 그 말괄량이가 어떻게 되든 내 알 바 아니지만 말이지. 그 참견쟁이에게 손을 댔다는 건 다시 말해, 우리에게 싸움을 건 거나 마찬가지다. 나는 아주 따뜻한 성격에 정도 많고, 자비로운 데다 마음이 넓은 사람이지만, 먼저 건 싸움만은 꼭 상대해 주는 주의다."

오드리가 흥 하며 콧방귀를 뀐다.

"똑똑히 들으렴, 내가 키운 사랑스러운 딸들아. 정숙하고 조신한 너희를 위해서 한 가지 조언해 주마."

그러면서 【풍양관】의 지도 담당은 환락가에서 건방을 떠는 못된 놈들을 야단칠 때와 똑같은 표정으로 단호하게 이렇게 말했다.

"우리에게 싸움을 건 어리석은 놈들을 봐줄 필요 없다. 온갖 수단을 동원해서 모조리 벗겨 먹고 와라. ──뼛조각 하나 남겨선 안 돼."

캘빈 캠벨은 초조했다.

못생기기 짝이 없는 졸부 자작이 존 도 백작의 야회에 【풍양관】 창부를 초대한단다.

그 충격적인 화제는 눈 깜짝할 새 사교계에 퍼졌다.

갑작스럽게 개최하는 야회인데도 너 나 할 것 없이 인맥을 이용해 졸부 자작의 야회에 초대받으려 안간힘을 쓰고 있다. 안 그런 척해도 결국 다들 천한 유흥의 포로인 것이다. 제아무리 눈살을 찡그리고 점잖은 체해도 말이다.

캘빈도 마찬가지다. 이날을 위해 이발사를 부르고 특별 주문한 가면을 쓰고 향수를 짙게 뿌렸다. 마흔을 넘겼다고 해도 외모는 자신이 있다.

——그랬는데 구 몬트로즈 저택의 홀에 화려하게 핀 아름다운 꽃들은 어째선지 캘빈 말고 다른 남성들의 손을 잡고 있다.

누가 창부인지는 보면 안다. 창부들은 손님이 아니라, 자작이 준비한 여흥이었다. 그렇기에 가면을 쓰지 않았다. 그 아름다운 면면을 보란 듯이 드러내고 있었다.

캘빈은 불쾌한 기분으로 우쭐해져서 싱글거리는 남자들을 노려보았다. 늦게 온 게 아니다. 꽃을 귀여워해 줄 기회가 없었던 것도 아니다. 그런데도 창부들은 캘빈을 선택하지 않았다. 그 사실이 캘빈의 자존심을 크게 상하게 했다.

갑자기 홀이 술렁거렸다. 요부처럼 고혹적인 몸에 천사처럼 천진한 표정을 짓고 있는 숙녀가 나타났다.

그녀는, 장미의 요정이라 칭송받는 【풍양관】의 보배, 미리암이었다.

캘빈은 요염하기도 가련하기도 한 그녀 앞으로 꿀에 끌리는 벌처럼 비트적비트적 가까이 갔다.

"숙녀분."

미리암이 캘빈을 보고 마치 옛 연인이라도 발견한 듯 기쁜 얼굴로 웃음을 지었다. 호의적인 태도에 나잇값도 못 하고 가슴이 설렌다. 그런데 한 발짝 내디딘 바로 그때, 누군가 멋대가리 없는 말을 하며 그녀의 허리에 뒤룩뒤룩한 손을 둘렀다.

"──실례. 제 파트너입니다."

이 자리에서 가장 가면을 쓴 의미가 없는 남자──, 이번 야회의 주최자, 함즈워스였다.

캘빈은 머쓱해졌다. 저자보다 재산은 좀 떨어져도 계급은 백작인 내가 더 위다. 평소 같으면 상대가 아무리 성직자라고 해도 무례한 태도를 사과받기가 쉬웠으리라. 하지만 이곳은 【존도 백작의 야회】이다. 신분을 과시하는 것 자체가 무례인지라 웃음거리가 된다.

──외모로도 신분으로도 나보다 떨어지는 남자에게 겼다. 꼴사나운 처지에 주변에서 비웃는 듯한 목소리가 새어 나온다. 캘빈은 뿌드득 이를 갈고는 말없이 그 자리를 빠져나왔다.

분해. 분해. 분해.

이젠 홀도 제대로 볼 수 없게 되었다. 그저 술만 들이켠다.

잔뜩 짜증이 나 있는데 '아' 하는 소리와 함께 누군가 와서 부딪혔다. 캘빈은 크게 혀를 찼다.

검은 머리의 여자가 흠칫하며 어깨를 떨었다.

"죄, 죄송합니다."

겁내며 고개를 든 여자는 가면을 쓰고 있지 않았다. 즉, 창부란 뜻이다. 심지어 꽤 예쁘장하다. 눈꼬리에 눈물이 어려 있고 표정도 어딘지 모르게 근심스러운 빛을 띠고 있다.

캘빈은 화가 사르르 녹아내리는 걸 느꼈다. 여자의 손을 잡고 상냥한 목소리를 꾸며내 말을 건다.

"아아, 이런. 아름다운 달이 구름에 숨어 있었군. 부딪혀서 그러는 게 아니지? 무슨 안 좋은 일이라도 있나?"

미녀가 살짝 고개를 저었다.

"이런 곳에서 말씀드릴 수 있는 일이 아닙니다……."

"내가 그대의 구름을 걷어 줄 바람이 될 수 없을까?"

눈썹을 찡그리며 진심으로 걱정하는 표정을 지으니 여자가 머뭇거리며 입을 열었다.

"알고 계실지도 모르지만, 창관의 소유자가 구류되었습니다."

애비게일 오브라이언을 말하는 것이리라. 알고 있을 뿐만 아니라, 그 여자에게 최종 선고를 내리는 게 바로 나다.

그렇다. 유감이지만, 판결은 이미 정해져 있다. 가엾은 애비게일 오브라이언이 햇빛을 볼 날은 두 번 다신 오지 않을 것이다.

"저는 레베카라고 합니다. 원래 하위 귀족 출신인데 몰락해 창부가 되었지요. 이번에도 또 길거리를 헤매야 할 걸 생각하면 너무 불안해서 견딜 수가 없습니다."

"내가, 도와줄 수 있을지도 모르겠군."

레베카가 고개를 확 들었다. 캘빈이 만족해하며 고개를 끄덕여 보인다.

"놀라기는, 돈이라면 있네. 이왕이면 그대처럼 아름다운 여성을 위해 쓰는 게 낫지."

캘빈이 한 말의 의미는 금전적으로 원조———, 후원자를 자처한 것이다.

눈앞의 창부는 미리암 정도는 아니지만, 충분히 귀여워해 줄 수 있는 외모를 가졌다.

바라 마지않던 이야기이리라고 생각했는데 레베카가 실망한 기색을 비치며 한숨을 쉬었다.

"⋯⋯실은, 함즈워스 자작님께도 같은 제안을 받았습니다."

"뭐?"

조금 전의 치욕이 뇌리를 스쳤다. 또 그 돼지에게 지는 것인가. 그렇게 생각하니 도저히 그냥 넘어갈 수가 없었다.

"금액은?"

한 달 치 월급이라는 레베카가 말한 돈 액수의 가치는 서민이 1년 동안 놀고먹을 수 있는 돈이다.

'졸부 돼지 새끼'라며 캘빈이 분한 듯 혀를 찼다.

"⋯⋯그가 제시한 돈의 배를 주지."

확고하게 말하자 레베카가 놀라 눈이 휘둥그레졌다.

"왜 그러지?"

무언가 골똘히 생각한다. 그녀는 난감한 듯 눈썹을 찌푸리더니 살그머니 캘빈에게 축 늘어져 기대어 귀에 입을 가까이 가져갔다.

"⋯⋯일면식도 없는 분께서 제게 그렇게까지 해 주실 이유가 없습니다."

'그렇군, 신원을 밝히라는 뜻인가.'

창부 주제에 성격이 꽤 신중한 모양이지.

"캘빈이다. 캘빈 캠벨."

"백작님요?"

레베카가 호들갑스럽게 숨을 삼킨다. 분명 함즈워스보다 신분이 높은 것에 놀란 거겠지. 울분이 응어리져 있었던 캘빈은 가슴이 후련해진 기분이 들었다. 그런데 여자의 표정은 왜인지 내키지 않아 보였다.

"하지만 캠벨령은 영주님뿐만 아니라 영민들도 검약가라고 들은 적이 있습니다. 백작님의 부담이 되는 건 제가 바라는 바가 아닙니다. 그냥 자작님께——."

상위 귀족이란 것만 알면 덥석 물 줄 알았는데 역시 왕도 제일가는 고급 창관에서 교육받은 계집이다. 굳이 캠벨 가문을 「검약가」라는 말로 포장하면서 결코 유복하지 않은 영지의 주머니 사정도 알고 있는 모양이다.

캘빈은 가망이 없다고 단념했는지 레베카가 '실례했습니다'라고 말하더니 허리를 곧추세우고 발길을 돌렸다. 저 앞의 홀에서 창부와 즐겁게 환담을 나누거나 딱 달라붙어서 춤추는 남자들이 보인다.

캘빈은 머리로 피가 확 솟구쳤다. 두 번이나 함즈워스에게 지는 건 내 자존심이 용납 못 한다.

"도, 돈이라면 있어! 진짜로!"

레베카가 멈춰서더니 천천히 돌아보았다. 그러고는 째진 눈을 쓱 가늘게 뜨며 고개를 갸웃했다.

"——그럼, 어디로 갈까요?"

현관홀에서는 각양각색의 꽃이 뱅글뱅글 돌며 춤추고 있다.

설마 저 가련한 모습이 미끼고 실상은 사냥감을 포식하려 하는 벌레 잡아먹는 꽃인 줄은 아무도 모르리라.

흑옥 가면을 쓴 코니는 2층 발코니에서 그 광경을 바라보고 있었다. 아무래도 레베카가 백작을 잘 구워삶은 듯하다.

안도감에 가슴을 쓸어내리는데 스칼렛이 「어머?」 하며 고개를 갸웃했다.

「킴벌리 스미스잖아.」

가늘고 섬세한 흰 손가락이 바로 맞은편 발코니를 가리킨다. 가리키는 방향을 아무 생각 없이 쳐다보고 코니는 저도 모르게 목 졸린 거위 같은 목소리를 냈다.

"켁."

핑크색 가면에 핑크색 드레스를 입은 약간 뚱뚱한 여성――, 공교롭게도 얼굴이 보이지 않아 알 수 없지만, 저 상식적으로 이해하기 힘든 미적 감각은 틀림없이 이전에 괜한 트집을 잡아대던 시민단체, 기억이 맞는다면 《제비꽃회》라는 곳의 부인부 대표다.

「그렇게 귀족을 눈엣가시처럼 여겼던 주제에 대체 뭘 하러 온 걸까? ……다른 사람들처럼 즐기는 것 같긴 한데.」

앞에서는 특권 계급을 비난하고 뒤에서는 그 귀족들의 은혜를 입으며 단물을 빨고 있다. 그런 사람도 있으리라. 어느 쪽이든 코니는 엮이기 싫지만.

허둥지둥 자리에서 뒤로 돌아 나오니 복도 끝에서 여자 두 명이 걸어오는 게 보였다.

당당한 걸음걸이의 체격이 큰 금발과 그런 그녀에게 무어라고 주의를 주고 있는 날씬한 은발 여자.

저 조합은 본 적이 있다. 둘 다 가면을 썼지만, 아마 맞을 것이다.

번화가에서 만난 관광객, 산과 에울랄리아다.

'왜, 여기에 있지……?'

그대로 지나쳐 가는 두 사람을 눈으로 좇으니 시선을 느낀 산이 우뚝 멈춰서서 고개를 돌렸다. 그러고는 코니를 인지했는지 의아해하며 고개를 갸웃한다.

"응?"

잠시 있다가 상대방도 눈앞에 있는 흑옥 가면이 며칠 전에 길을 물어봤던 소녀라는 걸 알아차린 모양이다.

산이 가면을 벗고 '우연이네'라며 쾌활하게 웃었다.

"수상쩍은 야회가 열린다고 들어서 말이지. 실은 요즘 내가 수상쩍은 거라면 사족을 못 쓰거든."

그게 뭐야, 무서워라. 코니가 부자연스럽게 웃으며 한 발짝 물러났다.

"그보다 얼마 전엔 고마웠어. 덕분에 잘 찾아갔어. 그, 성배 아가씨라고 했지?"

"네?"

지금 이 사람, 성배라고 하지 않았나?

무심결에 되물으니, 에울랄리아가 못 말린다는 듯 한숨을 쉰다.

"산도 참. 그레일 씨였잖아요."

그러고는 코니 쪽으로 돌아서 설명해 준다.

"죄송해요. '그레일'이라는 말이 파리스 고어에서 「성배」를 의미하거든요."

"참, 그랬지. 그쪽에선 보기 드문 성씨라서, 나도 모르게 그만."

그렇게 말한 산이 알 수 없는 미소를 짓는 걸 보고 코니는 눈만 깜박거렸다.

"파리스에서 오신 건가요?"

"그래, 맞아."

산이 시원하게 인정하며 가슴에 손을 얹고 정중히 인사했다. 그리고 물 흐르듯 자연스럽게 코니의 손을 잡았다.

"어?"

어리둥절해하는 코니를 흘긋 보고 그대로 손가락 끝에 살짝 입을 맞춘다.

"……어어?"

"한 곡 어떠십니까, 숙녀분."

"…………어어어?"

동요하는 소녀를 보고 산이 '깜박 속았지'라는 표정으로 흐뭇하게 웃고 있다. 장난기가 상당한 사람이다.

권유를 정중히 거절하자 파리스에서 온 객은 김빠질 정도로 쉽게 몸을 뒤로 빼고 일행과 함께 사라졌다.

두 사람의 뒷모습을 바라보는데 스칼렛이 팔짱을 끼며 입을 연다.

「……왠지 뒤가 있어 보여. 애초에 단순한 관광객이 이 야회에 참석할 수 있을 리가 없으니까. 대체 누구에게 초대받아 온 거지? 게다가 저 둘의 행동은 누가 봐도 귀족 같아 보였어.」

코니도 동의하며 고개를 끄덕였다. 확실히 두 사람은 매우 세련된 분위기를 풍겼다. 연약해 보이는 에울랄리아는 물론이고 언뜻 보면 투박한 인상의 산도 ——다소 조잡하긴 했으나—— 말투도 행동도 상당히 고상했다.

파리스에서 왔다는 말을 믿는다면 두 사람은 분명 파리스의 귀족이겠지.

——파리스. 코니는 무심코 눈썹을 찡그렸다. 릴리가 남긴 편지에 의하면 에리스의 성배의 목적은 파리스가 아델바이드를 침략하는 거라고 했다.

그렇다면 저 두 사람은 적일까. 아니면——.

"코니."

갑자기 이름을 부르는 소리에 놀라 뒤로 돌았다. 돌아보니 낯익은 여성이 뺨에 손을 댄 채 서 있었다.

"로라 씨."

약간 연상인 로라는 창부들을 통솔하는 왕언니이기도 하다.

로라가 요염하게 머리칼을 쓸어 올리고 고운 미소를 지으며 말했다.

"——레베카가 알아냈어."

로라에게 들은 이야기는 의외였다.

"……뒷돈요?"

"응. 그 왜, 코니가 아까 캠벨이 빚이 있다고 했지?"

코니가 수긍했다. 도박광 캘빈 캠벨은 부채 상환에 몰린 상태였다. 랜돌프에게 들은 그 정보를 야회에 오기 전에 창부들에게도 알려 주었다.

원래부터 캠벨령은 넉넉지 않아서 쩔쩔매던 백작이 선대부터 대대로 이어받은 병원과 고아원 몇 군데를 팔아 빚을 갚아 왔다고 한다.

"근데 레베카를 첩으로 둘 돈은 있었나 봐. 그래서 레베카가 캐물었대. 그랬더니——."

본인이 경영하는 시설에서 불법으로 얻은 수입이 있다고 했단다.

「어머나, 불면 날아갈 만큼 가벼운 입이네. 머리에 든 것도 무척 가볍겠어.」

스칼렛이 비웃는다. 코니는 바로 믿지는 않고 의아해했다.

"아니, 근데 그런 건 금방 들키지 않나요……?"

수지 결산을 나라에 보고하는 건 의무다. 갑자기 생긴 돈이 있으면 그게 어디서 어떤 목적으로 들어온 건지 의심을 사지 않을까.

그 의문을 입 밖으로 내자 로라가 옅은 미소를 지었다.

"그래서 세탁을 한 거야. 예를 들어, 청구서 금액을 조금씩 늘리거나 유령 회사와 거래를 하는 것처럼 꾸미는 거지. 뭐, 캠벨은 그렇게까지 법을 어기는 짓은 못 했나 봐. 그래서 실재하는 시민단체를 이용했다더라고."

"시민단체요……?"

"응. 제비꽃회라던데 알아? 거기 청년부 경리 중에 캠벨과 한 패가 있나 봐. 그래서 기부금 명목으로 거액의 현금을 옮기고 있었던 거야. 이거, 어엿한 범죄 맞지?"

"제비꽃, 회."

그때 온몸을 핑크색으로 두른 여자, 킴벌리 스미스가 뇌리를 스쳤다.

스칼렛이 불쾌한 듯 콧방귀를 뀌었다.

「──그 여자를 만나러 가자, 코니.」

눈이 아플 정도로 선명한 핑크색 덩어리가 코니를 힐끗 흘겨 본다.

"누구시죠?"

드레스는 물론이고 얼굴 윗부분을 가리는 가면까지 핑크색이다.

흑옥 가면에 스탠드칼라 상복을 입은 코니하고는 대조적인 복장이다.

"자작 영애 C입니다."

고민 끝에 자신을 그렇게 소개하며 코니가 가볍게 인사하자, 킴벌리의 눈이 살짝 가늘어졌다.

"──어머나."

분명 지금 한 말로 코니라는 걸 알아차렸으리라.

"그래서 용건이 뭔가요?"

환영하는 듯한 미소를 짓고 있지만, 가면 아래의 눈은 웃지 않고 있다. 내 의도를 탐색하려고 냉담한 빛을 띠고 있다.

코니도 그렇게 오래 마주하고 싶은 마음은 없다. 단도직입적으로 물어서 반응을 살피기로 했다.

"캘빈 캠벨 백작님과는 어떤 관계이신가요?"

"백작님요? 귀족이지만, 훌륭하신 분이에요. 백작님은 우리 단체의 활동에 찬동하시거든요."

「그래서? 그렇게 싫으시다는 귀족 모임에 꼬리를 살랑대며 참석한 건 누구지?」

질린다는 듯 말하는 스칼렛에게 코니도 마음속으로 동의한다. 그러자, 생각이 표정에 드러났는지 킴벌리가 겸연쩍어하며 말을 덧붙였다.

"……귀족 사회를 아는 것도 경험이라면서 백작님이 동행하게 해 주신 거예요. 상냥하신 분이라서 이렇게 여러모로 걱정해 주고 계시죠."

그 말에 코니는 저도 모르게 미간을 일그러뜨렸다.

"기부도요?"

그러자 킴벌리가 놀란 표정을 지었다.

"표정이 무섭네요. 기부금을 내는 건 범죄가 아니잖아요?"

"네. ──그 돈이 불법적으로 얻은 게 아니라면요."

"……무슨 얘기죠?"

"이중장부가 있다더군요."

의아해하던 킴벌리는 그 말을 듣고도 짚이는 게 없는 듯했다.

"이중장부요?"

진심으로, 이해가 안 된다는 표정에 코니도 자기도 모르게 눈을 깜박인다. 로라 말로는 캘빈 캠벨과 한패인 자는 청년부고 킴벌리는 부인부 대표라고 했으니 어쩌면 정말로 킴벌리하고는 관계가 없는지도 모른다.

"……백작이 그래?"

깨닫고 보니 킴벌리 스미스가 매우 험악한 표정을 짓고 있었다. 그러고는 현관홀로 시선을 돌린다.

"오늘 이 야회는, 애비게일 오브라이언을 구하기 위한 거지?"

코니의 몸이 움찔하며 경직됐다. 표 나게 동요한 탓인지 킴벌리가 우습다는 듯 그 풍만한 몸을 흔든다.

"설마 단체에 쥐새끼가 섞여 있었을 줄이야. 청년부의 실수라고는 해도 정말이지, 이번 일은 변명의 여지 없는 실태(失態)네. 힘없는 시민단체를 이용하다니, 캠벨 도련님도 제법인걸. 그렇게 얕보였을 줄은."

"네?"

"후후후, 그나저나 재미있는 방법을 생각해 냈구나. 정정당당하게 정의의 철퇴를 내리는 게 아니라 독으로 독을 제거하려 하다니. 그것도 성실의 그레일이 말이야. 아아, 칭찬하는 거란다. 도주를 돕는 것보다 훨씬 손쉽고 확실하니까."

갑자기 말이 많아진 킴벌리가 천천히 코니에게 다가와 귀에 입을 갖다 대었다.

"도련님을 협박해서 애비게일을 석방시키려 한 거지?"

코니가 숨을 삼켰다. 하지만 킴벌리는 아랑곳하지도 않고 말을 이어 나간다.

"그래, 방법은 나쁘지 않아. 근데 당신한테는 좀 부담이 크겠어. 캘빈은 멍청하고 어리석지만 나쁜 짓이 특기거든. 사람은 각기 잘하고 못하는 게 있는 법이지. 그리고 당신은 어떻게 봐도 나쁜 짓에는 소질이 없어 보여."

그렇게 말하고 웃는 킴벌리 스미스는 아무리 봐도 바로 조금 전까지의 심술궂은 중년 부인이 아니었다.

"예부터 재봉은 재봉사에게 맡기라고들 하지? 그러니 이건 내가 해결해야 할 일이야. 배신자도 짚이는 사람이 있어. 깔끔하게 뒤처리해 줄게. 우리로서도 지금 오브라이언이 실각당하면 곤란하거든. 기껏 10년이란 세월을 들여 그 녀석들의 세력을 축소해 왔는데 여기서 또다시 다르키앵이 고개를 들게 할 수 없지. 이번 일은 우리에게도 좋은 기회야."

코니는 어안이 벙벙해 턱이 벌어졌다.

"못 믿겠어? 그럼, 힌트를 줄게."

킴벌리 스미스가 노래하듯 속삭였다.

"――제비꽃은 무슨 색일까?"

코니는 길가에 핀 제비꽃을 멍하니 쳐다보고 있었다. 적색빛이 도는 자색 꽃잎이 흔들린다.

제비꽃은 아델바이드에서는 '펄퓨러(Purpura)'라고도 불린다. 풍토의 영향으로 나라마다 다소 색상이 다르다는데 아델바이드는 대체로 적자색이다. 자색 하면 가장 먼저 떠오르는 것도 이거다. 스칼렛의 자수정색 눈과 살짝 다른 적자색.

그리고 적자색은 왕가를 상징하는 색이기도 하다.

——제비꽃은 무슨 색일까?

그건 무슨 의미였을까?

고민해도 답이 나오지 않는다. 하지만 킴벌리의 무서운 얼굴에 기가 눌려서 코니는 캘빈 캠벨에 대한 처우를 킴벌리에게 일임하기로 했다. 스칼렛도 반대하지 않았다. 다만, 이따금 골똘히 생각에 잠긴 듯 보였지만.

참고로 이웃 국가 파리스의 제비꽃은 '바이올렛(Violet)'이라고 불리며 청색빛이 도는 자색이다. 청자색은 제국 시대 파리스 황족의 색이기도 하며, 혈통을 중시하는 파리스에서는 오늘날에도 왕위를 잇기 위해서는 청자색, 혹은 그에 준하는 눈동자 색을 가져야 하는 것이 필수 조건이라고 했다.

코니가 '후우' 하고 한숨을 쉬었다. 이렇게나마 쓸데없는 생각이라도 하지 않으면 몸이 떨릴 것 같았다.

애비게일의 재판이 시작된 지 벌써 몇 시간이 지났다. 심의가 이루어지는 소궁전 별의 방에서는 랜돌프가 방청하고 있을 것이다. 재판이 끝나면 저택에 들른다고 했지만, 도저히 가만히 있을 수가 없어 뛰쳐나오고 말았다. 그래서 지금 건물 앞에서 판결이 나오길 기다리는 상태다.

"괜찮을까……."

「킴벌리 스미스에게 달렸네.」

"괘, 괜찮을까……?!"

점점 더 걱정된다. 혹시 연기한 게 아니었을까. 실은 킴벌리가 백작과 공모하고 있지는 않았을까.

만약 오늘 유죄 판결이 나오면 월터 로빈슨과 올더스가 탈옥 작전을 강행할 것이다. 창관 언니들의 밀고에 따르면 두 사람은 이미 작전을 실행할 준비를 마쳤다고 한다.

머리를 싸매고 신음하는 코니를 보다 못하겠는지 스칼렛이 입을 열었다.

「괜찮아. 어차피 그 여자는 아마──.」

하지만 마지막 말을 마치기 전에 '그레일 양?' 하고, 의외의 목소리가 코니의 귀에 들어왔다.

──랜돌프다.

그의 존재를 깨달은 순간 이미 뛰기 시작하고 있었다.

"각하!"

총총 정면으로 돌아 들어가는데 양팔을 꽉 잡는다.

"파, 판결, 어떻게 됐어요?!"

필사적인 표정으로 바짝 다가서는 약혼자에게 랜돌프 얼스터는 평소와 똑같이 무표정하게 대답했다.

"잘 끝났어. 애비게일은 증거 불충분으로 무죄 판결을 받았어. 판결을 선고하는 당사자는 사형 선고라도 받은 듯한 얼굴이었지만 말이지."

코니가 천천히 그 말을 곱씹었다.

증거 불충분으로, 무죄.

그 말인즉슨——.

"다, 다행이다아아아아아."

애비게일을 구했다. '하아' 하고 긴 숨을 내쉰다. 눈물로 시야가 흐려졌다. 마음이 놓이면서 온몸의 힘이 빠진다. 균형을 잡지 못해 맥없이 그 자리에 주저앉을 것 같다.

아, 넘어진다. 그렇게 생각한 순간, 힘센 팔이 코니의 허리를 홱 낚아채 끌어당긴다.

"괜찮나?"

갑작스레 랜돌프의 품에 안겨 버렸다. 가까워. 거리가 가까워. 몸이 가까워. 그리고 올려다보면 있는 정갈한 얼굴도 가까워.

감청색 눈이 가만히 내려다보고 있으니 왠지 기분이 달뜬다. 그리고 군인인 만큼 피부에 닿는 랜돌프의 몸은 여기도 저기도 단단했다. 이러니까 꼭 포옹하는 것 같다. 아니지, 이건 그저 넘어질 뻔한 걸 부축해 준 거다. 인명 구조와 비슷한 것으로 연인의 포옹과는 전혀 성질이 다르다. 그러니까 진정해, 콘스탄스 그레일.

그런데도 체온은 서서히 올라갔다.

코니의 수상한 태도에 랜돌프가 살짝 고개를 갸웃한다.

"얼굴이 빨갛군. 혹시 열이——."

갑자기 앙상한 손을 이마로 뻗길래 코니는 그만 소리를 지르고 말았다.

"어, 어, 어, 어, 없습니다, 괜찮아요!"

Illustrations © Yu-nagi

──그 후, 기다렸다는 듯 범인으로 다른 남자가 체포되었고 아이샤를 살해했다고 자백한 그날 밤에 자살했다. 이 일로 올더스 클레이턴이 혐의를 벗고 사직했던 메이플라워사 편집장 마르셀라도 복직했다.

그리고 이번 소동의 발단이 된 아멜리아 홉스는 메이플라워사에서 해고되었다고 한다.

올더스 말로는 이번 일이 업계에 알려져서 앞으로 아멜리아의 기사를 실어 줄 출판사는 없을 거란다.

「어머, 뿌린 대로 거뒀네.」

자초지종을 들은 스칼렛은 그렇게 말하며 아주 아름다운 미소를 지었다.

※

누가 포기할 줄 알고?

쉰내가 코를 찌른다. 아멜리아 홉스는 다 헐어 가는 가옥 같은 교회 앞에서 오로지 사냥감이 오기만을 기다렸다. 포기할 줄 알아? 다른 회사에서 문전박대당하기를 수차례, 정든 그곳에서 손을 쓴 거라는 걸 알았을 때는 화딱지가 나서 돌아 버리는 줄 알았다. 이대로 끝낼 수는 없다. 꼭 복귀할 것이다. 그러려면 모두가 달려들 추문을 손에 넣어야 한다.

얼마 뒤, 교회에서 망토를 푹 눌러쓴 여자가 나왔다. 아멜리아는 용수철처럼 여자 앞으로 튀어 나갔다.

"세실리아 왕태자비!"

여자가 천천히 고개를 들었다. 단정한 얼굴이 드러났다. 하지만 예상과는 달리 상대는 아멜리아를 깔보는 듯한 경박한 표정을 짓고 있었다.

"뭐야, 당신. 왕태자비라니, 누가? 잘못 본 거 아니야?"

기품이라고는 찾아볼 수 없는 말투에 아멜리아는 위축되었다. 애초에 서민인 아멜리아가 세실리아의 얼굴을 알 리가 없다. 의식 같은 걸 거행할 때 멀리서나 가끔 본 정도다. 사람을 잘못 봤을 수도 있다는 의심이 든다.

하지만 이 여자의 눈이 왕태자비와 똑같은 장미색이었다. 죽이 되든 밥이 되든 아멜리아는 승부수를 띄우기로 했다.

"······당신, 실은 자작 영애가 아니라 창부의 자식이지?"

여자는 일말의 동요도 않고 '여기 있는 건 대부분 창부나 범죄자의 아이야'라고 말하고는 깔깔대며 웃는다. 아멜리아는 계속 이어 나갔다.

"류제령도 갔다 왔어. 당신이 자란 고아원은 안타깝게도 화재로 타 없어진 것 같더라. 고아들이 아주 많이 죽었다고 들었어. 그 후, 행방이 묘연해진 건 두 사람뿐. 당신과── 시시라는 이름의 소년이었어."

갑자기 여자의 웃음소리가 그쳤다.

"두 사람은 연인처럼 사이가 좋았다지. ······남자는 지금 어디 있어?"

감정 없는 눈이 아멜리아를 담는다. 그 냉기에 아멜리아는 오싹해져 몸을 떨었다.

드디어 여자가 내뱉듯 중얼거렸다.

"——시시는 죽었어."

아멜리아가 홱 고개를 든다.

"당신, 역시……!"

세실리아 왕태자비였다. 바짝 다가서려던 그때, 여자가 목에 탁한 빛을 뿜는 나이프를 들이댔다.

"너도 죽고 싶어?"

섬뜩하고 담담한 목소리였다. 공포에 질려 아무 말도 못 하고 있는데 칼끝이 한 치의 망설임도 없이 살에 박힌다. 찌릿 하는 예리한 통증과 함께 미끈한 무언가가 흐른다. 심장이 쿵 철렁였다. 온몸의 핏기가 싹 가시며 식은땀이 흐른다. 아멜리아가 부들부들 떨면서 몇 번이나 몇 번이나 고개를 내저었다. 칼이 멀어진다. 살았다. 힘이 빠져 그 자리에 주르르 주저앉는다.

세실리아가 아멜리아를 내려다보며 마치 성모처럼 부드러운 미소를 지으며 이렇게 말했다.

"그렇다면 오늘 중으로 짐을 싸서 이 나라를 떠나. 그렇지 않으면—— 그 볼품없는 빨간 머리를 더 예쁘고 선명한 빨간색으로 물들여 주겠어."

※

눈이 빨갛게 부은 루치아가 애비게일의 품으로 뛰어든다.

Illustrations © Yū-nagi

"걱정 같은 거, 요만큼도, 안 했어요……!"

그렇지만 소리치는 목소리는 조금씩 뒤집혔고 여린 어깨는 무언가를 참는 듯 떨리고 있었다. 애비게일이 울고 웃는 듯한 표정으로 루치아를 꼭 껴안았다. 대기하던 시녀 몇 명도 눈물을 삼켰다.

두 사람 곁에 있는 초로의 집사만이 부드럽게 미소 지었다.

그 광경을 본 코니도 무심결에 따라 울 뻔해서 황급히 코를 비볐다.

──갖가지 수속을 마친 애비게일이 석방된 건 재판한 날로부터 여러 날이 지난 뒤였다. 애비게일을 마중하러 간 코니는 그대로 오브라이언 저택에 초대되었다. 저택에서는 여주인의 귀환을 다들 목을 길게 빼고 기다린 듯했다.

애비게일이 마차에서 내리자마자 먼저 작은 공주님이 한눈 한 번 팔지 않고 뛰어왔다. 말은 당차게 했으나 분명 걱정이 이만저만이 아니었을 것이다.

오랜만이니 루치아도 같이 차를 마시고 난 후, 오래 머무르지 않고 집으로 돌아가겠다고 했다. 오늘 하루 정도는 느긋하게 가족들과 지내야 한다.

돌아갈 채비를 하는데 올더스가 와서 무뚝뚝하게 '미안했다' 하고 말했다. 코니는 멀뚱멀뚱 눈을 깜박이고 애비게일은 웃음을 터뜨렸다.

"뭐야, 솔직하지 못하긴."

"시끄러워. 애초에 애비가 안 잡혔으면 좋았을 텐데. 괜한 고

생을 시키고 있어. 명심해, 애비는 걸리적거리기만 하니까 다음부터는 잽싸게 도망치기나 해."

"그래, 그래. 다 내 탓이야. 그러니까 삐치지 마."

"안 삐쳤거든."

"봐, 솔직하지 않잖아."

셋이서 담소를 나누며 정문을 열었는데 사람 그림자 두 개가 있는 것이 보였다. 올더스가 바로 표정을 바꾸고 코니와 애비를 감싸듯 앞에 선다.

"안녕, 성배 아가씨."

본인들을 향한 살기는 아랑곳 않고, 태평하게 손 인사를 한 건 지난번에 만난 금발 여성이었다. 오늘은 정장을 입지 않고 처음 만난 날처럼 키 정도 되는 천으로 감싼 무언가를 등에 메고 있다.

"그레일 씨라고 몇 번을 말해요. 산, 일부러 그러는 거예요?"

머리가 아픈 듯이 정정하고 나선 건 날씬한 은발 여성이다. 대화를 나누는 두 사람을 보며 애비게일이 '아는 사이야?'라고 묻길래 나도 모르게 얼굴이 굳었다.

"파리스에서 놀러 오신 관광객분들이래요. 아는 사이라고 하기는 그렇고 두 번 정도 우연히 마주친 게 다예요……."

"우연히?"

애비게일이 이상하다는 듯 되묻더니 바로 완벽한 미소를 지어 보이며 눈앞의 두 사람에게 말을 걸었다.

"그럼 오늘로 세 번째 우연이라는 거네? 귀여운 내 동생에게 무슨 볼일이지?"

기색에 담긴 압력을 느꼈으면서도 모른 척하는 건지, 아니면 그냥 둔한 건지, 산도 활짝 웃으며 대답한다.

"그게, 훌륭한 구출극을 잘 봐서. 걱정이 많은 언니도 있는 것 같으니 단도직입적으로 물어봐야겠군."

산이 말하면서 한 발짝 내디뎠다.

"【새벽닭】에 관한 얘기야."

그 순간, 올더스가 재빠르게 품에서 권총을 꺼냈다. 그와 동시에 '피융' 하고 무언가가 허공을 가르는 소리와 함께 앞에서 바람이 한 번 불며 지나간다.

"──아델바이드 남자는 성격이 급하군."

고풍스러운 대검으로 애비게일을 겨눈 산은 즐거운 듯 낮게 웃었다.

대체 어디서 나온 건가 하고 생각하다가 코니는 산의 등이 비었다는 걸 깨달았다. 등에 메고 있던 짐의 정체가 이거였나.

"파리스 여자 정도는 아닌데."

사격 자세를 취하며 올더스가 말을 뱉는다. 총구로는 산을 곧장 겨누고 있었다.

"총알에 맞는 것과 내가 네 주인 목을 치는 것 중에, 과연 어느 쪽이 더 빠를까?"

"시험해 보든가."

올더스의 입이 빈정거리며 일그러진다. 긴장감이 단숨에 고조되었다.

──어, 어쩌지.

코니가 숨을 삼키는 것과 못 말린다는 한숨이 들린 건 거의 동시였다.

그것도 두 개나.

"루디, 그만해."

"산도 장난이 지나쳐요."

산이 '아차차, 나도 모르게 그만'이라며 웃으면서 검을 거두었고, 그걸 본 올더스가 마지못해 권총을 내렸다.

에울랄리아가 미안해하며 고개를 숙인다.

"제 일행의 도가 지나친 무례를 사과드립니다. 실은 여러분께 도움을 구하고 싶어 찾아왔습니다."

올더스가 혀를 찼다.

"이게 도움을 바라는 사람의 태도인가?"

"루디!"

"아뇨, 괜찮습니다. 맞습니다. 그, 산이 좀 자유로운 영혼이라서요."

바로 그때, 호쾌한 웃음소리가 들린다.

"자유로운 영혼이라니, 그것참, 듣기 좋은 칭찬인걸. 하지만 약해 빠진 녀석과 손잡을 순 없잖아."

"아, 산은 좀 조용히 해요. 되레 진도가 안 나가니까 입 좀 다물어."

얼어붙을 듯이 차가운 에울랄리아의 눈빛에 천하의 산도 온순한 표정으로 '네……'라며 고개를 끄덕이고는 입을 꾹 다물었다.

"저희는 파리스 제3 전하파의 사람들입니다."

에울랄리아의 말에 애비게일이 기억을 더듬으며 고개를 갸웃한다.

"제3 전하라면…… 알렉산드라 왕녀 말인가? 듣기로는 적 진영의 손에 유폐되지 않았나? 소중한 주인을 팽개쳐 두고 왜 여기에 있는 거지?"

"다른 누구도 아닌 전하가 바라셨기 때문입니다. 전하께서 율리시스 님과 각별하셨기에 이번 납치 사건도 빨리 저희 쪽에 정보가 들어온 겁니다."

"납치?"

애비게일이 놀라 눈이 커졌다. 코니도 헉하고 숨을 삼킨다. 여러모로 사건이 많이 벌어져서 잊고 있었는데 어린 왕자의 행방이 여전히 묘연했다.

"네. 물론 저희도 마음 같아서는 왕녀 전하의 해방에 힘쓰고 싶습니다. 하지만 그럴 수 없는 사정이 있거든요. 혹시 파리스의 재정이 어떤 상태인지 아십니까?"

"아는 상인이 다 죽어 간다고 하긴 하던데."

"정확하시네요. 정말이지, 헨드릭 왕도 하필 이런 때 쓰러지시다니."

그렇게 말하고 에울랄리아는 피곤하다는 듯 한숨을 쉬었다. 그 태도로 미루어 보아 왕을 존경하거나 사모하는 마음이 딱히 없는 듯하다.

"뭐, 요약하자면 제3 전하는 전쟁 반대파입니다."

'저 녀석, 설명하기 귀찮아졌나 보군'이라고 중얼거리는 산의 말소리가 들린다. 맥락이 없는 발언이긴 하다. 코니는 물론 애비게일조차도 당황해 멍하니 입을 벌리고 있었다.

"……잠깐만. 그게, 무슨 뜻이지?"

"지금 병상에 누워 있는 왕 대신 나라의 실권을 쥔 자들이 전쟁 찬성파라고 하면 이해가 되시나요? 그들은 이미 다른 전하를 포섭 중이에요. 파리스는 전쟁을 준비하고 있습니다. 전쟁 상대는 여기, 아델바이드고요."

애비게일이 진지한 표정을 지었다.

"……지금 양국은 평화 조약을 맺은 상태일 텐데. 그걸 무시하고 우리를 치려 하다니, 주변국들이 간섭할 구실을 주게 되는 거 아니야?"

"일방적인 침략이면 그렇죠. 그래서 대의명분을 만든 겁니다."

'그런 거지'라며 산이 가벼운 말투로 끼어들었다.

"그래서 율리시스를 납치한 거야. 전쟁 찬성파는 납치 사실을 공표해, 납치의 보복이랍시고 진군할 속셈인 것 같아. 그 아이가 이번 사절단의 정식 동행자가 아니었던 게 얼마나 다행인지. 지금은 파리스에서 대역을 세워 되도록 눈에 띄게끔 하고 있어. 뭐, 어디까지나 견제에 지나지 않아. 언제까지 버틸지는 모르지만, 지금은 서로 상황을 살피는 상황이야. 아마 유예 기간은 사절단이 귀국할 때까지일 테지. 이제 한 달도 안 남았어."

산이 그렇게 말하며 진지한 표정으로 머리를 숙였다.

"납치한 건 【새벽닭】이야. 우린 녀석들을 물리치고 싶은 목적이 같아. 그러니 부디 함께 율리시스를 찾아 줬으면 좋겠어."

코니가 신중하게 머리를 굴려 본다.

거짓말은 아닐 것이다. 율리시스가 납치된 것도 사실이고 에리스의 성배가 파리스의 침략을 의미한다고 릴리 오를라뮌데의 편지에도 적혀 있었다. 내용도 일치한다.

물론 코니도 전쟁은 싫다. 되도록 협력하고 싶다. 하지만 일반인이 할 수 있는 일은 한정되어 있다.

"그런 일이면 헌병 총국에 도와 달라고 하는 게……."

머뭇거리며 말하자 에울랄리아가 단호하게 고개를 저었다.

"【새벽닭】의 입김이 작용하지 않았다는 확신이 없습니다. 켄들 레빈이 아무에게도 알리지 않고 저희에게 지원을 요청한 것도 그런 이유겠죠. 아델바이드의 상층부에도 【새벽닭】의 수하 있다고 들었습니다."

"어, 어지러워라……."

수상쩍은 약만 퍼뜨리는 줄만 알았더니만 알고 보니 그 정도가 아니었나 보다.

"아무래도 10년 이상이나 공들인 계획이니까. 스케일이 크지? 실제로 우리나라 재상이 10년 전에도 한 번 아델바이드에 전쟁을 걸려고 했어. 뭐, 직전에 수포로 돌아갔지만."

팔짱을 끼고 이야기를 듣던 애비게일이 입을 열었다.

"……10년 전에는 왜 실패로 끝난 걸까?"

아마, 실패한 원인에 무언가 해결할 실마리가 있지 않을까 생각했으리라.

"몰라?"

산이 드물게 놀란 표정을 지었다.

【새벽닭】의 계획을 망치고 10년이나 걸쳐 파리스에 쓴맛을 보게 한 요인. 그건——.

태양을 비춘 듯한 머리칼을 가진 여자는 당연한 사실을 말하듯 입을 열었다.

"스칼렛 카스티엘이 처형당했기 때문이잖아."

※

저택 주인은 공교롭게도 부재중이었다. 집사가 금방 돌아오실 거라며 응접실로 안내한다.

얼마나 기다렸을까. 그를 찾아오기로 결심한 건 다름 아닌 자신이다. 하지만 마음속 한편에서는 이대로 오지 않았으면 하고 바랐는지도 모른다.

내 생각이 맞는다면—— 그건, 너무나도 가혹하고 애달픈 진실이기에.

"——패는 다 모아 왔나?"

그래서 저 놀리는 듯한 목소리에 뜻밖에 동요한 것 같다.

랜돌프 얼스터는 참고 있던 숨을 내쉬고 천천히 고개를 들었다. 그의 시선 앞에 선 사람은 나이를 먹고도 미모를 자랑하는 남자다. 아돌푸스 카스티엘. 적색빛이 도는 자색이라는 왕가의 눈동자를 가진 이 나라의 요인(要人).

'성실' 하면 그레일이지만, 실제로 랜돌프는 아돌푸스만큼 성실한 남자를 본 적이 없다.

인간적으로서가 아니다. 이 나라를 상대로다.

랜돌프가 아는 아돌푸스는 언제나 그 자신이 아니라 아델바이드에 충성을 맹세한 카스티엘로서 살아왔다.

아돌푸스의 행동 원리는 늘 조국을 위한 것이냐, 아니냐——그뿐이다.

"……스칼렛의 모친은 알리에노르 시보라였죠."

랜돌프가 물으니 소파에 앉은 아돌푸스가 수긍하듯 너그럽게 웃었다.

"제가 조사한 바로는 시보라의 선조는 그 코르넬리아였습니다. 게다가 알리에노르는 코르넬리아 파리스의 직계 자손이에요."

아돌푸스가 왜 알리에노르와 결혼하게 됐는지는 모른다. 하지만 적어도 눈앞에 있는 남자는 '무관의 알리에노르'의 출생의 비밀을 알고 있었을 터이다. 그리고 결혼이 왕가의 뜻이기도 했던 게 틀림없다. 아돌푸스 카스티엘은 언제나 이 나라를 위해서 움직이니까.

"릴리의 편지에는 자세한 내용은 쓰여 있지 않았습니다만, 제 생각에는 '에리스의 성배'란——."

아돌푸스의 눈이 천천히 가느다래진다. 적색빛이 강한 자색은 이 나라 왕가의 특징이다.

하지만 스칼렛의 눈은 적색이나 청색에 편중되지 않은 완연한 자수정색이었다.

그에 비해 현재 파리스 왕족이 가진 눈동자는 청색빛이 도는 자색이다.

하지만 스칼렛처럼 적색과 청색이 균등하게 섞인 자색은 또 다른 의미를 지닌다.

바로 잃어버린 【성관】의 상징이다.

"《에리스의 성배》의 진짜 목적은―― 구 파리스 황족의 피를 잇는 스칼렛 카스티엘을 새로운 왕으로 추대해 아델바이드를 명실공히 파리스의 속국으로 만들려는 계획이었습니다."

스칼렛 몸에 흐르는 피는, 파리스에게 잃어버린 【성관】 그 자체이다.

"혈통에 집착하는 녀석들이 제국 시대에 행했던 식민지 지배와 같은 짓을 하려 했던 거겠죠."

아돌푸스는 묵묵히 듣기만 했다. 그 모습에는 초조함이나 동요도 없고 그저 태연하게 랜돌프의 이야기에 귀를 기울이고 있다.

"원래 세실리아 류제의 역할은 엔리케의 정부가 되어, 뒤에서 조종하는 정도였습니다. 처음부터 왕태자비가 될 마음은 없었을 겁니다. 애초에 보통은 공작 영애―― 그것도 4대 공작가 중 하나인 카스티엘 가문의 딸이 고작 자작 영애를 상대하리라고는 생각하지 않아요. 하지만 예상과 달리 스칼렛이 세실리아를 굳이 앞으로 끌어내 이목을 끌게 하고 말았습니다. 적은 매우 초조했을 겁니다. 세실리아가 주목받는 건 피하고 싶었을 테니까요. 하지만 그렇다고 해서 스칼렛을 처형할 생각은 없었습니다. 스칼렛이 죽으면 계획이 좌절되기 때문입니다. 맨 처음 목적이었던 《에리스의 성배》는 스칼렛 없이는 성립하지 않으니까요. 즉, 그녀가── 스칼렛이 바로 《에리스의 성배》 그 자체였습니다."

그래서 스칼렛이 처형당한 일로 파리스는 일단 철수해 계획을 재검토해야 했던 것이다.

그것도 10년이란 세월을 들여서.

"──스칼렛의 죽음으로 목숨을 부지한 건 자다가 목을 베일 뻔한 아델바이드였던 것 아닙니까?"

파리스와 독립 전쟁을 치르고 건국된 이후 아델바이드는 타국과 전쟁한 적이 없었다. 물론 국경선에서 작은 충돌은 있었지만, 10년 전이면 군사력도 열세했을 것이다. 제대로 맞붙어도 승산이 없다. 만약 나라의 상층부에서 이러한 계획을 알게 됐다면 어떻게 할까.

랜돌프라면 가장 먼저 전쟁을 피할 방법을 고민했을 것이다.

그때, 당시 수사 자료를 반복해서 읽던 랜돌프는 이상한 점을 알아차렸다. 세실리아 류제 암살 미수 사건의 가장 유력한 증거로 채택된 것이 스칼렛의 방에서 나온 독 병이었다. 하지만 누군가가 저택에 침입한 흔적은 어디에도 없었다. 그래서 스칼렛의 범행으로 종결되어, 단죄를 받은 것인데 지금의 랜돌프는 그게 조작된 것이라는 걸 안다.

그렇다면 추측할 수 있는 가능성은 한 가지뿐이다.

"충국의 보관고에 침입하는 것과는 비교도 안 됩니다. 공작가에 숨어들어 영애의 방에 독 병을 숨기는 건 말이죠. 그것도 증거도 안 남기고 그런 짓을 할 수 있는 사람은 이 세상에 한 사람밖에 없습니다."

──계기는 아이샤 헉슬리의 비뚤어진 애증이었다.

그런데 유심히 보니 여기저기서 불씨가 연기를 내고 있던 것이다.

파리스의 음모. 【새벽닭】의 암약. 물론 스칼렛의 행동도 문제가 없었다고는 할 수 없다.

유상무상의 사소한 우연히 겹치고 얽혀 마치 운명처럼 하나의 실을 자아내고 있었다.

그 실이 그린 것은 파괴였을까, 아니면 구세(救世)였을까. 자신은 잘 모르겠다. 아는 거라고는 결과적으로 이 나라가 연명했다는 사실뿐이다.

그리고 여신 아트로포스처럼 스칼렛 카스티엘의 운명의 실을 끊어 버린 것은──.

랜돌프는 한 점의 의혹도 용납지 않겠다는 흔들림 없는 눈빛으로 눈앞의 남자를 응시했다.

"아닙니까? 카스티엘 공작님."

콘스탄스·그레일

도움이 되는 건지 안 되는 건지 알 수 없는 열여섯 살.
10년 전 사건의 진상이 점점 거대해지고 무시무시해져서 위약 복용 속도가 따라가지 못하고 있다.
그리고 전쟁 얘기는 솔직히 처음 듣는다.

스칼렛·카스티엘

올더스도 애비도 어떻게 되든 흥미는 없었으나 그 일로 어디 사는 바보가 울상을 지어서 하는 수 없이 도와준 건 여기서만 털어놓는 비밀. 그리고 전쟁을 하든 말든 솔직히 관심 없다.

랜돌프·얼스터

누가 눈치코치 없는 거 모를까 봐, 지난번 첫 데이트에 이어 이번에도 주인공 콤비를 제치고 자기 혼자만 10년 전의 진실을 알게 되었다. ←new!

올더스·클레이턴

솔직하지 못한 애비의 강아지. 주인이 무사히 돌아와서 마음속으로는 꼬리를 세차게 흔들고 있다.
참고로 못마땅한 해운왕 녀석하고는 처음 만난 그날부터 치고받으며 싸우는 사이다.

월터 로빈슨

실은 10년 이상이나 애비게일에게 일편단심인 순정 왕. 출세한 것도, 아델바이드에 자리 잡은 것도 전부 홀딱 반한 여자를 위해서였는데 정작 당사자에게는 요만큼도 전해지지 않았다.
참고로 못마땅한 통개하고는 지금도 얼굴만 마주치면 세 번 중 한 번은 치고받으며 싸우는 사이다.

애비게일·오브라이언

무사히 속세로 돌아온 공작 부인. 실은 사랑의 작대기가 얽히고설켜서 한 발짝만 잘못 디디면 아침 드라마 저리 가라 할 만큼 지옥도가 펼쳐진다는 게 드러났지만, 당사자가 연애 쪽으로는 영 시원찮아서 기적적으로 건전한 관계를 유지하고 있다.

킴벌리 스미스

의미심장하게 제비꽃 얘기를 했으나 아마 주인공은 뭔지도 모를 것이다.

산

파리스에서 온 체격 좋은 금발 여성. 아마 무신경한 성격.
제3 왕녀 전하파의 사람으로 율리시스를 찾고 있다.
골칫거리는 에울랄리아의 잔소리.

에울랄리아

파리스에서 온 날씬한 은발 여성. 아마 신경질적인 성격.
제3 왕녀 전하파의 사람으로 율리시스를 찾고 있다.
골칫거리는 산의 무신경함.

아멜리아·홉스

기사회생을 위해 왕태자비를 끌어내리려 했으나 상대가 귀여운 다람쥐가 아니라 배를 주린 족제비였기에 꼬리를 말고 줄행랑쳤다.

아돌푸스·카스티엘

파파, 이러기 있어요?

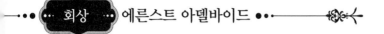

신기하게도 같은 날에 태어났다.

어릴 적에는 아주 닮았었다. 눈동자 색 때문에 쌍둥이 같다고 들으며 컸다. 물론 아첨이다. 용모도, 재능도, 사람을 끌어당기는 힘도—— 모든 면에서 그가 더 우수했다. 분명 신이 영혼을 들여앉히며 자궁을 헷갈린 것이다. 자학을 담아 그런 말을 흘릴 때마다, 그는 '하여간, 못 말린다니까'라고 하듯이 미소 지었다.

"——네 말대로 가끔 나도 깜짝 놀랄 만큼 우수하긴 한데 말이지."

동성도 매료할 정도의 미모에 에른스트와 같은 붉은 기가 도는 자색 눈.

"이런 나는 너를 섬기고 싶어. 자신감을 가져, 에르. 너는 왕위에 적합해."

"……그게, 뭐야."

짐짓 눈살을 찡그린 이유는, 당연히 쑥스러움을 감추기 위해서다. 눈앞의 소년은 다 안다는 듯 입꼬리를 끌어 올렸다.

그는 언제나 에른스트가 나아가야 할 길의 앞에 서서 모자란 아우를 끌어 주는 형 같은 존재였다.

아돌푸스 카스티엘.

그를 '도피'라고 부르던 시절은 아득히 먼 옛날 일이다.

"베로니카가 사랑의 도피를 떠났다지."

첫째를 막 출산한 공작 부인이 애인과 도망쳐 행방을 감추었다.

갑작스럽게 들려 온 믿기 힘든 소식은 그날 중에 에른스트의 귀에 들어왔다.

그다음 날, 여느 때와 다를 바 없는 모습으로 출근한 남자를 보고 저도 모르게 나무라듯 말한 건 갓 태어난 막시밀리안이 딱하고 가엾어서다.

하지만 당사자인 아돌푸스는 '뭐야, 그 일 말이군'이라고 말하듯이 내 쪽을 돌아보았다. 힘주고 있던 에른스트의 어깨에서 힘이 빠진다.

"……왜, 용서했지?"

베로니카의 획책을 이 남자가 몰랐을 리가 없다. 진의를 물으니 아돌푸스가 가볍게 어깨를 으쓱했다.

"우리 사이에는 대를 이어야 한다는 의무밖에 없었어. 베로니카는 그 의무를 다했으니 딱히 문제없잖나."

없긴 뭐가 없어. 에른스트가 머리를 긁적였다. 모친에게 버려진 막시밀리안은 물론이고 카스티엘 가문에도 좋지 않은 추문이다. 말은 저렇게 하지만, 아돌푸스도 알고 있을 터다.

"존은 괜찮은 녀석이야. 이제 베로니카도 행복해지겠지."

그러니 별일 아니라는 듯한 말에 에른스트는 꽁해서 입을 다물었다. 이 남자는 항상 초연하게 구는데 그렇다고 마음이 없는 게 아니다. 원래 베로니카는 공작 부인 역할을 감당해 낼 굳센 여자가 아니었다. 그러니 이건—— 아마도 아돌푸스 나름의 배려일 것이다. 그저, 베로니카 본인은 물론이고 대다수는 알아차릴 수 없는 번거로운 표현 방식일 뿐.

무어라 표현할 수 없는 기분이 들어 얼굴을 찌푸리고 있는데 웃음을 터트리는 소리가 들렸다.

"……왜 웃어?"

"아니, 알기 쉬운 건 여전하구나 싶어서."

"미안하게 됐네. 표정 관리가 안 되는 게 하루 이틀 일이 아니거든."

"칭찬한 거야, 역시 에르라고."

"그게 무슨 칭찬……!"

반발했더니 압도적인 미모의 남자가 생긋 웃었다.

"봐, 그렇게 내 마음을 가볍게 해 주잖아. 쉬운 일이 아니야."

'마음껏 자랑스러워해'라며 만면의 미소를 지었지만, 에른스트는 더 짜증 내며 표정을 찌푸릴 뿐이었다.

그로부터 몇 년이 흘러 교회에서 정식으로 베로니카와의 이혼을 인정한 뒤, 에른스트는 아돌푸스를 왕성으로 불렀다.

"——재혼?"

아직도 사교의 장에 나가면 꿀을 찾는 벌 같은 부인들이 행렬을 이루는 미남자가 그렇게 되물으며 의아해했다. 에른스트가 지당하다는 듯 고개를 끄덕이고 말을 잇는다.

"그, 그러니까, 막스에게도 엄마가 필요하잖아."

"클로드가 있어서 별로 걱정하지는 않는데. 보통 엄마들보다 모성애가 넘쳐흐르거든."

클로드는 선대 당주의 대부터 카스티엘 가문을 섬겨 온 고참 집사다. 아돌푸스도 그에게 교육받았다고 했다.

에른스트는 순간 말문이 막혔지만 바로 '크흠' 하며 헛기침을 한 번 했다.

"……애들은 힘줄이 불거진 연로한 몸보다 더 따뜻하고 부드러운 몸을 원하는 법이야."

내가 생각해도 궁색한 변명이었다. 아나나 다를까, 아돌푸스가 빙긋 웃었다. 남자도 반할 듯한 화려한 미소다.

"명분은 잘 들었어. 그래서 진짜 의도는?"

"……무슨 소리야."

"나한테 뭘 숨길 수 있다고 생각해? 에르."

"……숨기는 거 없어."

"한 가지 충고하지. 네 표정 관리는 10년간 전혀 발전이 없어."

에른스트가 저도 모르게 천장을 올려다봤다. 그러고는 두 손을 올려 항복 자세를 취한다.

"소르디타 공화국에서 울며 매달렸어. 코르넬리아 파리스의 직계 자녀를 거두어 달라고."

──제국의 마지막 황녀가 소르디타 공화국으로 망명했다는 소문은 진짜였다.

이후, 파리스는 그 혈맥을 조용히 지켜보았던 모양이다. 그런데 몇 년쯤 전부터 간섭하기 시작했다고 한다. 파리스는 예부터 혈통에 집착하는 나라라 분명 쇠퇴한 왕가에 다시 과거 황족의 피를 수혈하고 싶은 거겠지.

공화국은 그런 사태를 막고 싶다고 한다. 대체 무슨 뜻인가 의아했는데 코르넬리아 파리스의 혼인 상대가 문제인 모양이다. 코르넬리아가 망명하고 몇 년 후, 당시 원수(元首)의 조카와 결혼한 상태인 것이었다. 두 사람의 핏줄이 파리스 왕가에 들어간다면 공화국 내에서도 적잖은 파문이 인다. 공화국으로서는 불필요한 혼란을 피하고 싶다는 것이 이유였다.

대신에 공화국에서 제시한 조건은 나쁘지 않았다. 다만, 아델바이드로서도 그런 성가신 혈통을 어중간한 귀족에게 보낼 수 없는 노릇이다.

이런 때에 에른스트가 진심으로 신뢰할 수 있는 건 딱 한 사람뿐이었다.

"……별수 없잖아. 너 말고는 적임자가 없어."

겸연쩍어하며 말하니 아돌푸스가 여느 때처럼 '하여간, 못 말린다니까'라고 말하듯이 쓴웃음을 지었다.

그로부터 몇 달 후. 먼바다를 헤치고 마침내 도착한 신부를 보고 에른스트는 놀라 눈이 휘둥그레졌다.

밤하늘을 그대로 옮긴 듯이 윤기가 흐르는 검은 머리에 아델바이드의 적자색과 파리스의 청자색과는 다른 자수정색 눈. 물거품처럼 연약하면서 아름다운 외모.

"미인이잖아."

하지만 아돌푸스의 반응은 무척이나 매정했다. 신부를 한 번 쓱 보더니 아무 감정도 안 느껴진다는 듯 시선을 돌린다.

"애군."

그게 다였다.

에른스트는 저도 모르게 손으로 이마를 짚었다. 아돌푸스 말대로 신부가 젊긴 하지만 아마 열 살도 차이 나지 않을 것이다.

"……다른 감상은 없어? 네 아내가 될 사람이야."

"형식상이지. 내 임무는 저 애를 보호하는 거잖아."

"아니, 보호라니, 무슨 말을……. 강아지나 고양이도 아니고."

"비슷한 거지. 뭐, 잘 해낼 거야. 자신 있는 분야니까."

아돌푸스는 그렇게 말하며 어깨를 으쓱하더니 아름다운 신부의 손을 잡으러 갔다.

"……얼굴이 왜 그래?"

영지에서 오랜만에 왕도로 돌아온 아돌푸스 카스티엘이 뺨에 큰 거즈를 붙이고 나타났다. 잘생긴 얼굴 꼴이 말이 아니다. 무심코 물으니 멍한 표정으로 딱 한 마디 한다.

"고양이가 그랬어."

"고양이 안 키우면서——."

거기까지 말하고 퍼뜩 떠올랐다. 입이 빙긋 호를 그린다.

"흐응, 고양이가 그랬단 말이지."

"……그래."

"검은 고양이야?"

"…………말 안 할래."

분명 그 고양이는 자수정색 눈을 가졌으리라. 사정은 모르겠지만, 뭔가 일이 재미있게 돌아간다.

하지만 여기서 주제넘게 나섰다가는 오히려 꼬일 것 같아 에른스트는 철저히 방관자로 있기로 결심했다.

그렇게 계절이 돌고 돌아 바다 너머에서 온 신부—— 알리에노르는 어느샌가 아이를 가졌다.

아이 아빠가 될 남자에게 뜨뜻미지근한 눈빛을 보내니 그를 눈치챈 남자가 질색하며 얼굴을 찌푸린다. 그러고는 '불가항력이었어'라고 낮게 읊조렸다.

나는 아무 말도 하지 않았다. 하지만 여전히 표정 관리가 안 되는 내 얼굴은 입보다 말을 잘하나 보다.

"불가항력이었다니까 그러네……!"

늘 초연하게 굴던 남자가 웬일로 필사적이기에 에른스트는 오랜만에 소리 높여 웃었다.

"참, 사라도 무사히 둘째를 낳았다는군. 또 남자애야."

눈꼬리에 맺힌 눈물을 닦으며 공통 소꿉친구의 안부를 전하자, 아돌푸스의 얼굴에 조금 전까지의 언짢은 표정이 풀리며 단번에 입가에 웃음이 번졌다.

"남자애구나. 오웬이 사라를 닮았으니 이번엔 루를 닮으면 좋겠군."

예상한 그대로의 반응에 에른스트는 쓴웃음을 지었다.

"너는 루웨인이 정말 마음에 드나 보다."

아돌푸스는 예전부터 루—— 루웨인 리슐리외를 정말 귀여워했다. 참고로 일방적인 애정으로 매일 너무 집적댄 결과 정작 당사자에게는 미움을 받았지만.

이 남자는 정말로 애정 표현이 형편없다.

"귀엽잖아."

"그 우락부락한 녀석의 어디가 귀엽다는 거야."

"종잡을 수 없는 점."

"아아……."

아돌푸스 말대로 루웨인은 예상외의 언동과 행동을 하는 일이 많았다. 그 덩치와 겉모습은 귀엽다고 하기 힘들지만——. 의아해하는데 아돌푸스가 불쑥 말했다.

"**시몬 얼스터**는 연로해. 아마 그 애가 대를 잇게 되겠지."

얼스터. 그 칭호가 가지는 어둠에 에른스트는 무심결에 눈살을 구겼다.

"시답잖은 풍습이야."

혐오와 경멸을 담아 말하니 타이르는 듯한 말투로 어른다.

"그래도 필요하잖아. 카스티엘처럼."

난감해하는 미소는 오래전부터 수없이 봐 왔다. 에른스트가 아무 말도 안 하고 있으니 아돌푸스가 일부러 밝은 목소리로 말한다.

"아기와 만날 날이 기대돼. 사라하고 약속했거든. 다음에 남자애가 태어나면 나하고 같은 늑대의 이름을 넣어 주기로."

"……그러면 네가 좋아하는 루웨인이 울 텐데."

"아아, 몰랐어? 사라하고 나는 「귀여운 루를 울리고 싶은 동맹」을 맺었거든. 최근 들어서는 울린 적 없으니까 이번 기회에 울려야지."

그렇게 말하며 만면에 미소를 머금은 아름다운 악마를 보고 에른스트는 가엾은 어린 양을 마음속 깊이 동정했다.

'아', '우', 천진한 목소리가 실내에 울린다. 날렵하게 생긴 거한이 폭신폭신한 작은 손을 뻗는 존재를 보고 함성을 질렀다.

"미인이구나! 게다가 나를 봐도 안 우네!"

남자가 귀여워 어쩔 줄 몰라 싱글거리며 아기에게 볼을 대고 비볐다. 수염이 따가운지 '우우우'라며 하지 말라는 듯한 소리를 낸다. 그걸 본 아돌푸스가 신랄하게 한마디 한다.

"듀란, 막 만지지 마. 바보가 되면 어쩌려고."

"너무해!"

화들짝 놀라며 소리 지른 남자는 아돌푸스의 친구, 듀란 베리스퍼드다. 파리스와의 국경을 따라 있는 베리스퍼드령의 막내이기도 하다. 지금은 왕립 헌병 총국에 적을 두고 있으며 입은 걸지만, 일은 잘한다. 에른스트와도 10년 지기다.

"참 나, 폐하! 방금 들으셨습니까! 저 녀석, 너무하다고 생각하지 않습니까?!"

"그래, 들었어. 나도 걱정되는군. 어서 사랑스러운 스칼렛을 돌려주게."

"어떡해, 내 편은 하나도 없어! ······우리 예쁜이는 이 아저씨 편이지?"

그렇게 말한 듀란이 팔 안을 들여다보니 뭐가 웃긴 건지 아기가 깔깔대며 웃었다.

"너도 내 편이 아니야······?!"

호들갑스럽게 탄식하는 목소리에 에른스트가 참지 못하고 웃음을 터뜨렸다. 아돌푸스도 웃고 있다.

──이제 와서 돌이켜보면, 아무것도 모르고 웃을 수 있던 건 이때가 마지막이었던 것 같다.

그래서인지 에른스트는 지금도 자주 이날의 광경을 꿈으로 꾼다.

지난날의, 행복의 상징으로서.

──스칼렛이 일곱 살 때, 알리에노르가 사망했다. 본디 선천적으로 몸이 약해서 오래 살지는 못 한다는 얘기를 들었다고 한다. 출산 후에는 나날이 상태가 악화해, 요 몇 년간은 거의 일어나지도 못했다고 한다.

아내가 죽었다고 보고할 때도 아돌푸스는 평소와 똑같았다. 태어났을 때부터 봐 왔지만, 에른스트는 이 남자가 감정을 분출하는 걸 본 적이 없다.

"······괜찮나?"

어린 시절처럼 허물없는 관계는 아니게 되었지만, 지금도 형제처럼 여기는 남자다.

"뭐가?"

그러나 상대의 의중은 역시 읽을 수가 없었다.

"아니, 그……."

말문이 막히자 아돌푸스가 순간 눈을 끔벅이더니, 또 여느 때처럼 못 말리는 녀석이라고 말하듯 미소 지었다.

안 좋은 소식은 한꺼번에 닥친다더니.

"사라와 루웨인이……?"

마차 사고였단다. 그 두 사람과 마지막으로 만난 게 언제인지 모르겠다. 에른스트가 현실을 받아들이지 못하고 잠시 멍하니 있는데 아돌푸스의 냉정한 목소리가 귀에 들어왔다.

"적자(嫡子)인 오웬이 성인이 될 때까지 루웨인의 동생 다피드가 영주 대리를 맡게 되었어."

문득 머릿속을 스친 건 다른 한 아이였다.

"……랜돌프는?"

"시몬 얼스터가 거두겠다고 하고 있어. 원래 그럴 예정이긴 했어. 조금 많이 이르긴 하지만, 문제는 없겠지. 얼스터 백작도 고령이시고."

즉, 그 가엾은 아이는 큰 숙부인 시몬에게 직접 교육받게 되는 것이다. 에른스트는 너무 마음이 아팠지만, 아무렇지 않은 척했다.

이때는 설마 그로부터 몇 년 뒤에 오웬까지 죽을 줄은 꿈에도 몰랐다.

──오웬의 장례식은 영지가 아니라 왕도의 지구 교회에서 치러졌다. 왕도에서 큰 숙부와 함께 지내던 랜돌프가 희망했다고 한다.

에른스트가 온갖 핑계를 대고 교회로 달려갔을 때는 이미 장례 참석자의 모습은 안 보이고 긴 의자에 앉은 아이가 제단만 멍하니 바라보고 있을 뿐이었다.

그 무료하고 따분해 보이는 모습을 본 순간, 이 소년이 정말로 혈혈단신이 되고 말았다는 걸 에른스트는 깨달았다.

"……너는, 울지 않는구나."

루웨인은 덩치와 안 어울리게 울보였다. 그런 추억을 떠올리며 말을 걸었다.

소년이 천천히 에른스트 쪽을 보더니 자기 자신에게 되뇌듯 중얼거렸다.

"얼스터는 감정이 필요 없으니까요."

잔잔해진 수면 같은 눈빛은 어딘가 아돌푸스 카스티엘의 눈빛과 닮아 있었다.

운명의 수레바퀴가 어긋나기 시작한 건 언제부터였을까.

"……위그 노트르가 경질?"

에른스트가 저도 모르게 목소리를 높였다. 변호사 출신에 유력 귀족이기도 한 노트르는 차기 재무 총감으로 유력하다는 소문이 자자한 우수한 문관이었을 터다.

"대체 무슨 일을 저질렀길래?"

멍하니 중얼거리자 아돌푸스가 어깨를 으쓱하며 대답했다.

"횡령이라는군. 기르던 개에게 손을 물렸다고 콜베르트 재무총감이 역정을 냈지."

"익명 제보인가?"

"아니, 고발자가 있어. 사이먼 대니얼. 아아, 지금은 다르키앵이었던가. 데릴사위로 들어간 걸 깜박했네."

"육군국 경리를 지냈던 사람인가. 데보라 다르키앵의 남편이란 인상밖에 없었는데 이번 일로 콜베르트에게 눈도장을 찍었겠군. 정말이지, 운이 좋은 자야."

안타깝게도 다르키앵 공작가는 자식 복이 없었다. 남자 형제가 여럿 있었으나 무사히 성인이 된 자녀는 데보라 한 명뿐이다. 그녀는 몇 년 전에 결혼해서 작위를 물려받았는데 금이야옥이야 커서 공주님의 데릴사위를 고르는 데 난항을 겪었다고 한다.

남편이 된 사이먼 대니얼은 몰락하기 직전의 후작 가문의 삼남이었다. 사이먼 자체는 특별히 기술할 게 없는 볼품없고 궁상맞아 보이는 자다. 하지만 그랬던 게 다행이었는지도 모른다. 본가의 간섭도 받지 않고 야심이라고는 없는 점이.

몰락한 귀족 청년이 공작가의 선택을 받고, 출세 가도인 재무총감의 길을 걷고 있다. 인생은 아무도 모른다.

에른스트가 감회에 잠겨 있는데 아돌푸스가 무언가 생각난 듯입을 열었다.

"최근에, 묘한 환각제가 나도는 모양이야."

"환각제?"

건네받은 재무제표를 훑어보면서 물으니 '그래'라는 대답이 돌아왔다.

"젊은 귀족 녀석들 중심으로 유행하는 것 같아. 그렇게 강하지는 않지만, 입수 경로가 좀 신경 쓰여. 상위 귀족들만 손대고 있거든."

"장미십자 거리 아니야?"

"오브라이언에게 확인했는데 짚이는 게 없다는군. 거긴 레이디 오드리가 눈을 번뜩이고 있으니 확실하겠지."

우는 아이도 울음을 그친다는 노부인을 떠올리며 무심결에 부르르 몸을 떨었다.

"그래서, 그 환각제 이름은?".

"자칼의 낙원이야. 거리에서는 「J」라고 부르는 것 같고."

"허어, 이국의 짐승(자칼)이라니, 어감이 별로군. 아들들에게도 수상한 것에 손대지 말라고 전해 두지."

농담조로 말했지만, 실제로도 그렇게 우려하지는 않았다. 그냥 단순한 환각제겠지, 하고 생각하고 넘긴 것이다.

사태가 움직이기 시작한 건 그로부터 몇 달이 지났을 무렵이었다.

"듀란이, 역모?"

그건 베리스퍼드령의 이웃 영지를 다스리는 졸름스 백작의 밀고였다. 듀란 베리스퍼드가 은밀하게 군을 정비하고 왕에게 반기를 들 준비를 하고 있다는 내용이었다.

그때는 이미 자칼의 낙원이라는 환각제 유통에 【새벽닭】이라는 조직이 관련되어 있다는 것도 알고 있었다. 대륙 여기저기를 돌아다니는 범죄 조직이다. 그리고 왕명으로 그 수사를 담당한 사람이 듀란이었다. 밤낮 가리지 않고 이리 뛰고 저리 뛰는 남자에게 역모를 꾀할 겨를이 있었을 리가 없다.

그런데 왜.

"──말도 안 돼."

에른스트는 사법성이 보낸 보고서를 훑어보고는 놀라 중얼거렸다. 이미 듀란이 투옥 중이며 반년 후에는 사형을 집행하기로 정해졌다고 한다.

아무리 그렇다고 해도, 너무 빠르다.

에른스트의 의문에 대답한 건 아돌푸스였다.

"그래, 말도 안 되지. 그런데 아무래도 진짜 어리석은 건 우리였던 모양이야."

"……무슨 뜻인가?"

"파리스다. 파리스가 뒤에서 손쓰고 있었어."

순간 무슨 말인지 이해를 못 하고 눈만 껌벅인다.

"파리스?"

"그래. 전쟁을 일으켜서 이 나라를 속국으로 만드는 게 녀석들의 목적이야."

에른스트가 그 말의 의미를 천천히 곱씹었다. 파리스와는 아델바이드가 제국에서 독립한 이후, 좋은 이웃 국가로 우호 관계를 구축해 왔을 터였다.

믿기지 않는 듯 아돌푸스를 쳐다보니, 형 같은 남자가 지친 모습으로 한숨을 내쉬었다.

"겨우 녀석들이 꾀한 계획의 전모를 알아냈어. ……늦은 감이 있지만 말이지. 결국 듀란이 구속되고 말았으니."

분해하고 있는데 아돌푸스가 종이 묶음을 던진다. 당황해서 잡으니 휘갈겨 쓴 글자가 눈에 들어왔다.

"'에리스의, 성배'……?"

중얼거리며 따라 읽으니 자조하는 웃음소리가 들린다.

"예상외로 미움을 많이 받나 보더군, 우리나라는."

종이에는 이웃 나라의 재정 상황과 경제적 자원을 얻기 위해서 전쟁을 일으켜 아델바이드를 속국으로 만들어 통치하는 계획이 적혀 있었다. 대의명분으로 내세운 건 코르넬리아 파리스의 핏줄을 이어받은 스칼렛이다.

여전히 사태 파악이 안 되는 에른스트는 동요한 걸 감추며 말했다.

"……그러면 듀란의 역모도 파리스의 짓인가?"

'맞아'라고 수긍하는 대답이 곧바로 돌아왔다.

"베리스퍼드령은 파리스의 국경을 따라 있어. 베리스퍼드의 방위는 철벽이야. 괜히 북방 야만족의 침입을 저지해 온 게 아니지. 이번 건은 그 아성을 무너트리려고 일으킨 게 분명해. 아마 듀란을 잃어 혼란한 틈을 타 파리스 병사들을 끌고 단숨에 쳐들어오려는 심산이겠지."

이게 대체 무슨 일인가. 에른스트는 무심결에 천장을 올려다보았다.

"다시 말해서 듀란의 처형이 이렇게 빨리 결정된 건——."

"그래. 우리 중에 쥐새끼가 있어."

"……졸름스는 버리는 말인가."

"졸름스는 원래 듀란과 견원지간이었으니까. 보기 좋게 이용당한 거겠지."

"환각제는 자금 조달이 목적이었나?"

"그런 이유도 있겠지만, 상위 귀족 사이에서만 유행한 걸 미루어 봤을 때, 아마 우리의 국력을 약화하려는 게 목적이겠지. 최근 나는 새도 떨어뜨릴 만한 기세로 치고 올라와 사법성에 적을 둔 졸름스 백작하고도 친분이 있는 귀족이라면——."

에른스트의 눈이 살짝 커졌다.

"사이먼 다르키앵이군……!"

다르키앵 공작가에 데릴사위로 들어간 궁상맞은 평범한 남자.

그렇다면 위그 노트르가 실각한 것도 관계가 없지 않았으리라. 그게 다르키앵의 현 당주인 데보라의 의향이었는지, 사이먼의 독단이었는지는 모르겠지만 말이다.

"당장 사이먼이 조사를 받게 해야——."

"해 봤자 모르쇠로 일관하겠지. 증거도 없잖나. 그리고 지금은 듀란을 구하는 게 급선무야. 아마 듀란 베리스퍼드의 죽음이 전쟁의 방아쇠가 될 거야."

"이게 대체 다 무슨 일이야……."

절체절명의 상황이다.

적은 수년에 걸쳐 이 계획을 짰다. 찾으면 찾을수록 듀란에게 불리한 증거만 나오고 사이먼 다르키앵이 부정행위에 관여했다는 건 흔적조차 없다.

분하지만, 평화에 젖어 있던 에른스트에게 처음부터 승산은 없던 것이다.

그때, 헌병 총국에서 세실리아 류제 자작 영애 암살 미수 사건의 용의자로 스칼렛 카스티엘의 이름이 올랐다는 보고가 들어왔다. 현장에 스칼렛이 갖고 있는 것과 매우 흡사한 귀걸이가 떨어져 있었다고 한다.

에른스트는 이마에 손을 얹으며 낮게 신음했다.

"……스칼렛을 이런 상황에 놓이게 한 것도 계획 중 하나였다고 보나?"

"아니, 우연이겠지. 녀석들이 스칼렛을 해칠 이유가 없어."

맞는 말이다. 에른스트는 《에리스의 성배》라는 이름이 붙은 그 군사 작전을 떠올렸다.

그 계획에서는 코르넬리아 파리스의 핏줄을 이어받은 스칼렛을 새로운 왕으로 추대한다고 되어 있었다. 굳이 스칼렛을 위험에 빠트리는 짓은 하지 않으리라. 스칼렛이 없으면 파리스의 이상적인 아델바이드 통치는 어려워지기 때문에.

에른스트는 거기까지 생각이 미치자 불현듯 깨달았다. 아니, 깨닫고 말았다.

그렇다면 스칼렛이 사라지면, 하고——.

그러자 팔에 소름이 돋았다. 역겨워서 구역질이 난다. 무슨 생각을 하는 거냐고 자신을 책망했다. 하지만 한 번 든 생각은 없어지지 않았다. 전쟁이 나면 수많은 이가 목숨을 잃을 것이다. 지금의 아델바이드는 승산이 없다. 속국이 되면 국민은 어찌하나? 에른스트는 통치자로서 무슨 수를 쓰든 전쟁을 피해야만 했다.

그런데 그와 동시에 어릴 적 사랑스럽게 웃던 얼굴이 뇌리를 스쳤다가 사라진다. 깔깔거리는 천진난만한 웃음소리. 작은 손바닥. 그리고 체온도.

못 한다.

에른스트는 그런 결단을 내릴 수 없었다. 손깍지를 끼고 저도 모르게 무언가에 매달리듯 고개를 들었다, 그 순간——.

눈이, 마주쳤다.

아돌푸스 카스티엘이 에른스트와 같은 색의 눈을 가늘게 뜨더니 난감해하며 미소 지었다.

하여간, 못 말리는 녀석이야, 라고 하듯이.

그러고는 '폐하'라고 부르는 조용한 목소리가 실내에 울렸다. '에르'가 아니라 '폐하'라고 불렀다. 아돌푸스가 에른스트를 폐하라고 부를 때는, 언제나 왕가의 충실한 신하인 카스티엘로서였다.

"스칼렛을, 이용하시죠."

'신이시여.'

에른스트가 입 밖으로 내지 못하고 절규했다. 허락된다면 그 자리에서 무릎을 꿇고 참회하고 싶었다. 아니면 지금 당장 어리석은 자신에게 벌을 내려 주었으면 했다.

왜냐하면, 저 말은, 에른스트가 명령했어야 할 말이기 때문이다. 에른스트가 명령해야만 하는 말이기 때문이다.

망설여서는 안 됐다. 사사로운 감정에 휩쓸려서는 안 됐다. 한 사람의 목숨과 나라의 무게를 저울질해서는 안 됐다. 올바른, 왕이라면.

이 남자에게, 이런 잔혹한 말을 하게 해서는 안 됐다.

"녀석들의 작전은 구 파리스 황족의 피를 가진 사람이 있어야 성립하는 것입니다. 그러니 분명 스칼렛이 처형당한다면——."

그 이상 들을 수가 없어서 에른스트가 무의식중에 끼어들었다.

"그러면 처형할 게 아니라 소르디타 근처로 국외 추방했다가 다시 데려오면 돼……!"

그 말에 아돌푸스가 갑자기 활짝 웃었다.

——마치, 손이 많이 가는 동생의 투정을 달래듯 온화하게.

하지만, 그런데도 아돌푸스 카스티엘의 어조는 흔들리지 않았다.

"폐하도, 아시잖습니까. 듀란이 처형되고 베리스퍼드령이 함락되면 똑같다는 것을요. 스칼렛이 없어도 아델바이드를 침략하고 지배하는 방법이 아예 없는 게 아닙니다. 하지만, 우리는 무슨 수를 쓰든 듀란 베리스퍼드를 석방해야 합니다. 결백을 증명하려면 시간을 벌어야 해요. 스칼렛의 처형은 틀림없이 이목을 끌 겁니다. 그러니 공개 처형을 야만적이고 원시적인 행위로 몰아가면 됩니다. 제비꽃회 킴벌리 스미스에게 적극적으로 규탄을 지휘하라고 시키겠습니다. 그녀는 시몬 얼스터의 제자입니다. 분명 잘 해낼 겁니다."

공개되지는 않았지만, 제비꽃회는 왕가와 귀족에 대한 불만을 적당히 발산시키는 때수건의 역할을 하는 기관이다. 구성원 대부분은 아무것도 모르는 시민이지만, 간부는 특수 훈련을 받은 공작원이었다.

"공개 처형을 폐지하자는 민중의 목소리가 높아지면 듀란의 처형을 연기할 수밖에 없을 겁니다."

"잠깐만, 분명 달리 무언가 방법이——."

침묵은, 한순간이었다.

"——유감스럽게도 우리에게는 주어진 시간이 없습니다. 그리고 이건 절호의 기회입니다."

안다. 그런 건 잘 안다. 끝내 에른스트는 고개를 떨구고 두 손으로 얼굴을 감쌌다. 한심하기 짝이 없었다. 스칼렛을 희생시키는 것 외에는 방법을 찾지 못하는 자신이. 그리고, 슬펐다. 이런 때마저 감정을 드러내지 않는 남자가. 절대 에른스트를 비난하지 않는 남자가.

"폐하."

매우 담담한 목소리가 조용한 실내에 똑 떨어진다.

"스칼렛을 구명해 달라고 청하는 놈들의 얼굴을 기억해 두십시오. 그중에 분명 녀석들의 입김이 작용한 자가 있습니다."

어찌—— 이리도 무력할 수가. 에른스트는 입술에 피가 맺힐 정도로 세게 깨물었다. 지금 이대로는 다르키앵 하나도 추락시킬 수 없다.

"녀석들은 필시 다시 한번 우리에게 엄니를 드러낼 겁니다. 하지만——."

스칼렛 카스티엘이 처형당하고 듀란 베리스퍼드도 석방되면 더는 방법이 없는 파리스가 아델바이드에서 철수하겠지. 그러나 그게 끝은 아니다. 녀석들은 손톱을 갈고 엄니를 닦으며 호시탐탐 영토 확장을 노릴 것이다. 마치 송장 고기를 찾아 헤매는 짐승처럼.

하지만 그때는 그저 잠자코 기다리지 않을 것이다.

사이먼 다르키앵도, 배신하고 적에게 붙은 놈들도 몇 년이 걸리든 언젠가 한 놈도 남기지 않고 끌어내려 줄 것이다.

잠시 뒤, 들려 온 아돌푸스 카스티엘의 목소리는 마치 불빛을 잃은 촛대에 다시 불길이 일듯 에른스트의 마음을 흔들었다.

"——마지막에 웃는 건 우리라는 걸 신물이 날 정도로, 깨닫게 해 주죠."

에른스트 아델바이드

부자가 함께 저지른 짓이라는 게 판명되었다. 이야, DNA의 힘이란!

아돌푸스 카스티엘

결국, 요 10년 동안 웃을 수 없었다.

 # 사신이 변한 이유

상사가, 요즘 좀 이상하다.

탤벗은 왕립 헌병 총국 소속의 신입 수사관이다.

직속 상사는 사신 각하라는 이명이 있는 랜돌프 얼스터로, 왕
립 헌병에 들어온 이후로 쭉 탤벗이 동경하는 사람이기도 하다.
너무하다 싶을 만큼 고지식하고 엄격하지만, 업무를 처리할 때
는 한마디로 표현하자면 공명정대. 겉껍데기는 무섭지만, 알맹
이는 유달리 우수하며 물론 귀천으로 사람을 판단하지도 않고.

"안색이 안 좋아, 탤벗. 휴식은 제대로 취하고 있나?"

그리고 가끔 이렇게 자상해서 사람을 두근거리게 한다.

"소령님이 자상하셔……. 이상해……."

벌꿀이 꽈배기처럼 들어간 사탕을 말끄러미 보면서 탤벗이 낮
은 목소리로 중얼중얼 중얼대고 있었다.

"랜돌프 소령님이 어쨌다고?"

탤벗의 말에 흥미가 생겼는지 가까이 있던 동료가 손 쪽을 들
여다본다.

"아아, 사탕 받았어?"

"응. 목에 좋대."

그러고는 조금 전 자신이 한 말을 떠올리고 당황해 덧붙였다.

"그, 그렇다고 평소에 소령님께서 심술궂으시다거나 하는 건 전혀 아니고……!"

"누가 뭐래? 뭐, 기본적으로 무섭긴 하지. 표정 근육도 다 죽어 있고."

그렇다. 평소에도 쓸데없이 위압감이 느껴지고 인사 한마디 나누는 것만으로도 식은땀이 터져 나오는 게 랜돌프 얼스터라는 청년이었다.

"근데, 왠지 요즘에는 분위기가 좀 누그러지신 것 같은 느낌……."

물론 이전에도 우리에게 마음 써 주신 적은 있었다. 다만 그 무표정으로 말씀하시면 건강 관리도 제대로 못 하냐고 나무라시는 것 같아 심장에 매우 안 좋다.

그건 그렇고 오늘처럼 사탕을 받은 건 처음이었다.

기분 탓인지 표정도 온화해지신 듯한 기분이 든다.

"뭐라고 할까, 그, 사람다워졌다고 해야 하나……. 물론 원래 사람이지만……."

"알 것 같아."

동료가 고개를 끄덕이며 맞장구를 치며 그대로 쓱 폭탄을 던졌다.

"지난번에 본 그 영애가 참 대단해. 나도 연인이 있었으면! 마음의 치유를 받고 싶어라!"

"뭐?"

"응?"

어리둥절해하는 탤벗을 보고 동료가 눈을 깜박인다.

"뭐야, 너, 몰랐어? 소령님께서 변하신 게——."

바로 그때였다.

"——데이트?"

수사실에서 엉뚱한 소리가 울려 퍼졌다.

"어? 네가? 데이트를 한다고?"

소리가 나는 쪽으로 시선을 돌리니 얼스터 반의 부관, 카일 휴즈가 입을 떡 벌리고 있었다. 얼빠진 표정을 짓고 있어도 그림 같은 미남이지만, 알맹이는 그냥 일 중독자 악마라는 걸 부하 아니, 하인인 탤벗은 잘 안다.

카일의 말에 수사 자료를 보다가 고개를 든 랜돌프가 살포시 고개를 저었다.

"10년 전 사건에 관해 정보를 확인하기 위해 만나는 것뿐이야. 데이트는 아닌 것 같은데."

그 말에 카일이 힘껏 눈살을 찌푸린다.

"······설마 아니겠지만, 약혼하고 지금까지 한 번도 같이 어디 간 적 없다고는 하지 마라."

"그랬는데······. 문제 있나?"

"이봐, 데이트 계획도 안 세우는 남자는 스스로 한심하다고 주변에 말하고 다니는 거나 마찬가지야. 그리고 애초에 약혼한 사이에 단둘이 외출하는 게 왜 데이트가 아닌 건데."

"그게, 둘이 아니라 셋⋯⋯. 둘이야."

"그러면 데이트 맞잖아."

"⋯⋯그럼, 그렇다고 쳐."

무언가를 포기한 듯 랜돌프가 한숨을 쉬었다.

그러고 보니 최근에 상사에게 약혼자가 생겼다. 기억하기로는 자작 영애랬나. 나이도 아직 10대로 어리고 귀족이긴 하지만, 계급 차가 있다. 접점이라고는 전혀 없을 것 같은 상대라 놀랐던 게 기억에 생생하다.

그리고 조금 전 동료가 했던 말을 떠올린다.

'지난번에 본 그 영애가 참 대단해.'

그러고 보니 베르나디아 호숫가에서 본 소령님은 유난히 무서웠다. 내 생각에는 그때, 약혼자와 그녀의 친구를 구출하기 위해 그러셨던 것, 같은데.

사신 각하가 변한 이유.

분명——.

카일 휴즈는 '이 무뚝뚝이가 드디어 남들처럼 데이트를⋯⋯'이라며 되게 감동한 것 같다가 잠시 뒤에 퍼뜩 정신을 차리고는 그대로 랜돌프에게 돌진했다.

"그래서, 코니랑 어디서 만나? 네가 정하기로 했어?"

"응."

"유행한다고 해도 사람이 북적거리는 곳은 피해. 피곤하기만 하니까. 그리고 괜히 말도 많이 하지 마. 대화가 끊기면 허무해지니까. 연극, 도 꽤 취향을 타는데⋯⋯. 그렇지, 일단 경치가 좋고 느긋하게 있을 수 있는 곳으로 가는 게 어때? 호숫가나 공원처럼."

"——그렇군."

자타공인 많은 사랑을 받는 남자인 카일이 잇따라 하는 조언에도 랜돌프 얼스터는 무표정이었다.

"정리하면, 조용하고 자연이 풍부하며 평소에는 가지 않는 곳을 고르면 되겠군."

마치 임무 내용을 확인하는 듯한 말투에 카일이 믿음이 안 간다는 눈을 한다.

무언가 말하고 싶어 하는 듯한 카일의 시선을 눈치채고 랜돌프는 어리둥절해하며 고개를 갸웃했다.

"아니야?"

"아니, 맞기는 하는데…… 너, 제대로 이해한 거 맞아? 훈련 장소 정하는 것과는 다른 거다?"

그러자 랜돌프가 '그렇군'이라고 말하는 듯이 무덤덤하게 고개를 끄덕였다.

"문제없어."

※

"없기는 개뿔……!"

그런 대화를 나누고 며칠이 지난 어느 날.

카일 휴즈가 사신 각하가 약혼자와 데이트한 이야기를 처음부터 끝까지 듣자마자 절규했다.

화가 많이 났는지 몸을 부들부들 떤다.

"문제투성이잖아! 첫 데이트로 역사 자료관을 가다니……! 역사 자료관이라니, 너, 정말……!"

랜돌프 얼스터가 이상하다는 듯 눈만 깜박거리며 두통을 참듯 이마에 손을 얹고 신음하는 동료를 바라보고 있다.

잠시 뒤 입을 연다.

"지난번에 말하길, 데이트 장소는 조용하고 자연이 풍부하며 평소에는 가지 않는 곳을 고르는 게 좋다고──."

그러면서 뭘 그렇게 화내는지 모르겠다는 듯 고개를 갸웃거렸다.

"그러지 않았나?"

"그러긴 했지마아아아아아아아안!"

카일이 또다시 고함을 질렀다.

"그리고 거긴 네 전처가 데려가 준 곳 아니야……?!"

"그랬지."

돌아온 건 산뜻한 수긍이었다. 예상 밖의 반응이 계속 잇따른 탓인지 카일이 결국 무너진다.

"그게 문제라고……!"

탤벗은 뜨뜻미지근한 기분으로 눈앞의 수라장을 지켜보고 있었다.

그러자 갑자기 감청색 눈이 탤벗을 담는다.

평소라면 그냥 지나쳤을 시선을 그대로 고정한 채──.

"탤벗."

"네, 네, 네, 네, 네, 네, 네?!"

"……그렇게 잘못한 건가?"

'저한테 묻지 마세요————!'

탤벗이 속으로 절규했다.

저 사람은 지금 진심으로 이해가 안 되는 듯한 표정이다. 경애하는 상사를 상처 입히고 싶지 않다. 나도 모르게 어물쩍 넘기듯 시선을 피했다.

그러고는 최대한 알랑대듯 웃으며 무난한 말을 고른다.

"저, 저기, 그……. 그래서, 데이트는, 즐거우셨습니까?"

"수확이 몇 가지 있었지."

"……수확이요…………?"

아무리 생각해도 데이트의 감상을 얘기할 때 나올 단어가 아닌 것 같은데.

의미를 몰라 그대로 얼어서 웃고만 있으니 랜돌프가 '아아, 그렇지'라며 생각난 듯이 말을 이었다.

"그러고 보니, 잘 먹더군."

'누가요?'라고는 묻지 않았다.

하지만 그 목소리에는 어딘가 재미있어하는 분위기가 배어났다.

"배가 아주 고팠던 모양이야. 샌드위치가 맛있었는지 접시를 깨끗이 비우더라고."

무심결에 고개를 들었는데 역시나 평소와 똑같은 철면피가 있었다. 하지만 유심히 보니, 아주 살짝 입꼬리가 올라가 있는 것 같은 느낌——.

그 순간, 탤벗은 거의 무의식적으로 입을 열고 있었다.

"소령님."

"뭐지?"

"약혼자분께서, 좋아하셨다니 다행이네요."

랜돌프의 눈이 살짝 커졌다.

"그, 러게."

마치 자신의 감정에 놀라면서도 당황한 듯한—— 아주 인간적인 표정이었다.

탤벗은 마음이 놓이는 기분에 만면에 미소를 머금었다.

"좋아해 주면 기쁘죠! 저도 그래요! 데이트니까, 역시 상대방이 좋아할 만한 곳으로 가는 게 가장 나을 듯합니다! 그러니까 제 말은 까다롭게 쓸데없는 건 생각하지 마시고——."

"흐응."

괜히 기뻐서 수다스럽게 떠들고 있는데 누군가 툭 하고 어깨에 손을 얹는다.

침묵이 흐른다.

불길한 예감에 탤벗의 얼굴에서 핏기가 싸아아악 가신다.

각오를 다지고 뻣뻣하게 뒤를 돌아보니 거기에는 역시, 얼굴만 엄청나게 잘생긴 부관이 서 있었다.

"지금 네 말은 내 조언이 별로였다는 거네?"

땅바닥을 기는 듯한 낮은 목소리와 함께 악마 같은 미소를 짓는 카일을 보고 탤벗이 딱 굳었다.

※

콘스탄스 그레일이 연둣빛 눈을 크게 뜨며 놀란 듯 둘러본다.

"여긴……?"

눈앞에는 활기가 넘치고 다채로운 풍경이 펼쳐져 있었다. 바구니에 든 채소와 과일. 매달려 있는 고깃덩어리에 병조림, 말린 향초 다발——.

약혼자에게 데리고 가고 싶은 장소가 있다고 연락받은 건 바로 어제였다. 일러 준 시각은 어째선지 이른 아침이었다. 약속한 대로 동이 틀 때, 저택까지 데리러 온 랜돌프는 모두가 잠든 시간이라 아직 조용한 마을을 달려 항구와 연결된 십자로에 왔다.

그게 이 거대한 중앙 시장인 것이다.

"왕도에서 가장 큰 아침 장이야. 먹을 게 많지."

"그, 그렇군요……."

물어본 의도는 그게 아니었지만. 코니가 동요를 억누르며 고개를 끄덕였다.

여긴 올루스레인 중앙 시장이다. 시민의 부엌으로 유명해서 코니도 물론 존재는 알고 있었다. 실제로 와 본 적은 없었지만 말이다. 하지만 그건 됐다. 궁금한 건 왜 코니를 여기로 데려왔느냐이다.

"좋아하는 걸 맘껏 먹도록 해."

"……네?"

입을 떡 벌리고 주변을 둘러보니 식자재 가게에 섞여 요리를 제공하는 간이식당과 토산물 노점이 있었다.

「웬일로 데이트 권유를 하나 했더니 멋이고 재미고 나발이고 전혀 없잖아.」

스칼렛이 팔짱을 낀 채 질린다는 듯 말한다.

"……또 잘못 고른 건가?"

고개를 드니 어쩐지 멋쩍어하는 청색 눈이 쳐다보고 있었다.

"내가, 지난번에도 잘못 고른 게 맞지? 그래서 이번엔 그레일 양이 좋아할 만한 곳으로 골라 봤는데……."

'이번에도 틀렸나'라며 혼잣말한다.

코니는 시장으로 시선을 돌렸다. 그러고 보니 갓 구운 바삭한 빵에 며칠 푹 끓여 녹진해진 돼지 사태와 신선한 채소, 거기에 새콤한 맛이 나는 크림을 끼운 샌드위치가 맛이 끝내준다는 얘기를 들은 적이 있다. 사람들이 줄을 선 저 가게일까. 평생 먹을 기회가 없을 줄 알았는데——.

즉, 이건 두 번째 데이트이다.

두 번째 데이트를 왜 여기로 왔는지는 모르겠지만, 코니가 좋아할 것 같아 골랐다는 말은 이해가 갔다.

"……좋아요."

그렇게 말하며 헤벌쭉 웃는다. 그런 코니의 표정을 본 랜돌프가 안도의 한숨을 내쉬었다.

"그런가."

"네……!"

Illustrations © Yu-nagi

그렇다는 걸 알면 기분도 고양된다. 마침 아침 식사 때라서 그런지 식욕을 돋우는 냄새도 많이 나서 배가 고파 왔다. 주변을 빙 둘러보니 여기도 저기도 맛있어 보이는 것 천지라 눈이 돌아갈 지경이다.

"먹고 싶은 게 있었나?"

"네. 뭐냐면요, 우선 저쪽의 돼지 샌드위치와 그 옆 가게의 양꼬치, 튀김 감자와 흰살생선 세트, 설탕 바른 과일 사탕, 나무 열매가 들어간 당밀 과자──."

먹어 보고 싶은 걸 끝에서부터 손가락으로 가리키는데 도중에 말을 잘렸다.

"배탈 나겠어."

「배탈 나.」

코니는 눈을 깜박거렸다.

"그러면 일단── 샌드위치부터 먹을게요."

그렇게 말하니 랜돌프가 무언가 생각난 듯 아주 살짝 입꼬리가 올라갔다.

"아."

"왜 그러지?"

무심결에 소리를 내자, 보기 힘든 표정이 쏙 들어갔다.

하지만, 분명, 틀림없다.

"……아뇨, 저기, 얼마나 맛있을지 기대가 돼서요."

"그렇군."

말투는 차갑지만, 그 표정은 평소와 달리 온화했다.

코니는 어쩐지 기쁜 마음에 활짝 웃었다.

후기

그건, 몹시 추운 날에 벌어진 일이었습니다.

당시에 저는 아직 고등학생 1학년. 미래는 꿈과 희망으로 넘쳐흘렀고 피부는 탱탱하고 윤기가 자르르 흘렀습니다. 안타깝게도 지금은 둘 다 처참하지만요. 세월이란 정말 잔혹합니다.

"너무 추워서 힘들어, 괴로워, 최악이야."

그저, 매번 불평하고 마는 성격만은 지금과 다르지 않았기에 그날도 저는 친구인 A 여사에게 투덜거리며 푸념했습니다.

"그래? 추운 건 멋진 거잖아."

참고로 세 걸음만 걸으면 대화 내용을 잊어버리는 저에게, A 여사는 간혹 제 친구가 맞나 하는 생각이 들 정도로 이지적이고 야무진 사람이었습니다.

"아니지, 아니지, 그냥 고행일 뿐이지."
"그건 그렇지. 괴롭지 않으면 의미가 없으니까."
"뭐? 설마 여사, 그런 취미가――."
"왜냐하면 이건 우리가 죽지 않기 위한 경고 같은 거잖아."

멍해진 제게 그녀는 당연하다는 듯이 말을 이었습니다.

"즉, 인류가 살아남기 위한 시스템인 거지. 그러니까 투덜거리기만 하고 아무런 대처도 안 하는 너는, 인간 실격인 거야."

듣고 보니 맞는 말인지라 아무리 저라도 '그건 다자이 오사무*도 놀라겠네'라고 농담으로 받아칠 수가 없어, 일단 그 길로 편의점으로 가서 핫 팩 대신에 따끈따끈한 고기만두를 샀습니다.

그렇게 방과 후에 고기만두를 먹는 게 루틴이 되었고 배가 점차 제 존재를 주장하기 시작한 어느 날.

이제는 겨울철 유행으로 자리매김한 인플루엔자가 교내에 퍼지기 시작하자, A 여사가 진심으로 신기하다는 표정으로 '전부터 생각한 건데 말이야……'라고 운을 뗐습니다.

"왜 인플루엔자 바이러스는 숙주를 약해지게 만드는 걸까. 종을 번영시키는 건 생물의 본능인데. 만약 숙주에게 무슨 일이 생기면 자기도 살아남지 못하잖아. 그러면 바이러스는 생물로서 실패했다고 생각 안 해?"

뭔 소리야.

끔찍하게도 이것이 당시 저의 감상이었습니다.

---

* 일본의 소설가로 『인간 실격』이란 장편 소설을 집필했다.

만약 이 의문을 들은 것이 얕은 지식밖에 없지만, 세상의 풍파에 찌들고 커뮤니케이션 능력을 다소 갖춘 지금의 저였다면, '그러면 먼저 바이러스가 생물인지, 무생물인지 그 영원한 명제부터 논의해야 해'라고 그럴싸하게 말하며 화제를 돌렸거나 리처드 도킨스 박사에 빙의한 대학생 시절의 저였다면, '그건 분명 이기적인 유전자 때문일 거야'라고 잘 알지도 못하면서 아는 척 입을 놀렸을 겁니다.

적는 김에 수치스러움을 참고, 하나 더 고백하자면 그 무렵 저의 꿈——꿈이라고 하기에는 스쳐 지나갔지만——은 생물계 연구자였습니다. 좀 멋져 보였거든요. 이유는 딱 그거 하나였습니다(지금 생각하면 생물 '계'라는 막연한 비전밖에 없는 시점에서 생각이 얕았다는 걸 깨달았어야 했습니다만).

그렇기에 여사의 말은 충격이었습니다. 그녀는 그야말로 당시의 제가 상상했던 '최강의 연구자' 그 자체였고 덧붙여서 저는 아무리 애써도 그런 사고방식이나 관점을 갖지 못하리라는 걸 깨달았기 때문이었습니다. 안 그래도 현실성이 없었던 꿈이 허무하게 무너진 순간이었습니다.

기억하는 한, 타인을 통해 자신을 알게 되는 경험을 한 건 그때가 처음이었고 한순간 바뀌어 버린 세상에 놀라면서도 어쩐지 굉장히 상쾌한 기분이 들었던 걸 기억합니다.

그 후, 긴 세월이 흘렀습니다만, 아주 감사하게도 지금은 본 작의 이야기를 통해 비슷한 경험을 하게 되었습니다. 주변 분들께 도움을 받으면서, 읽어 주시는 독자분들께 위로받으면서, 몰랐던 바다의 광대함에 가끔 빠질 뻔하면서, 언젠가 모 여사처럼 '최강의 연구자'가 될 수 있기를 몰래 바라고 있습니다.

근래는 '코'가 들어간 그 녀석에게 휘둘리는 나날을 보내고 있습니다만, 그 이상으로 이제까지 생활하면서 얼마나 많은 분께 의지해 왔는지를 실감하며 매일 감사한 마음입니다. 정말로 모든 분께 감사하다고 큰 소리로 외치고 싶은데, 솔직히 말하면 마음속으로는 늘 외치고 있습니다. 안 들리실 수도 있지만 외치고 있어요.

무얼 숨기랴, 이런 졸작도 여러분 덕분에 이렇게 2권을 간행할 수 있었습니다. 정말 감사합니다. 담당 편집자님께서는 이번에도 어김없이 정확하게 목적지까지 이끌어 주셨고(물론 유도등 달고), 유나기 선생님의 일러스트는 죄다 심장을 한 방에 관통하고 있으며 모모야마 선생님이 그리시는 만화책은 엄청나고 너무 좋아서 늘 흐느껴 웁니다.

이제 끝맺어야 합니다만, 1권에 이어 또 이 이야기를 손에 들어 주신 여러분을 포함해 제 마음대로 ONE TEAM으로 여기고 있습니다. 참고로 유행을 뒷북치는 타입입니다.

[그럼 또 만나 뵙기를 바라며——.

토키와 쿠지라]

335

ERIS NO SEIHAI 2
Copyright © 2020 Kujira Tokiwa
Illustrations copyright © 2020 Yu-nagi
Original Japanese edition published in 2019 by SB Creative Corp.
Korean translation rights arranged with SB Creative Corp.
through Japan UNI Agency, Inc., Tokyo

에리스의 성배 2

2023년 02월 15일 1판 1쇄 발행

저　　　　자 | 토키와 쿠지라
일 러 스 트 | 유나기
옮 긴 이 | 변성은
발 행 인 | 유재옥
본 부 장 | 조병권
담당편집 | 정지원
편집 1팀 | 김준균 김혜연
편집 2팀 | 정영길 조찬희 박치우 정지원
편집 3팀 | 오준영 이해빈
편집 4팀 | 전태영 박소연
디 자 인 | 김보라 박민솔
라 이 츠 | 김정미 맹미영 이승희 이윤서
디 지 털 | 박상섭 김지연
발 행 처 | (주)소미미디어
인쇄제작처 | 코리아피앤피
등　　　록 | 제2015-000008호
주　　　소 | 서울시 마포구 토정로 222, 403호(신수동, 한국출판콘텐츠센터)
판　　　매 | (주)소미미디어
영　　　업 | 박종욱
마 케 팅 | 한민지 최원석 박수진 최정연
물　　　류 | 허석용 백철기
전　　　화 | 편집부 (070)4164-3962, 3963 기획실 (02)567-3388
　　　　　　 판매 및 마케팅 (070)4165-6888, Fax (02)322-7665

ISBN 979-11-384-3565-9 (04830)
ISBN 979-11-384-1304-6 (세트)